当代著名作家精品书系　主编　凌翔

鲍磊　著

青春是远方流动的河

天津出版传媒集团

天津人民出版社

图书在版编目（CIP）数据

青春是远方流动的河 / 鲍磊著 . -- 天津：天津人
民出版社，2020.10
（当代著名作家精品书系 / 凌翔主编）
ISBN 978-7-201-16492-2

Ⅰ.①青… Ⅱ.①鲍… Ⅲ.①长篇小说—中国—当代
Ⅳ.① I247.5

中国版本图书馆 CIP 数据核字（2020）第 191022 号

青春是远方流动的河
QINGCHUN SHI YUANFANG LIUDONG DE HE

出　　版　天津人民出版社
出 版 人　刘　庆
地　　址　天津市和平区西康路 35 号康岳大厦
邮政编码　300051
邮购电话　（022）23332469
电子信箱　reader@tjrmcbs.com

选题策划　凌　翔
责任编辑　岳　勇
书名题字　万　芳
封面插画　刘治铭
封面设计　苏　宇　陈　姝
内文制作　叶淑杰
海报设计　杨　琳
腰封文案　应婧琼　董佳桢
特别鸣谢　林法德

印　　刷　唐山楠萍印务有限公司
经　　销　新华书店
开　　本　710 毫米 × 1000 毫米　1/16
印　　张　20
字　　数　248 千字
版次印次　2020 年 10 月第 1 版　2020 年 10 月第 1 次印刷
定　　价　59.80 元

她/他们说

我看着他从男孩到不惑
生命的清晰透亮着许多痕迹
执拗顽强的摩擦在书写的心
和后来不断敲打的指头

——万芳
知名歌手

《青春是远方流动的河》写的是 20 世纪 80 年代的事，这是我特别感兴趣的。在我看来，那是一个彼此有着不同发展方向的可能性的年代，这些可能性未必能够实现，然而确实存在；时至今日，我们却只剩下一种可能性，即物质的可能性了。所以我对那个年代不能忘怀，也是向读者推荐这部小说的缘由。

——止庵
知名传记、随笔作家，周作人、张爱玲研究者人被时间所困，也被时间雕刻，是局限也是幸运。

——丁丁张

畅销书作家

一个心有坚持的作者，一段烈而柔软的故事。我们的少年都老了，而他的少年正青春。

——王臣

畅销书作家

此长篇小说具备三个气质：故事有生气，文字有灵气，表达接地气。抒写青春，却又谈及人生。小中见大，以情动人。在浮躁年代，吹来一股清风。文字别具灵性，可读性强。

——董学文

北京大学教授、文艺理论家

一个年近不惑却心思干净的"老男孩儿"，曾用干净的心思记录了那难忘的青春。蒙古人的倔强，80后的浪漫，文学痴的迷狂，爱生活的细腻……熔铸的还是少见的干净！今天，心思干净，最可贵！

——李树榕

内蒙古艺术学院教授、艺术评论家

鲍磊以调侃轻松的语言，又带有深刻动人的描述，书写了一个时代一段颇为纯粹的青春岁月。即便那或许只是他自己眼中的"80年代"。

——王珺

《中国教育报》读书周刊主编

我在鲍磊的小说中，读到他所处的80年代的青春，那些纯真、动人与美好的简单。这也让我想起我的青春，我的小时候。时间真是过得太快了！谁没青春过呢？希望日后能见到如此感受力丰富的文字变成活动的影像。

——金燕

北京正在发生传媒董事长、原小马奔腾前董事长

自　序

距离上一本书《夜照亮了夜》的出版，已经过去 12 年了。

在修订旧作准备再版时，我在故事主人公祁束荷终于被唱片公司签约那里，加了这么一句话：美梦成真的滋味，让人热泪盈眶。我想，这也是此时此刻，第二本书出版在即心里最真实的想法。12 年，整整一轮。在这个日新月异的互联网时代，如果说 10 年就是一个时代，那么我应该是上个时代的人了。

这部书稿写于 2008 年的夏天至冬天。那时我刚刚读完文艺学硕士研究生，之前一年，在北京，边实习边撰写毕业论文。如今正式步入社会，性格本就敏感的自己，面对不确定的未来，心里有着许多波澜。写作的动机很单纯：一是本着一年写一本书的愿望（现在看来当时的想法是多么地天真），二是想要跟自己的青春郑重地说一声"再见"。于是用了童真的口吻，以时间的顺序，铺排这部小说。要说它的主题有关青春年少，那一定是。这里面有一些貌似调侃、玩笑的成分。倘若你读过我的第一本书，与这本书对照，一定能感觉到它在叙事与写法的明显不同。是，我是有意为之，想让这本书看上去青春、富有活力。但是我在后面"长大"的部分，又夹叙夹议着当时自己所处的那个年龄，对于世界、人与事的不成熟看法。

用彼时 26 岁的心智，书写几岁、十几岁、二十出头的年华。我尽量在这几个年龄段，让自己以第一人称，回到过去，感知它、还原它。熟料写完，从等待到今日能够出版，便是漫长的 11 年。如今我就要奔四张，真是感叹时间之快、之无情！

其实想说的话非常多。但我希望能够把想说而没来得及说的，把说过而不成熟的，把曾经以及现在仍显稚嫩的话，能够有条不紊地继续说下去。谢谢策划人凌翔老师！谢谢为我的拙作给予诚意推荐的各位老师和作家前辈——我永远的女神，知名歌手万芳小姐，亲笔题写书名，加持新作！谢谢她的经纪人林法德小姐；知名传记、随笔作家，周作人、张爱玲研究者止庵老师；畅销书作家丁丁张先生；畅销书作家王臣先生；北京大学教授、文艺理论家董学文老师；内蒙古艺术学院教授、艺术评论家、我的硕士研究生导师李树榕老师；《中国教育报》读书周刊主编王珺女士；北京正在发生传媒董事长、原小马奔腾前董事长金燕女士。谢谢我的家人！谢谢像小天使一样带给我力量的大外甥刘小明，给我的新书封面画插图。谢谢雪松的相挺。11 年，想要感谢的人实在是太多了。此时此刻，只想深深地道一声：谢谢！

最后，我想说，这是一部有关时间的小说。别看它貌似在书写青春——时间跨度从 20 世纪 80 年代开始，一直到 21 世纪刚开始的这几年——然而它所面向的群体，是广阔的。因为无论你现在有多大，其实我们每个人都曾经青春！而且有的人，还正在青春，正在年少。

鲍磊

2019 年 4 月 18 日 20：42

北京地铁 8 号线上

目 录

我们终归是时间的过路人

在古城│时间，是只属于一个人的心灵史

此刻，一定有人心怀破碎，在只有自己和灯的房间，独自一人，放声大哭。哭累了，不知不觉睡着了，醒来，喝点水，接着哭。那份完全日夜颠倒，心里像是裂开一个大洞，空得无法形容的日日夜夜，终有一天犹如封存的一页日记，被岁月这把手，轻轻翻过去。好像先前什么都未曾发生过，寂静无波。即便心有余悸，也全然没有之前那样寻死觅活过，觉得天要塌下来，日子过不下去了。时间的手，一定会有那么一天，轻而易举地，就将沉重的记忆抹去。

　　此刻，我相信，一定有人在深夜空旷的马路上，开着快车。开到一个极限时速，钝重刺耳的车声，如疾风呼啸，打破夜的凝重。开车的人，无论亢奋至极，抑或沮丧万分，但飞奔的快感，让他觉得自己就是整个世界，如神一般，是无所不能的一切。速度让他释放生活的无聊、重复与时常袭来的压抑。

　　此刻，也一定有人在肮脏不堪的简陋旅馆，疯狂的和炮友做着爱。背着你的他或她，让不知来历的彼此，沉浸在颠鸾倒凤的快感中。那些曾经立下的山盟海誓，那些当初从嘴巴里说出来就知道是欺骗的谎言，成为一个个坏到极致的肉体狂欢。

　　情，爱。人世间最为纯粹的从一而终，真的存在吗？

　　而此刻，我，杨开海，作为一个名不见经传的小编剧，在云南独克宗月光古城，在一个再普通不过的清晨，在电脑上打下了下面这句话：

　　　　时间，是只属于一个人的心灵史。

我想，或许唯有时间，才与一个人最真实的内心息息相关。它不一定带你去未来，也不一定带你回过去，只是它从来不说谎。

事情的经过是这样的：这年春天，我终于鼓足勇气辞职，离开体制中的一家国企网站，一个人开始在云南旅行。除了写一个名为"疯帽子旅行"的旅游随笔专栏外，还接了一份给纯文学期刊连载小说的活。每天我睡到自然醒，起床后喝一杯蜂蜜水，听着从窗外传来的咕咕咕鸟叫声，或站或坐，对着眼前的大山，发呆、冥想，除了写游记、写小说，就什么事也不做。

在这个物质的世界，作为一个社会中的人，其实很难真正做自己。我不知道别人有过怎样的挣扎，起码我有一阵是极度厌恶社交的。我甚至都怀疑那时是否患上了抑郁症。不想说话，不想动一点脑子，不想跟人有什么交集。反倒是对于大自然，有一种了然于心的好感与真诚的喜悦之情。

离职前的那份工作，是在一家食品行业的国企网站做资讯编辑。3年来，每一天干的活都如出一辙：在其他网站上，找到相关新闻，Ctrl+C、Ctrl+V，将它们搬运过来。

直到有一天深夜，一个自称是某纯文学期刊的主编发微博私信，言简意赅表达了自己想要重振日益低迷刊物的想法。私信内容大意是说如今文学刊物完全沦为了某些自以为是作家们自嗨的平台。新作家，尤其是年轻作者根本就没有机会在上面发表作品。能上去的，不是关系户，就是那几个老家伙。来来回回，就是那几个人。也有的年轻作者根本就不屑在上面发表东西。一来，心气高，必须是那种有粉丝捧场高销量的杂志才登载；二来，都啥时代了，谁还写什么纯文学啊！要写也就写小文章。什么心灵鸡汤，什么励志小短文。放在手机上，方便微信公众号发布或转载。要是写得"打动人心"了，还可以迅速积攒人气。说白了，就是能够转化为畅销书作家。挣钱，挣更多的钱。在她表达了对如今文坛现状的堪忧，经过两三轮私信往来后，我们决定在咖啡馆见面聊聊。

她是 70 后，比我大 5 岁，留着及腰长发，发梢被恰到好处的染烫过，留着弯弯的小波浪。穿一袭黑衣，那种仙气飘飘，走起路来像是道姑一样的黑袍子。

我的话不多，多半都是听她在讲。话说到激动时，能隐约瞥见她双眼闪烁的泪光。在嘈杂的星巴克，完全是一个异类的存在。

她讲了很多哲学大家的名字。从苏格拉底说到海德格尔，又从福柯说到萨特。作家更是从弗吉尼亚·伍尔芙说到了卡森·麦卡勒斯。同时也表达了对于弗兰兹·卡夫卡、威廉·福克纳、雷蒙德·卡佛以及村上春树的喜爱。

反正我辞了职，总要维持生计，于是便答应了她创作一部长篇小说的邀约。她在搞一个类似反文艺、反心灵鸡汤、反小清新这样的纯文学写作项目。她会资助我一些所谓的创作基金，给我三个月时间。交稿后，只要不违反国家审查标准，就作为此项目的丛书之一出版。我问她写作的方向与主题，她说写什么都行，只要是长篇小说，只要小说的主题与时间有关。

见完面的一周后，我完全办妥了离职手续，安顿好在北京北五环租住房屋的一切，比如把钥匙留给最好的朋友雪松，嘱咐他如何给植物浇水，什么时间清洗一下生态鱼缸里的过滤网等琐事后，我如期登上了飞往云南丽江的飞机，计划走一遍滇藏线，开始了我也并不知道何时为归期的长途旅行。

在飞机上，我闭上双眼，在持续轰鸣的飞机引擎声中，在似睡非睡的状态里，想着有关"时间"的概念。

在人生说长不短，说短又似乎异常漫长的时间长河中，占据你我最为精华的"片刻"，是哪段时光呢？

我想了想，答案异常清晰。没错，是，青春期。

在这条时间的线段中，一端连接着它突然莅临人生后，不知从哪儿冒出来的那些令人抓耳挠腮无处释放的情绪；另一端，是经历种种不知所以好像永远也无尽意的忧伤情绪后，竟鬼使神差被什么东西稀释了，像空气一样，消散在时光中，与之握手言和。

时间，以太极的浑圆向前滚动。于是我走走停停，在独克宗月光古城，开始写作这个有关青春、年少的故事。

第一章

童年往事 | 良辰美景奈何天

于忧郁的明天升上天空

我喜欢的一个70后作家，棉棉。上面的小标题，是她曾经出版的一本书名。

出生那天，据我爸讲，电视新闻正播报一艘外星飞船通过埃及金字塔成功导航，顺利升上天空而后消失不见的新闻。为此全世界乱作一团，以为地球命运就此会发生无法预期的改变。虽然我能想象出当时的画面一定非常酷，但总觉得与我没有丝毫关系。待我嗷嗷坠地时，天空也不知咋的，电闪雷鸣，顷刻就暴雨滂沱。接生婆慌慌张张破门而出，冲着我爸不停地打喷嚏，跟跳大神儿的巫婆似的，神神道道喊了一声又一声：生了！生了！"生啦？"章大强皱着八字眉歪着小脑袋瓜儿，露出怀疑而难言的神情问道。接生婆回："可不咋的，生啦！"章大强："带把的？"

接生婆："带把的！"那年，我0岁。后来长大，在晃动又拥挤不堪的地铁上，举着苹果手机看过一个短视频，大致讲了一枚受精卵在母体中慢慢长成胎儿，之后灵魂在胎儿破腹前瞬间进入母体的内容。

所以世界上真的有灵魂吗？或者说有鬼吗？……那，有鬼是不是就意味着有神仙呢？

带着这些困惑，我在这个世界一天天长大。至于撞鬼的故事，我慢慢讲啦。我还是继续接着说刚出生那回子事吧。

隔了几日，接生婆望着地上那一摊黄了吧唧的流物，笑着对章大强和于红说："瞅瞅，你俩都瞅瞅。这孩子，拉的屎，黏嘟儿的！"上面的话说完就作罢喽，并无下文要打伏笔之用意。写在这儿，就是让我心里突然涌上一股无以名状的暖意。在此刻秋天下午4点阳光斜斜照进房间的瞬间，竟有种要热泪盈眶的感动，心里生出这句话：

热炕头，宝宝睡。妈妈抱，把奶喂。

电影《立春》，王彩玲说过，每逢春天，就可想哭了。她知道，那一定是被自己感动了。其实我又何尝不是呢。

于是，我就被我妈这么奶（注意：读四声）啊，睡啊；再奶啊，再睡啊……便一天一天地长大了。

慢慢地，当我开始练习独立思考，心中感觉出现了两个世界：一个是有高楼、大鱼大肉、日月星辰、四季、风雨雷电并且总是有人在我眼前晃来晃去的世界；另一个是梦幻、比彩虹还绚丽、不可言说、带有神性与不可知论、让我如此柔软、会放声大哭以及经常喜怒无常的世界。有一天，我在一本书看到"悬而未决"这四个字，我好喜欢。它是如此让我雀跃、着迷甚至竟感觉到一丝丝不安。不安，竟如此吸引我。有时它有一股化腐朽为神奇的力量。就像一束奇异的光。等待奇迹，相信奇迹，活着才有奔头。有时，我也沮丧。我可能是一个悲观主义者。虽然我给人的感觉挺疯的，但自己一个人时，安静得有些可怕。因此大部分时间，我待在"第一个世界"，它是我肉体的栖身之处，当然也是我发泄男性荷尔蒙的情趣之地。同时，我的体内还隐藏着一座巨大孤岛，它隐秘的像天书一样晦涩难懂，就连我自己也捉摸不透。别看它寄居在我体内，但我相信那是我根本就不曾打开过的一扇大门。

我深信，那里一定还居住着我另外一副灵魂。可能是我，也可能不是我。就像在长大这一路上，我一直相信有平行世界的存在。二次元，异次元。但此刻，我，就只是我。

我，叫章于子。

曾经跟他俩抱怨过，咋把我的名字起得不是一般难听啊！我妈说，难听个屁。我跟你爸老来得子，取章大强和于红的姓作为名字多有纪念意义呀。他俩说有意义就有意义吧。反正我来到这个世界，也没人提前问我愿不愿意来。

大学毕业，我鬼使神差来到了人潮汹涌的北京。后来细想，总觉这事蹊跷：一是在帝都，我没有恋人，可谓心无牵挂；二是并无待遇优厚的大公司非要死乞白赖地邀请我工作。所以说嘛，这就再次证明，自己的身体里一定居住着另外一个自己或是别的什么东西。他是我的推手，总是在我神志不清鬼迷心窍时出其不意替我做选择。不过这样也好，否则我现在肯定烦着呢。没准仍在就毕业后究竟是留校做一名老师，还是回老家随便找份工作，一混就是一辈子这样的人生选择题上而纠结无果呢。人生无时无刻不在面临着选择。伟大的哲学家康德，在《纯粹理性批判》一书中提出过：一、世界在时间上和空间上是有限的；世界在时间上和空间上是无限的。二、世界上的一切都是由单一的、不可分的部分构成的；世界上没有单一的东西，一切都是复杂的、可分的。三、世界上存在自由；世界上没有自由，一切都是必然的。四、存在着世界的最初原因；没有世界的最初原因。

怎么样？是不是觉得很烧脑。其实上述康德老师的"二律背反"理论，无非就是你我都会面临的两难境地。

人生太纠结了。念书时，要做各种选择题：什么单选、多选、不定项。其实这倒还好啦，选错了，大不了改掉重来。但是人生的选择题就忒可怕了。时间有限，它不允许你无止境挥霍、虚度、浪费。是的，你所欠下的，终究是要还的。

小时候，我总是对北京这座大都市充满无限好奇。不知是不是《七巧板》节目看多了，总会幻想着某天没准走着走着，在街角某处，兴许就能偶遇我那可爱可亲的鞠萍姐姐。后来，偶尔在寒暑假跟随出差的爸爸来过几次，走在西直门动物园附近的马路，与轰隆隆攒动的人群擦肩而过，看见他们几乎穿着同样款式的藏蓝色中山装，戴着依旧是深蓝色的呢帽子，心想：妈呀！这还首都呢？一群"农猴子"！

哈哈。可见那时，我内心戏就超多。

话说，虽然我自己是一个不可不扣的"农猴子"（为啥我觉得"农猴子"这个形容特别有喜感呢），但我自个肯定不会当众承认啦。我这人，要强着呢！我才不会跟你们那些整天就知道玩沙子打弹珠的脏孩子混呢！我自己跟自己玩：把土和（和面的 huó）湿了装在汽水瓶盖里，倒扣在地上，磨啊磨，磨出个金元宝来。我还蹭到杨树上，折一根树枝，用手搓啊搓，搓掉里面的肉，坚硬的树枝瞬间变成柔软的哨儿，吹一口，发出嘟嘟的声响儿。我偷偷搜罗堆在别家门前过道里的罐头瓶子啤酒瓶子，之后装在袋子里，到收破烂的地方，换成 1 分、5 分、1 毛、2 毛的钢镚和钞票，之后买冰棍儿和蜜桃精吃。吃完蜜桃精，大半夜屁股里就痒痒。因为小零嘴太不卫生，吃进肚子里生出虫子来，就必须得撅着腚，让我妈于红用火柴棍儿给拨出来。

唉……羞啊！

我玩的东西真是太多了。每天都变着花样玩。不重复地玩。上房揭瓦掏鸟蛋，下河淌水抓泥鳅——那是小；称霸显恶摆杀气，吓唬小孩掏钱来——这才是常态。所以那些被我欺负的小孩儿家长找到俺爹俺娘来申冤，我鼻青脸肿被两人收拾的血泪史，就不在此赘述了。

我比较钟情的那个歌手，有着一副甜甜嫩嫩嗓音的陈绮贞老师怎么唱来着：

你一直在玩／你一直在跟你自己玩／你跑去跟别人玩／你跑去跟另一个人玩

我呀，还真跑去跟另外一个人玩去了。他就是胖嘟嘟圆滚滚傻呵呵，长着一脸小鼻子小眼儿还一嘴龅牙，被那开理发店的老娘剪成锅盖头的——顺子。

顺子，大名王喜顺。我俩同年同月生。

其实我俩马上就能同日生了，可谁知，老天爷竟让他比我先到这个世界一天。小时候那会儿，最爱看的一部电视剧，就是《新白娘子传奇》。剧中白娘子的儿子许仕林跟碧莲、宝山仨人就是同年同月同日生。每当我质疑顺子为嘛不在她娘肚子里多待一天时，他便拍着自己那圆滚滚的肚子，恬不廉耻地为自己开脱道：

"我啊，这也是自然开花结果啊。你瞅瞅，瞅瞅咱这身板儿，如果再不出来，估计我妈那副瘦弱的身子骨就招架不住了！"

也的确，这家伙从小膀大腰圆，跟"净坛使者"有的一拼，能吃能睡。不过顺子这人倒憨厚老实，没猪八戒那么多鬼心眼儿。关键是，人勤快，从家往学校净帮我带一些值日生炉子用的劈柴（小时候学校是生炉子的，大家轮流值日），甚至有时就干脆替我值。更为关键的是，他是我秘书，经常帮我——写！作！业！别看他大我一天，但他照样得喊我一声哥，而且还是那种听起来相当有范儿带种的"树哥"。

树哥？这是哪门子事？没错，树哥。我给自己起了一个小名叫"小树"。因为章于子这个名字实在是太难听了。难道作为读者的你不觉得吗？不管你觉不觉得，反正我知道自己是个粗人，不可能具备像暗恋我的男生他那样的才华（放心！这个小伏笔，后面再告诉你啦）。小树这个名字只是觉得很清新，哈哈。其实还另有缘由。

除了我确实爱树之外，还因为当时个子太矮了，那些比我大的孩子管我叫"小矮子"。我没辙，被欺负了就拿树（准确说是使劲踹树）来出气。后来慢慢个子长高了，瘦高瘦高的那种，跟猴子似的灵活地爬树，就不再对树怀有敌意了。真的是发自内心觉得太不应该了。树又没有错，树是无辜的嘛。这很像许多年后，有两次我气急败坏，把手机摔得稀巴烂。事后想想，手机又没有错，自己发什么飚啊。

再后来，学历越升越高，打心眼里生发出一种情不自禁想要种树的愿望。反正我爱树。参天大树。想想就令人心旷神怡。

隔三岔五，我就坐在树下幻想："啥时候，自己能长成一棵参天大树，撑起一片属于自己的天空？"有时，想着想着就瓷住了，甚至迷迷糊糊地睡着了。但多半，我准会被老妈提拎着耳朵，被她狠狠的痛斥声吵醒："让你再不着四六地瞎寻思！是不是又再做你那变参天大树的白日梦呢？！我让你变！让你变！……"她一边说，一边狠狠地拽着我的耳朵就往家拖，害得我是无力反抗（其实是不敢反抗）。我只能装作苦苦求饶的样子，用我那老天恩赐的长有长长睫毛的双眼，噼里啪啦地在她面前一阵乱眨，硬生生地挤出一半滴眼泪，用这种卖萌的伎俩为自己开脱："妈！你就发发慈悲饶过我吧！"

我妈这人吃软不吃硬，打小我就摸清了她的脾气。每当我又欺负小孩而对方家长找上门来讨公道时，我爸气得简直想把我立马撕成碎片。于是我就开始动用我那"卖萌的哭功"，躺在地上嗷嗷打滚。多半，我妈只要一见此状就会心软，我爸则恰好相反。他只会越看越气，用想要把我剁成肉酱的力气怒斥道："哭！哭！就知道哭！挺大一小子，当初欺负人家时咋不哭！现在倒成孬种了。滚蛋！赶紧爬起来在我眼前立马消失，不然看我不把你屁股打开花才怪！"

别看他说着让我滚蛋的话，我哪敢滚啊。一听见要让我屁股开花，我吓得屁滚尿流都来不及，越哭越凶。然后他只会恨铁不成钢地继续骂道："你今天算是完了！这回你妈也救不了你。我看我要是不狠狠凑你一顿你是死活不长记性！"每当这时，我妈就不干了。

"怎么地，要打我儿子了？你试试！你打打试试！"然后我妈就拽住他，用身子护住我，像头母狮子，眼神里带有一股气场强大的杀气，仿佛欲与雄狮一比高低。其实，在我很小的时候，就察觉出他俩感情不好了。我是一个敏感的巨蟹座。

他俩特别爱生闷气。有时冷战持续一周或是更长时间。两口子本应是床头吵架床尾和的小事，俩人也会一直尴尬地僵持下去。我搞不懂到底是章大强过于大男子主义，还是于女士较起劲来没完没了。用现在的话讲，于红没准就是个作女。

每当我和我妈独处时，她经常丧着一张脸，怨声载道地埋怨我，指责我的不是。比如说我不好啊，经常在外面惹事，害得她跟我爸的关系越来越紧张之类的。而我，从小练就了一副视而不见的本领。她磨叨就让她磨叨，我还是继续幻想，做着早日长成一棵参天大树的美梦。

那一年盛夏

顺子一边喊我"树哥",一边把从大鼻孔里流出来的鼻涕努力地给腾愣回去。他讲话吭哧瘪肚慢吞吞的,用内蒙古西部的方言形容:哎呀,这娃娃嘴笨得咋跟个脚后跟儿似的。

自从我认识他,好像就没见他发过脾气。即便有,估计也是不敢当着我的面明目张胆的直接发出来吧。想必,这种欺负与被欺负的关系很像我说章大强和于红的坏话,只能背地里偷偷发泄一下,纯属自嗨。有一次,他喊我"章鱼籽",我一下就火了,狠狠上去抽了他两巴掌。打那之后,他就更老实了,跟小绵羊一样,乖乖听我差遣。

我和王喜顺真正熟起来,还得从我俩8岁那年盛夏说起,仿佛人生的星宿一下子倾斜,发生翻天覆地质的改变。

一天中午,太阳正毒,我妈大汗淋漓站在灶台一口大铁锅旁,架着饸饹床吭哧吭哧压着荞麦面条。嗡嗡作响的鼓风机声简直就是噪音,打下手的章大强不知为何,小眼睛就跟用快刀剁肉似的,瞥得于红心里烦上加烦。俩人不知咋的了,又开始默不作响地生上了闷气。

章大强有个理论:各家过好各家日子。这个明显带有个人色彩的生活观,一直潜移默化影响着他的儿子。别看我人来疯,其实真的很讨厌一群人乱哄哄有事没事瞎聚会。这不,就在彼时死热慌天压着饸饹面条的晌午，于红众亲属，在没有提前通知的情况下，又来串门了。这让章大强心里很不爽。其实我也曾困惑过，有时他俩为这些鸡毛蒜皮的小事争吵，究竟孰对孰错？现在回头看，只能说章大强喜欢安静，而于红喜欢热闹。后来工作，面对气场不投的同事，对待工作不同的步调，心里也曾着急上火过。后来不知从哪看到一句话，大意是，不同血型不同星座不同性格的人，工作时把劲往一处使，简直就是扯淡。

很多了然与懂得，必须经过时间的历练。时间是带我们去未来的。在长大成人的路上，有欢笑，有眼泪。更有傻啦吧唧最天真无邪的过去。

接着讲我和喜顺的故事。"我跟你讲啊，'章鱼'哥。有个人在街边拉屎，拉完后一摸胯兜，忘带手纸了，顿时就傻了眼。就在他心急火燎不知如何是好时，只听见不远处传来一列火车的声音——'裤擦——裤擦——裤擦'。听到火车声，瞬间给他启发，你猜怎么着？那人灵机一动，揪起自己的小裤衩，二话不说，麻利儿就给腚擦了。哈哈哈。之后不知是不是此人闹肚子。没过一会儿，那家伙又去拉了。拉完同样蒙登了，还是没带纸，这时只听蛙声一片——'棍儿刮——棍儿刮——棍儿刮'……哈哈，那人低头一瞧，嘿，正好有个雪糕棍，立马捡起来，顺势就把屎给刮干净了。哈哈……你说好笑不好笑。哈哈哈……"顺子跟魔怔了似的，笑得没完没了。

"笑！笑！笑！……好笑你个脑袋！不是拉屎那人有病就是你有病！"我说完，顺子立马傻眼了。我接着说："你笑点就是特别低。就跟个大傻子似的。"之后我突然来了灵感，说道："那啥，顺子，从今往后，你有昵称了。别人要是问你叫啥，你就告诉人家叫'傻顺儿'。记得顺字后有儿化音。不过我估计凭你那半斤八两的发音，人家听着肯定费劲，没准会误听成'啥事儿'。然后就一遍又一遍地问你'哎，小后生，你叫啥名啊？'，于是你就又回'傻顺儿'……就这样一来一回，最后不是你疯了就是那人被整疯了。"

　　顺子听我说完这通话，脸憋得通红，跟个猴屁股似的，但一声没吭。那次以后，倒加深了俩人友谊。我吗，是真心觉得这孩子不错。主要是，有使唤前途。

神秘"气球"事件

人与人之间是否投缘，终归还是落在气场上。

其实我根本就不懂啥是气场。初次听，还是北漂时做的头一份工作，操着一口唐山口音的头儿说："我们随（虽）然还（换）了工作环晶（境）了吧，但大家昨（坐）了这么久，齐长（气场）也揍（都）该详（相）融了吧！"我估摸着，气场或许就是从身体里散发出来的一股真气吧。没准就是经常在电视中听说的所谓"气沉丹田"，从那冒出来的真气吧。当然，这只是我一厢情愿地揣度。

就上面领导的言语，我的困惑在于：我这里的气怎么能跟你那里的气相融呢？吾气非汝气，汝气惧吾气；吾气吞汝气，汝气必受气。

有一回，我无聊至极翻箱倒柜，从他俩结婚时那对大木箱子深处翻出了几盒奇怪气球状的东西。盒子红红的，方方正正，上面印着一个男人和一个女人，在落日余晖的海边，紧紧贴着鼻子相视而坐。盒子里是一个个连成串的塑料包装，外面也是方方正正，印着跟盒子相同的海边图，并且重复打着我不认识的三个字。我试探性地用手指摸了摸，里面鼓鼓囊囊，好像是灌了油会四处滑动的圆环物。于是，我好奇地用牙咬开其中一个。果不其然，一个油腻腻的圆环胶状物跃于眼前。待我小心翼翼用手指轻轻触摸，原来那感觉就跟没吹气的气球一样，只是这气球很黏，沾满油的触觉。待我发现并没啥危险后，就开始放大胆子瞎鼓捣起来，揉搓、撕拽、乱撸，不一会儿那东西就变成了一副长长的竖条状，顶端还有一个凸起的小包。我又开始纳闷了，心里嘀咕："这东西到底是啥玩意儿呢？"

我可能从小就属于自嗨型人格，脑子里乱蹦的想法永远比手和嘴快，于是还没等想清楚，就萌发了这个念头："难道这是我爸给我买的新式气球？准备生日当天吹好给我个惊喜？……"你能想象得到吧：一个6岁小男孩，坐在炕头上，不好好乖乖听话等妈妈把家还，竟然用不结实的小牙齿咬开不知是何物的包装，小眼珠子咕噜咕噜地乱转，涨红着小脸，鼓着圆滚滚的腮帮子，吹着一个又一个的"气球"。

我啊，玩得可开心了，不知不觉，就把长长一条都给吹了。等我妈回来一看，我的天呐，那一声喊叫简直都能把我家灶台上的那口大铁锅震破："你个兔崽子，怎么就这么挣命啊！"只见我眼前瞬间一片漆黑，好家伙，被我妈那只厚茧丛生的大手就那么一巴掌给糊住了，伴随而来的，是我仰天长啸的一声嘶吼："哇！……哇！……哇！……"仿佛我又在世间重新降临了一回，鬼哭狼嚎的声音，把跟隔壁共用一个走廊的老陆头给招来了。

那天他俩上班，我就被托付给老陆头照看。他是个老烟枪，一时不嘬口从农村老家带回来的旱烟叶，他就跟丢了魂儿一样五脊六兽。所以一时间离岗，误以为我在炕上呼呼睡觉，是不是睡到半晌这娃娃睡得五迷三道，自己从炕上乱爬，不小心掉在地上给磕得哇哇哭……于是吓得他赶紧跑过来。这一来不要紧，好家伙，满炕都是带凸点的"气球"！老陆头看我用号啕的劲嗷嗷哭得正凶，再一瞥我妈那张凶神恶煞的脸，简直慌了手脚，吭哧瘪肚，小心问道："小……小没事吧？"。

小，是我的小名。章小。小子。小儿。

"摔哪儿了？疼坏了吧？来，让大爷给你揉揉！"老陆头一边心疼我，一边不好意思把脸转向我妈，欲对她解释。

话说我妈也是演技派，刚才那张脸还跟雷公电母的电母一样凶神恶煞，当转向老陆头接他话茬时，那变脸叫一个快，是笑也不是，愁也不是，于是故作镇定地说道："您看，陆叔，这是哪里的话。您这么说，就是见外了。您看看，您看看，这……"话到一半，便咽了回去不再说了，只是一脸难为情，瞅瞅炕上的"气球"，眼神也不知往哪搁了。老陆头一听，以为于红是话里有话，意思是说："您看啊陆叔，您可真够行的。就说我没时间，拜托你帮忙照看一下孩子吧，您说您挺大一老头儿，怎么连个看孩子睡觉这点小事儿都做不好呀？！这还是什么铁路局的先进呢？我看是'现金'不够吧？！不就是没给您看孩子的钱吗？行，现在您不让我给，我还不让您看了呢！看这脾气大的，有意见也不直说……"。看着老陆头额头上的汗，我就知道他心里想啥。瞧他一张嘴那些词不达意的话："你看我，红子，我……这……这事干的……"。再瞅瞅我妈那左右为难的神情："您看陆叔，真是让我……让我……您看看这炕上的……这些……这些……"。俩人就他一句"你看我这"，她一句"您看我那"的，像粘在炕上的那些"气球"一样，踢来踢去。

我停止了哭叫，用小手抹抹小脸，倒吸一口即将流出来的鼻涕，看着炕头边上站着的俩人，眼睛跟着他俩摇头晃脑简直都要晃晕了。这时，最尴尬的一幕上演了，只听见"呼"的一声，老陆头因没站稳一下子把屁股坐在了炕头上的一个"气球"上。瞬间，气球爆炸的声音打破了这个尴尬房间的一切。

这下更把老陆头给糗坏了，青茄子色的一张鞋拔子脸，简直就要被自己扭曲的表情整成异形了，撂下一句："行了，反正是我的错！"说完，拔腿一溜烟跑回自家。我妈追出去，估计是找他继续掰扯了。过了一会儿，正当我刚要喊一声妈时，只见她伸出一只大手，朝着我那张稚嫩的小脸蛋就是一巴掌。

巴别塔

老陆头是紧挨我家的邻居。我们住在其中一栋叫作"12栋"的住宅小区内。"12栋",顾名思义,就是此处一共有12栋楼房。"12栋",又俗称"铁道兵老楼",是清一色的三层红砖墙胚的老式建筑。它可是有些年头了。当年小城兴修铁路,配合水电、养车、车务、职工生活等相关基础设施,建站设段,组建了与之相关的水电段、车辆段、车务段、生活段。"12栋",便是给职工与家属盖造的配套住宅楼。

一栋12户,每两家住在一起,共用一侧的走廊。这样一左一右,从一层到三层,就是12户。我家住在三层靠西面门廊最里面那户,"搭帮结伙"的另一处人家,就是老陆头家。三五米长、一米多宽的公共走廊,堆放着居家过日子的生活用品,什么啤酒、罐头瓶子,麦乳精铁罐,健力宝易拉罐等杂物。每逢秋冬季节,家家户户晾晒大白菜和成捆成捆的大葱,待积成酸菜,缸里压上一块大石头,多余的白菜和过冬囤积储备的一麻袋一麻袋的土豆,就跟那些杂物一起,堆放在走廊。味道当然是不好闻的,酸酸臭臭的发酵味儿与腥腥甜甜的鱼干、肉干混在一起,简直没法在其中走过。但那味道却是属于儿时的。闭上眼,臭的,也是香的。这是时间带来的美好。

我们家跟其他户一样,家门是一扇墨绿色的木门。推开后,便是窄得不能再窄的应该叫"厨房"的地方。一个水泥垒砌的灶台，一口大铁锅，旁边矗立着炉子，地上堆着煤，摆放着煤铲子和火钩子。小时候，我们经常趁大人上班不在家，把烧得正旺的炉子上面的那一圈圈铁环，结合地瓜大小，或增或减，小心翼翼驾起火钩子，恰到好处让地瓜放在上面，以至于不会烤焦或烤生。

笨手笨脚的我，经常跟顺子几个小伙伴把地瓜烤煳。在屋里炕头织毛衣的于红寻味而出，一般都会没好气地拧着我的耳朵，跟母夜叉似的，大声呵斥我一顿。她骂归骂，我还是照烤不误。后来于红没辙，也只能扔出仨字送我：厚脸皮。

话说这年头，啥最不值钱？其实答案很简单，一个字：脸。两个字：脸皮。

您还甭不信，还真的就是人人都拥有的这张"脸"呢。时下，什么小鲜肉，过去，什么小白脸，无非不都在说人最好还是要生得一张好面孔嘛。做人也真是够难的！你说你脸皮薄吧，别人会说你没脸没皮；要是抗压能力强吧，别人就会说你是厚脸皮，甚至癞皮脸。

我倒觉得，长自己的脸，让别人说去吧。不管这脸是张香脸、臭脸，好看的脸、丑兮兮的脸，光滑水嫩的脸、爬满疙瘩的脸，天生丽质的脸、后天整容的脸，平面的脸、立体的脸，瓜子脸、大饼脸……既然长在自己的脸上，就随他们说去。只要别让自己的热脸贴了别人的冷屁股就行。

好家伙，这不，于氏亲戚，倒先贴了章大强一个大大的臭脸冷屁股。就是上面说的那次于红压饸饹面的晌午，众亲戚在提前毫无知会的情况下，如敌军扫荡般，拖着嘀哩当啷的脚步，来到这个拥挤不堪的"12栋"301室做客。来的都是于红家的亲戚，他们都喊她一声大姐。这里面有她自己的亲妹妹、亲弟弟，还包括妯娌、连桥。我妈在她们老于家排行老大。或许是人心向背，又或许是家族凝聚力，所以有事没事就爱来探望探望，唠些家长里短，赶上饭点，就吃吃喝喝。

其实刨去厨房，家的面积特别小。虽说是两居室，但推开门，一进里屋就是一个大通炕。对面所谓的大屋，摆放沙发茶几立柜，还有立在墙角囤积的米面油，空间其实所剩无几。三口人居住于此，真的是转不开身。在丝毫没有备下多余椅凳的情况下，突然再来下几口子，家里就跟闹了饥荒似的，看上去那叫一个心塞。

别看章大强笑脸迎客，其实心里有一百个不情愿。亲戚们或许看不出来，我站在旁边，就他对于红的眼神，我可是看得一清二楚。那小眼睛，剜楞剜楞的，简直都要把对方的心看寒了。再加之咬牙切齿，心里有敢怒不敢言的怨气，就用磨牙来释放。听的人心里面直渗冷汗。

父母二人算是发小。其实到现在我也没弄明白到底何为发小，觉得这个词本身非常模糊不清。俩人小时候，住前后院，就一墙之隔，双方大人不在家时，经常幽会。玩着玩着，就互生情愫了（此处略去五千字）。

想必咱们都听过父母讲述他们的苦难史吧。要多惨有多惨的那种。比如，吃不饱饭，逢年过节吃不上肉，三年自然灾害缺粮少油。因此我爸打我记事起，就是没完没了地囤粮。于红也会语重心长对我说："你知道吗，你可是摊上好时候了。不像我们那会儿，家里孩子多，过年哪有新衣裳穿，都是用旧衣服改。"

"妈，那你是老大，所以我二姨老姨都是穿你的剩衣服，她俩也真是够惨的……"我接她话道。

"什么什么啊？！这都哪儿挨哪儿啊！"她忙为自己喊冤，随后接着说："什么新衣服！我那也是穿别人家不要的，都是旧的。"

很多时候我就在想，真不知道他们那个时代，到底发生过什么。像是"水深火热"这个词，是今日的你与我，永远都无法感同身受的吧。所以这个世界哪有什么感同身受，只有此刻与当下，今生今世。

巴别塔。知道这个词的含义吗？它是宗教传说中的高塔，出自《圣经·旧约·创世记》第11章。当时人类联合起来兴建希望能通向天堂的高塔，上帝为了阻止人类计划，于是让彼此说不同种类的语言，使大家相互之间不能沟通，计划也因此以失败告终。

我们与父母，一定犹如巴别塔，彼此之间会存在沟通上的障碍。我真心觉得我们这代人挺棒的，虽然没吃过他们的苦，却可以如此敞开胸怀接纳他们。即便在他们眼中，我们没有什么惊天动地的经历，但换一个角度看，反而他们是胸襟狭窄的。80后，是最不彻底的一代，不上不下的。我们为别人考虑的太多太多了。

想得多了，顾忌的多了，是不是就意味着我们开始老了。

老了的一个表现就是情绪飘忽不定。我不喜欢章于子这个名字。看到它，读到它，觉得别扭而陌生。即使后来长大，我拥有像是微博微信和其他别的社交账号，虽然会用"章鱼子"这个谐音来注册自嘲，但还是抹杀不了我对它的反感。

我们那么善于美化。从一张自拍照，到洗白恋爱历史。那不堪回首的过往，究竟有着怎样的黑暗深渊？人这一生，得说多少谎话，才能巧妙度过啊。就像得吃多少顿饭，喝多少吨水，才能将这副皮囊撑下去。

我挺纳闷，就说章大强于红那代人的名字具有老派的时代性，像是女的一般都叫花啊兰啊霜啊凤啊芬啊荣啊英啊霞啊什么的，男的叫国啊强啊军啊华啊东啊超啊之类的，被起成这样的名字大都因家长没啥文化情有可原，但我们就不一样了。我们可是在党的十一届三中全会后，在对内改革对外开放国家形势一片大好后，出生的一代新人啊。物换星移。时至今日，我们这代人可以说是真真正正集体"上市"了。社会的中流砥柱，如今就是我们这些80后。

回过头再说我爸章大强这个名字，细心的你一定能从"大"字看出个所以然来，他是老章家的老大。我真庆幸他没给我起名叫"章二强"或是"章小强"。假使真的按照这个套路，那我要是再有个弟弟会不会就叫章三强。万一我在我妈肚子里，因为基因突变或是别的什么原因，从带把的变成带洞的，那我岂不是就该叫章二丫了。我已经想好了，日后我要是有孩子，男孩叫章小坏，女孩就叫章小歪。

于红说，小时候章大强跟我一样爱调皮捣蛋。刚听到时我还半信半疑，心想，这指不定是他俩合伙串通好骗我的策略。这俩人可不白给，一个唱红脸，一个唱白脸。于红是软刀子，跟我谈心，不会是想把我收编吧。我火眼金睛，清楚着呢。

于红说我从小就有躁动症，不过我刚出生还在嗷嗷待哺时还真看不出来。那时她喂完奶把我放在炕上，我就像是一只掉进大水缸捞出来后东倒西歪奄奄一息的小家雀。还记得那个说我拉屎黏嘟儿的接生婆吧，对着他俩曾说过这样的话："这孩子一看身体素质就不行，以后小病小灾接连不断，你俩得做好娃儿随时撒手人寰的心理准备。"于红说，当章大强听到"撒手人寰"时，直接就把老太太给哄走了。

你说这老太太，挺大岁数也不给自己积点德，竟说些风凉话咒我。不过话说回来也真是奇怪，我还真是在 1 岁时因高烧三天三夜差点没烧出个脑膜炎来；2 岁又患上了贫血脸色就跟丢了魂魄的小鬼一样惨白；3 岁那年终于啥病也没有欢实了一阵后，又因腿疼而被诊断出先天缺钙，被医生警告如果不好好补钙以后就是罗圈腿 X 型腿没准还会整成难看的鸡胸脯。于是俩人就又是给我灌鱼肝油，又是把钙片用擀面杖直接捻碎了冲水喝，并且还有事没事经常把我抱到楼卜晒太阳。我跟黄小巾那丫头片子就是在那时认识的。

自"神秘气球事件"被老陆头照看弄出来那个幺蛾子后，他俩实在是因工作太忙而没辙，无奈只能把我姥姥从老家里请出山前来带我。

她梳童花头，高发际线，大脸盘，双眼皮。照相时，嘴巴爱微微张开，露出两颗因常年嗑瓜子形成小豁口的大板牙。我妈跟我姥姥长得特别像，不多的外形差别之一是她总爱编两条麻花辫，有时将其合并成一条粗粗的大辫子，偶尔也会向后挽起一个简单的发髻。

有一天，她如往常领着我到楼下晒太阳补补钙，恰巧旁边走过来一个怀抱女婴的妇人，于是俩人莞尔一笑打声招呼。虽然当时我只有5岁，但我竟知道那孩子并非年轻妇人所亲生。

我站在旁边，用自己那只稚嫩小手的无名指，对着她怀里的女孩，指指点点，并嚷嚷道："野崽子，野崽子。被抱来的野崽子。"姥姥一听这话，赶紧把我薅过来，对着穿开裆裤的我，象征性地给了一巴掌。一个劲跟人家赔不是的同时，嘴里嘟囔："叫你乱说。什么抱来的。再说，你也是抱来的。"

这一说不要紧，我可听得吃心了，刚才还洋洋得意的神情立马傻眼，皱着眉，用不解的表情问她："姥，真的吗？"她略加迟疑，哭笑不得，与抱小女孩的女人相视，边笑边道："是。可不咋的。你啊，是姥姥从水库边上捡回来的。"

"那我是怎么捡回来的？"我有点着急，马上追问。"你呀，就是装在上次陆爷爷看你时你诈妖吹满一炕'气球'的气球里捡回来的。"

"你骗人！那我不憋死了。"我一边做出惊讶状一边质疑她道。

如此一看，姥姥糊弄人的本事简直跟我妈一样不分上下。真是有其母必有其女。后来上学，因时不时撒谎后圆谎而被他俩识破时，我就用"有其母之其母必有其子"这句话狡辩。气得于红简直都要把我真的装进"气球"，再使劲系个死疙瘩，狠狠丢回水库。

大下坡

话说那日午后，于红同志伺候完一大家子的吃喝，待把堵在饸饹床眼儿里的面渣滓费劲巴拉淘洗干净，又把锅碗瓢盆蘸着面启子蹭完然后整齐地摆进碗橱，连趟厕所也来不及上，就一边套上带有白点的绿色连衣裙，一边冲着"章鱼"小盆友嚷嚷道："你到底是去还是不去？要是去的话，就赶紧穿衣服。你瞅瞅现在都几点了？！"于红要赶去上下午的轮班。她在小城一家卖五金的门市当出纳员。我从她休息时的上午就念叨，让她带我一道去班上玩。她当然是一百个不情愿，但终因受不了我的死缠烂打，最后还是同意了。于红说我有时就像是一只可爱的果蝇，在她这个带有豁口的红苹果上没完没了地盘旋，非要叮上一口。我困惑，于是问她："妈，果蝇长啥样？是苍蝇吗？为啥你说豁口？是指你门牙上因为总嗑瓜子而磨出来的小豁口吗？"

问完，气的她直接拽着我还没扣好扣的小衣领，快步将我拖到楼下，踢开她那辆 28 永久牌自行车后轱辘的支架，徒手把我往前面的横梁上一抡，"章鱼"小盆友便老老实实坐在上面了。

我有泪风眼，还好不算严重，就是碰上刮得特别严重的风沙天，或者像是压饸饹面那种太阳异常毒辣的鬼天气，迎风或面向太阳，双眼就会泪流不止。

章大强在铁路口工作，从小便有很多跟他一起蹭出差当作旅游的机会。无论是到达一个个不知名的小站小村，里面毛驴车泛滥成灾，还是一些城市中的著名景点，他几乎都会用那强硬的家长作风强迫我站在他身边合影留念。

写字台玻璃板底下压着许多张相片。那个坐在沈阳故宫城墙上，笔直站在天安门广场毛主席挂像前，矗立在颐和园门前石狮子旁，骑在某小城火车站长颈鹿布偶背上……那个看上去努力睁着双眼，面部表情异常狰狞，像是受到高度惊吓而失魂落魄的小男孩儿，就是本人我了。你可知道，拍那些照片时的种种艰辛。有很多张合影都能见到章大强拦在我腰后的那只手。那可是一只夯实有力的大手。但你知道那手伸向何处了吗？呜呜，是我的腰上、大腿根、小腿肚、后脖子上。那些外人所看到的美好合影，背后都是青一块紫一块的瘀青血泪史。

因此，就当我被于红女士硬生生架到自行车横梁上时，我仿佛再一次听见一个小男孩被一个倔强的男人用手掐哭的声音。于是，我紧紧闭上双眼，试图想些美事。在一个短暂的快速下滑中，我知道妈妈已经骑到了"大下坡"。当我正要快乐地哼唱一首小曲时，只听见哐当一声，伴随着人仰马翻，我早已是两眼火冒金星，云里雾里，不知今夕是何年了。

车祸就这样发生了。

"大下坡"是"12栋"通往"外面世界"的一条大坡道。过了这道陡坡，经过几百米坑坑洼洼的路面，就是小城的别处。

初秋下起连绵雨，那条坑洼路面就会积水一直蔓延至"大下坡"。路的中央是铁路桥，桥下有两个左进右出的桥洞。我们做小孩的，反而异常盼望能时常下下雨。等积水成河，就能成为一番新天地了——大人们的灾难地，孩子们的游乐场。

我的左腿被一辆正面飞速骑来的自行车压过。于红哎呀一声惨叫，章于子破涕而喊的一声妈呀，让瘫坐在地上的母子俩迅速被闻声而来的行人围得那叫一个严实。而肇事者吓得继续飞蹬着自行车，一溜烟地逃之夭夭，早已不知了去向。

此时，只听见人群中传来一个熟悉的声音："这不是大强媳妇和他们家小子吗？！"随后，又加进几声别人的"快去叫救护车""去老章家喊人来"等嘈杂的帮衬声。我不知昏迷了多久，等我睁开眼睛，试图站起来去我妈那边时，竟感到左腿像是绑了块巨沉的石头，压着它根本就动弹不得。我有些急了，拼命从围观的人群裤裆缝里搜寻她的身影，一声声叫喊："妈……妈……你这是在哪儿啊？你在哪儿呢？！……妈……"

"在这……妈在这……小儿……"待我循声而望，只见看热闹的众人自觉给我们母子俩开了一个隔岸观望的小道，我心里甭提有多激动。于是一手扶腰，一手拄地，抻着脖子，边喊我妈，边向她那边爬过去。我想，如果《午夜凶铃》里的贞子看见我这样向她缓缓地爬过去，她会不会连想都不想，赶忙再钻回到电视机里去。

就当我在众目睽睽地注视下，以狰狞的姿势爬向我那其实就近在咫尺的母后时，一双穿着棕色皮凉鞋的小脚突然出现在眼皮底下。我抬头一看，心里嘀咕："咦？这人是谁呢？好生面熟。"

雨夜、啤酒与宇宙

人生，很害怕也就这样了。

在下着雨的夜晚，下着很大声雨的夜晚，在伴随着电闪雷鸣的雨夜，我想到上面那句话。

此刻，我比较担心树上的秋蝉。担心它们会不会就此被大雨浇死。

不开心时，我常常会想到那些死去的偶像。无论你相信与否，死，其实都比生更具有说服自己好好活下去的力量。

入秋以来，天是一天凉比一天了。整个人进入到一种嗜睡模式。夜间多梦，甚至被梦魇惊醒，翻个身，再接着睡。天亮了，即便连续睡了8个小时，甚至更长，也总觉乏力。没睡饱的状态一直持续。好像秋天一到，身体的叶片，就自然而然地合上了，开始养精蓄锐。

有时我在黑暗中醒来，不开灯，摸索着走到另一个房间，打开冰箱门，借着里面的光亮，拿出一听啤酒，拉开拉环，一个人坐在沙发上，慢慢地喝。窗户不拉窗帘，路灯的光亮便自然地照进来。待路灯熄灭，会有皎洁的月光洒进来。夏日里，也会看到一轮圆月高高挂在夜空。就兀自皓月当空，好像全然不顾人世间俗世的感觉，就孤傲地挂在那儿。

酒意袭来，微醺的时候最好。心底生起一团温暖的火焰，随着酒精的浓度，慢慢升高。火光跳跃，与心里的那片海洋交会。月光从海平面升起。一轮大月亮，远远的，把眼前的海水照亮。

每当乙醇麻醉大脑，反倒觉得人生才是真实不虚的。只此一生，也好似不虚此行，暗生一种到底是捡着了的错觉。小小的确幸之感，涌遍至周身的浓浓暖意，流淌出全然地放松与对世间的了然。甚至生出一种对于世界的原谅之心。

人越长大，越会原谅他人。而原谅别人，就是在原谅自己。

年轻时，太着急赶路。急于成功，渴望被理解。闷过，困惑过，挣扎过。然后，也放弃过。等想明白了，再次振作精神，让一切，都重新来过。就好像从来没有经历过失落失意一样。

于是在只有光和自己的房间，当我觉察出身体开始自动恢复到一种洁净的状态。我知道，那份遥远的呼唤，也一直在不断提醒自己，在疲惫时，在困顿时，回头看看过去曾经美好的青春时光。

我再次，借着酒精的飞翔，飞回到那段青涩岁月。掠过青春那条奔腾不息的大河，继续溯源。

好基友

车祸现场，那个面熟的男人，名叫王国辉。他是谁并不要紧，但他儿子你一定认识，就是王喜顺。王国辉跟章大强是同事。平日俩人几乎不来往。他不喜欢他。或者他也不喜欢他。到底谁更反感谁，这个弄不明白（也无须搞清吧）。当时正值新领导上任，筹建新的工作班子。段长除了将搭档已久的昔日伙伴与心腹从外单位调来，便公开招贤纳士。有幸选拔上来的，都将会是新班子的核心成员。对于谁，这都是职业生涯晋升的好机会。对于30岁出头最具事业心与干劲的章大强来说当然也不例外。那时，哪像现在的人这般人心不古。然而他们俩不对付，是我作为一个毛孩子就能深深觉察出来的。

那段时间，总会听章大强念叨王国辉这个名字。多半是讲述他如何利用工作之便作奸犯科、好大喜功、贪图女色、滥用职权、挪用公款、以权谋私、玩忽职守、损人利己、丧尽天良的。一时间我听得晕晕乎乎，对于章大强单方面安给他的"罪状"，我多半也只是听听而已。但那时毕竟小，一直视我爸为权威，他说的话，我还是言听计从的。但是唯独让我少跟他儿子来往这件事，我是不接受的。

所以就当皮鞋旁又多出来一双穿绿塑料凉鞋的小肥脚丫时，那个长相白白胖胖，笑起来眼睛眯成一道缝的傻顺子，不顾看热闹的围观群众，声嘶力竭，一嗓又一嗓子地喊道："树哥啊！我的树哥唉！你这是咋的啦？！……"喊声之余，抢他正在俯身搀起我娘俩的老子一步，先把我妈扶了起来。

瞬间，季节性的泪风眼也好像一时间痊愈了，两声"树哥、树哥"的喊声，叫得我浑身上下骨头那叫一个酥软，就像是孙悟空偷喝了蟠桃会的美酒一样飘飘欲仙。

良辰美景奈何天。

当我不知不觉因经受车轱辘的重压而生出来的疼痛昏迷过去后又缓缓睁开双眼时，我已经躺在了铁路医院的病床上。左腿骨折，索性不是粉碎性的。于红因突如其来的外力寸劲拉扯，造成了腰椎错位，诱发腰间盘突出。我们娘俩一左一右，躺在中间刚刚做完喉癌手术安插喉管的老头两侧。就跟观音菩萨身边两个金童玉女似的，你看看我，我看看你，再瞅瞅干巴瘦的老头，强忍住心里的笑意。

章大强则坐在我未受伤的右腿床边，用像《还珠格格》里容嬷嬷掐紫薇的眼神跟架势，狠狠地扫射我，仿佛在说："你要是敢给我笑出声来，看我不把你右腿也直接给敲折了！"

住院那一个月，王喜顺可算是跟我黏歪上了。那阵子，可是没少拎着香蕉苹果麦乳精罐头什么的来看我。无论先前认识与否，关系是否亲密，原本八竿子打不着的两个人，竟因一场车祸连接了两个小孩的内心世界。别看顺子在王国辉面前驴得不成样子，在我跟前面瓜得就跟只小绵羊屁也不敢放一个。待离开医院，回家继续养病，转而痊愈时，半年光景，竟收获了深厚的友谊。在我妈搞的答谢家宴上，因家里经济状况比我家宽裕得多，素日里吃惯了大鱼大肉的他，再吃起我妈做的粗茶淡饭，一时间，竟觉得好吃极了。我妈频频给他夹菜，他摇头晃脑的，呼囊呼囊吃着，还真有猪八戒的模样。

"傻顺儿，要不以后你干脆喊我'猴哥'吧。我呢，就叫你'八戒'，如何？"我说。

"为啥？"他问。

"瞧你这吃相，简直就是'净坛使者'转世嘛！"

我一边说一边用手使劲弹他的脑门儿。我妈在一旁看到，照着我的脑瓜门儿也是使劲一弹，怒斥道："说啥呢！净没正形！人家喜顺可是好孩子。"说完，把头往他那边一转，于是又夹了两口菜放在他碗里，说："来，顺子。吃！别听他胡说。"喜顺眯起他那其实挺大的双眼，瞅着我，暗自窃喜。见他得意忘形的样子，我马上丢给他一句话："二师兄，赶紧吃饭。吃完饭你还得探路去呢。我们要抓紧时间继续西行！"谁知这孙子趁我妈在身边觉得有人给他撑腰，竟继续小人得志般，回我一句："猴哥，我已打探过，前方确有妖怪出没。俺老猪已与他交过手，但他说不怕你，要等着跟你这糟脸儿的弼马温一搏高低！"我妈一听，笑得差点把嘴里的饭喷到我脸上，并长他人志气灭自己孩儿的威风，接道："哇顺子，你呀可真厉害！以后我家小要是不听话，你就帮姨管管他。"听完，我狠狠瞪了他一眼。他瞅瞅我，又看看我妈，结结巴巴地说道："其实……阿姨……章哥还是很听话的。而且他真的像哥哥一样罩着我。他可是我们学校的老大……"

这小子，真不知道是夸我还是整我。要是觉得我厉害就直接说厉害，还说什么废话。什么叫"学校里的老大"啊？这不存心让于红整我吗，还真以为他儿子是学校里的老大。于是我妈不问青红皂白，立马呵斥我道："好呀，你小子，不好好在学校念书团结好同学，还知道拉帮结派搞什么组织了。我看等你'组织'回来不让他好好收拾收拾你，你是不知道天高地厚了……"

眼瞅着于红的火药味上来，我赶忙跟她解释，可她压根儿就听不进去，上来一拳头照着我的后背就捶过来，扔下一句："你这孩子，怎么就这么毒性呢？！"顺子看我憋红了脸虎视眈眈地直盯着他，预感再这样下去一定大事不妙，瞬间捂住肚子，装出一阵阵肚子疼的哀怨声，急匆匆跟我妈道别，一溜烟地跑了。他一定知道，倘若再待下去，那下场就真会跟孙悟空三打白骨精一般，我管你是王国辉之子，还是谁家大宝贝，哪儿痒痒，哪儿皮薄肉嫩，就照着那个地方，狠狠的三棒子打下去，看你还敢不敢乘人之危落井下石。

心疼，无解

很多事物都是无解的。比如你可以计算一支冰淇淋在你手中融化的时间，却无法明白一个人为何会悄然离去，甚至不辞而别。比如你知道太阳的光到达地球需要 8 分钟，却连宇宙到底有没有边际这样的问题都搞不清楚。无论是何种原因造成的心疼，那种瞬间落到谷底的低落，永远无法精准测量出究竟是身体里缺乏某种化学元素，还是天生带来的像是性格一样写进基因中的缺陷。你只能坦然接受，等待它们在身体里慢慢消解，直至自然而然地过去。像是一只在深海中迷航的孤船，等待风的转向，自然而然驶回到安全的岸边。

如果船还能够靠岸，那终究是一场幸运。倘若中间出现不可扭转的事故，兴许一声简单地拜拜，就成为永不再见的阴阳两隔。

就像当我在北京地铁再度碰见黄小巾，即这部长篇小说的第一女主时，面对两鬓斑白的她，一时间竟如鲠在喉，心酸得不知说什么好。

鼻子酸酸的我，张开嘴巴的第一句话竟然是："这么些年，究竟发生了什么？……让你变得这么老？……小巾，快告诉我，你怎么就变得这么老了？……"

是。此时此刻，这，的的确确就是我的心里话。没有什么比看见女人容颜的老去更叫人心疼的了。何况那个人是曾经跟我朝夕相伴 10 年，从 3 岁就认识的黄小巾。就在我问她这些话的同时，脑海里浮现出 17 年前她说的那句话。那是在我 30 岁而立之年的生日宴会上，她对着当时几个在一起经常玩耍关系要好的朋友，说道："人啊，必须得瘦。胖了，会没有真爱的。"不知为何，对自己胖瘦要求格外严格的她在说那句话时，我没有像其他在场的人觉得好笑，反而心里生出一股无名的疼痛。于是在时隔了十多年如今她已是 48 岁再次遇见时，我依旧如当时听了那句话的感受一样，其实特别想哭。

很多东西，很多很多——比如时光，比如在时光中要一起经历得意与失意的成长，比如在种种成长之后见到的最终曙光——在缺席的片刻，兴许都将成为永久的缺憾。就像人越老，越会将什么都看淡、看透，丢出一句"要不，就这样吧"的话，让遗憾，最终带进棺材。

17 年前，她丢出来一句分手的狠话："分吧。早分早解脱。"真是叫人心死如灯灭！

第二章

上学时期｜那些单纯苦涩的美好

芳华俏佳人

那是人人都会经历的 16 岁。以某个时间点，分割成初中与高中。就像一边是酷热的夏，一边是冷风飕飕的秋。

还记得 5 岁那年，姥姥抱着缺钙的我晒太阳时遇见的那个小女孩吧，当时我还指着她说是抱养的。她就是黄小巾。跟王喜顺和我，成为高中同学。

16 岁芳华，让彼此的模样都大为改变。顺子仿佛在一夜之间蹿高。之前还总是被我调侃如净坛使者的臃肿体型，如今已是一个接近 1 米 80 身高瘦而美的少年。除了个头我比他高 5 厘米，依旧留着干净的寸头外，远远从背影看去，不熟悉的人，还真难分辨出俩人谁是谁呢。当然那些花痴脑残的女生能分得清。用她们在私下里的争论辨认：长得美的，是王喜顺。而真正能够担当起帅哥二字的，就是本人我章于子喽。

王喜顺留着斜刘海的长发，无论他如何被人崇拜，我依旧喊他"傻顺儿"。黄小巾却让我起了个特别难听的外号，叫"卫生巾"。心情大好时，我就"卫生巾""卫生巾"没缘由地瞎叫。

我们这届一共三个班：文科班、理科班，再加上一个艺术班。我们仨都读文科。文、理两个班的人互相瞧不上。文科班嫌弃理科班男生虽多但不懂浪漫关键是一个个长得贼磕碜。理科班鄙视我们学文的：女生要么就是数学不行，所以完全是迫不得已，靠着死记硬背，学起了简直毫无技术含量的文科；男的哪里有什么阳刚之气，每天泡在男女比例严重失衡的女儿国里，一个个说起话来娘娘腔，久而久之，不变了态才怪呢。

1999年，身为语文课代表的黄小巾，通过层层比赛，在小城组织的教育系统"迎接澳门回归知识竞赛"中，取得高中组个人成绩第一名。正是这个原因，班主任同时身为历史教师的李树青，撤掉了成绩平平、但也没差到哪里去的原课代表张念桢，让这个小丫头片子当起了新的历史课代表。扎着马尾，髋部比其他女生大一圈的张念桢，心里恨死了她。

至于我，人高且瘦，动作灵活，帅气逼人，在新生报到全班同学大扫除互相之间还谁也不认识的情况下，就被个头只有165厘米，说起话来音色像极了呱呱叫的小鸭子的李树青老师，钦点为体育委员。

至今我还清晰记得，第一节是语文课。一个脸型瘦长，架着一副银色金属细边眼镜的女老师，腿确实够细，但套着一条就要及地的黑裙，疾风一般，嗖的一下，伴随正在打响的上课铃，飞步走进教室。她迈上讲台，立定，端起左手，扶了扶鼻梁上滑落的眼镜，稍事镇静后，以出乎意料尖尖细细的嗓音喊道："上课！"然而全班同学一片哑然，因为没有人喊"起立"。我强忍住笑意，当时的心理活动是："这是蛇精转世吗？"

此处不假，也毫无夸张之意。这个名叫张欣的中年女人，简直跟动画片《葫芦娃》里的蛇精如出一辙。隔着一条过道，左边又隔着同座张念桢的王喜顺，侧过头跟我眨了下眼，同样示意真是像极了。

"那个向右回头的男生。对，就是你。你站起来带大家喊一声'上课'吧。先暂时代理一下班长的职责。嗯，就这样。让我们大家再重新来一遍。"蛇精老师一手扶着眼镜，一手指着此刻正一脸茫然的顺子说道。

"啊？……我喊？……"顺子手指着自己的嘴，慢慢腾腾站起来，迟疑道。

"是。就是你。喊吧。"蛇精回答。

王喜顺一时间竟不好意思起来。低下头，挠挠后脑勺，绷着牛仔裤的大长腿紧张地撞在桌角发出砰砰的声音。过了好一会儿，终于鼓足勇气，有气无力地喊了一声"起……立"。

大家或快或慢地站起来，参差不齐地配合着喊道："老师好。"

张欣觉得大家动作不够整齐，声音又没有劲儿，于是让王喜顺重来。

"起立。"

"同学好们好！"

"老师好！"

"请坐。"

四句话过后，张欣轻轻转过身，用左手在黑板上写下两行八个字：雨中登泰山——李健吾。

那节课是如何度过的，王喜顺完全不记得了。但心里砰砰砰不知是窃喜还是紧张不停敲鼓的复杂感受，一直记忆犹新。

那节课过后，没多久，估计是张欣跟李树青建议，或是他早就有此意，于是顺子竟然歪打正着当起了班长。黄小巾纠正他："你可别像某人说的觉得自己是歪打正着捡着了。这可是命。王喜顺，你这是命里有。你就好好做你的班长。我支持你！有什么难处，尽管跟我说。我来帮你摆平。"

说实话，我心里反倒觉得不舒服。莫名其妙的难受。

被篮球砸中的瘦男孩

两个月嗖地一下过去。

大家都憋足马力，欲用最好的状态，迎接 3 天后举行的期中考试。

班级里不知不觉聚拢起一股凝重的备考气氛。我倒不以为然，该玩就玩。不会像王喜顺停止了课间 10 分钟跟我在班里扔篮球的习惯，也投身于浩浩荡荡的复习大军中。

这天课间，我围在黄小巾周围，一边拍球，一边捣乱，分她看书的心。

"章！于！子！说过多少遍了，不许在教室里拍球。"黄小巾说。我装作没听见，反而加大动作。

"你是不是蹬鼻子上脸，以为当个体育委员会打什么破篮球就很帅是吧？！"她放下手中被划了一道又一道线的历史书，站起来，歪着脖子，义正词严跟我喊道。

"嗨？……还就是了！会打篮球还就是帅毙了！"我接道。

她摆摆手，一脸不屑，嘟囔了两个字："肤浅！"于是坐下，继续跟旁边的同桌杨莲川讨论着英国工业革命的意义。

估计我是真动气了，便加快了拍球频率。

"章于子！你还有完没完了！我再说一遍，要拍球，你给我出去拍！"黄小巾一边说，一边示意王喜顺过来。顺子过是过来了，但他不好插手，反而是旁边那个娘娘腔的杨莲川，义愤填膺地站起来，用比平时上课回答问题高好几分贝的声音对我说道："章于子，还是请你出去玩吧！"

我一听，本来就搓火，这可好，他这么一说，我一下子就火山爆发了。连想也没想，拿起篮球，照着他的身体就扔过去。我的气倒是暂时消了，却传来杨莲川一声"哎哟"的惨叫。

"坏了！不会砸出什么事儿吧？！"我心里这么一想，后背也冒出冷汗。

杨莲川是班里为数不多的住宿生之一。作为从小城下面县城来的"宏志生"而言，当初他们以几分之差落榜后入学，冠以"宏大志气"（宏志生）这个明显带有城乡接合部的称谓，与我们这些从小在城里出生、长大，养尊处优惯了的少爷小姐相比，有着永远无法被我们准确体会到的艰辛。无论是他们的不容易，还是我们的傲娇，这中间横亘着那堵叫作"巴别塔"的上帝之塔。

虽然我们都是属于那种瘦瘦高高的男生，但杨莲川那才叫拥有一副名副其实的小身板。平时上课戴着一副近视眼镜，下课就摘掉。脑袋瓜子长得周正，主要是后脑勺，圆滚滚的，跟我一样留着寸头。一周7天，几乎清一色穿着那身绿校服。

他以中考数学差两分就是满分，语文110分（总分都是120）的成绩考入到我们班。唯独差的就是英语，只考了75分。我是109分。但他从入学第二周开始，就被李树青任命为学习委员。他的理由很简单。任命那日，他手拿着一叠奖状，说："大家一会儿都传阅一下。这些都是咱班杨莲川同学初中三年里参加各种竞赛得的奖状和证书。大家要是质疑他外语成绩不好，从而不服气他当学习委员，那我要特别说明一下。在他们那个县城，英语考到 70 分以上的也不过 10 人。我也调查过了，他丢的分数几乎都在听力上。他在县城读书时几乎就没上过听力课，所以能考到 75 分的成绩，那是相当不错了。"说完，将眼睛投向他座位，问道："你那边没问题吧？莲川。那就这么定了。从此往后，我希望大家都像杨莲川同学一样努力学习。也希望大家都配合他的工作。"说完，又把眼睛放在他的同桌黄小巾上。杨莲川本是发出支支吾吾的迟疑声决定要推脱的。谁知黄小巾立马站起来，代他答道："请放心，李老师。包括我在内的所有同学一定都会积极配合杨莲川的工作。"说完，同样又马上坐下。看似雷厉风行的举止，我看上去竟是那般矫揉造作。用现在的话讲：简直就是一心机婊，一戏精。

篮球砸到了对于男生来说特别敏感的裆部。

于是考试前 3 天，他都只能躺在宿舍床上看书复习。我被通知要是恢复不好成年后或许会影响生育的消息时，又是一阵后怕。

考试成绩出来了。结果我数学竟只考了 36 分。当我像没事一样拿着试卷让我爸签字，在他停不下来的怒斥声中，我还恬不知耻地进行狡辩："全班就只有仨人考过 60 分。上 30 分的，包括那三个，就只有 17 个。你儿子已经够不错的了。"

章大强问："那喜顺呢？他考了多少分。"

"69。"我没好气地回道。

"什么？！原来上 60 分就有他。人家怎么就考了那么高。你怎么就不向人家学学。36 分，可真不知道磕碜！"我爸还没完没了了。

"你还让不让人吃饭了。一个破期中考试。至于吗？你看你，大中午回来就叨叨叨。"我倒来了情绪，不愿意了。

"行了！你们俩都闭嘴。先都给我好好吃饭。一切吃完再说。"于红张开嘴巴发话了。

"我不吃了！"说完，撂下筷子，跑出去，摔上门就走了。

南山·山之魂

　　11 月初的南山，已经刮起吹到胸口会感觉冷飕飕的山风。即便此时是中午 1 点，一轮大太阳高高挂在天空。

　　作为此时此刻，正在云南独克宗月光古城写作这部长篇小说的我来说，家乡那座名叫"南山"的大山，如一只沉睡的神兽，在我抬头举目若有所思时，总会有如招魂一般的呼唤。虽然它在北，我在南。然而故乡终归是回不去的地方。我也只能竭尽全力，把它写在岁月的风里。

扑朔迷离的嫉妒与恨意

家长会结束后，我发现一个奇怪的变化。李树青对我的态度好上加好。但他每次操着那口如同小鸭子（请注意，是小鸭子）呱呱叫的嗓音跟我说话时，我浑身上下就瘆得慌。

历史课，经由他的讲授下，我竟也能破天荒听得进去。这是在之前任何读书的岁月中，完全不可能发生的事。我不知是该感激他，还是继续带有不知从哪儿燃起的偏见：表面上那么尊重他，但其实，心里厌恶至极。

"树哥，我就觉得班上没有你能瞧上的人。"喜顺说过这句话。

究竟有没有瞧得上的，我自己也不知道。"难道我心气儿就是这么高吗？"我这样问自己。

考试结束后，喜顺又恢复了往常与我一起打篮球的日子。这次我可是长了记性，死活也不在班里玩了。每天下午第三节课，是满满 40 分钟的一堂体活课。时间完全由大家自由支配，学校对大家的要求是：只要人在户外，无论你是打球还是跑步，无论是做激烈的还是安静的运动项目，只要动起来，怎么都行。作为体育委员，我负责每天下午清空教室里的同学，监督大家都动起来。但我就是奇了怪了，总有人要抓住那分分秒秒，一刻也不停止地学啊、写啊。

杨莲川就是这种家伙。每天下午我都要格外记着得去清他的场。

入学两个多月，除了被我不小心砸中蛋蛋，我还真没仔细正眼瞧过他。想必是我后脑勺不圆，小时睡觉睡瘪了，所以日后索性见到长得滴流圆脑后勺的人，尤其是男生，我都会盯着多看两眼。之前说过，杨莲川这家伙我注意过他的后脑勺，但对于外表的其他印象，闭上眼睛，就只停留在娘娘腔上。

今天，已经是连续第三次清场。我挺生气，非常纳闷：他是听不懂人话的书呆子吗？还是从火星上来的。于是我非常暴躁地走到他面前，第一次，看着他的脸（之前都是趴在窗前，隔着玻璃，一边拍着窗框，一边喊他赶紧锁门出来），用手指着他的额头大声警告："杨！莲！川！这次我再向你郑重其事地说一遍，体活课不是用来学习的。你不是要争分夺秒学习吗？那我就告诉你，它是让你身体上课的。事不过三。杨莲川，你给我听好了。别以为自己是学习委员，就有特权。"

说完，气得我身体一直哆嗦。喜顺闻声而来，上前拍着我的肩膀再三劝说："树哥，你可千万别生气。别生气啊。"他见我一个爱笑爱闹的人竟一时间动了真气，是又惊又恐。就在我气累了坐下来歇一会儿时，有一搭没一搭，这才算是看清了他的五官：

皮肤白白嫩嫩自不必多说，浓密剑眉下，长了一双好看的杏眼。最绝的，要属长长的眼睫毛了。印象中，只有浑身上下散发出奶香味儿的婴儿才拥有的长长睫毛。挺拔的高鼻梁，笔直的都想伸出手上去敲一敲，看看是不是假的。清清浅浅的人中下，一张紧闭时下嘴唇向下却有着微扬弧线的小嘴，倔强中，透露出一丝温暖。

已然开始近视但为了外形整体好看而不配戴眼镜的我，眯起眼睛，竟产生了眼前如同铺展开一幅笔触细腻工笔人物画的错觉：一副儒雅气质又具有温婉之感的古典书生形象。

当天夜里，我做了一个奇怪的梦。

梦里，我看见自己身形圆润，胳膊上臂丝毫没有平日里因打篮球塑造的结实有力的肌肉线条。我一直在倔强地向前走。浑身上下松松垮垮的一坨肉，伴随着疾行快走的步伐，颤颤巍巍。如同一个年过 40 岁的老男人，皮肤禁不住地球引力，没有逃开自然下坠的法则。就在这时，我遇见了平时上课戴着眼镜，下课后就摘下来的杨莲川，一个人，旁若无人地走路。梦里依旧近视的我，罩着眼前这层扑朔迷离的雾气，就看着一直孤傲走路的杨莲川。但他突然停下脚步，矗立片刻，回过头，用迷离的眼神望向我。一副楚楚可怜、忧郁与羞赧的面容，让人产生一种欲辨已忘言的幻觉。

这个奇怪的梦在当时意味着什么呢？作为男生之间的嫉妒心、攀比心或者恨意？还是隐藏于内心深处的某种爱怜之情。

嫉妒与恨意来自于：首先，他学习好；其次，人缘好，深得黄小巾等爱护；再者，人长得拥有另外一种类型的帅气。不，准确说应该是好看。嗯，而且还是那种很好看的好看。

我自己的优越感来源于：他这辈子永远都不可能达到的像我一样的体育天赋。那家伙是运动白痴，想必这是未来永远不可弥补的缺陷。入学后，我从未见他打过篮球踢过足球。倒是散步，一个人在操场后面几幢曾经是面包工厂，如今业已荒废的厂房片区，不疾不徐地散着步。反而诸如跳绳、丢口袋、踢毽子这种女孩子爱玩的小项目、小游戏，被我撞见过好几回。

即便这样，知道甚至撞见他的不好（准确说他的不合时宜），但在我还是 16 岁那年的少年心里，好像有了一种复杂的感受侵袭了我。我对自己说：那或许是渴望得到自己不曾拥有而别人却如此强烈具备的优秀，在我为之努力、付出、索要甚至观望的过程中，因深知自己永远不能够达到或是拥有，想要付之一炬把它毁灭的邪恶念头。

　　为了让这个邪念被全然地释放，准确说为了让彼时的内心得到某种平衡，我开始用"二椅子"这个外号叫他。我也让别人这样叫他。好像这样叫了之后，我的心才会感到一些平静。

一个一个"人面兽心"的我们

好像被诅咒了一般，数学，开始逐渐成为我的梦魇。时间继续往前走。寒来暑往，转眼一年就过去。

高二，主要科目的课代表由我们几人担任：黄小巾这个臭丫头片子依旧是班主任李树青的得意门生；王喜顺这个傻顺儿因当初蛇精张欣乱点鸳鸯谱，让他从此爱上之前根本就厌恶至极的语文，因此也顺理成章取代黄小巾成为其课代表；杨莲川作为学习委员，除了还是薄弱的英语外，依旧是个全才，几乎每个老师都很喜欢他，课不课代表的，对他也没什么意义，但他依然是高二开始学习的生物课的课代表。至于我，不知是不是李树青有意为了敦促我学好数学，或是我妈于红私下（我总是有这种感觉）找过他，让我身兼英语与数学两门课代表。数学暂放一边，英语可真是顶呱呱。他们给我起了一个绰号——英皇。

到现在，我也一直认为黄小巾完全是凭借姿色上位。其实她的历史成绩，后来也就那么回事，不及杨莲川的。黄小巾长大后一定是那种劲儿吧劲儿的女强人。就是哪里都得有她掺和掺和，饱含激情，跟打了鸡血一样，永远有使不完劲儿的女汉子。这劲儿其实最该给杨莲川匀匀。"小鸭子"李树青视宝贝一样珍爱她，在全市优秀历史教师公开课评选上，黄小巾靠卖弄自己甜美声线念诵历史文献，可谓帮他出尽风头。因朗读煽情之能事，在场听课的教师当众议论纷纷，大意是，这孩子要是不考播音主持专业那可是白瞎了。气得当时被李树青免职的旧课代表张念桢怨气重重，从她凝重的表情里可以看出来，肯定特别想逮个机会对黄小巾施以毒手，用自己留得跟妖怪一样的长指甲抓花她漂亮的小脸蛋。

　　虽然我不那么喜欢班主任，但还是尽量保持彬彬有礼的形象，对他毕恭毕敬。看来，我还是识时务滴，还是有社交能力滴，坚信能把这忽远忽近的师生关系搞好滴。同时，对于像杨莲川体活课不去户外锻炼身体那样的同学，我还是能招架得住滴。至于课间操整队，体育课喊口号操练，运动会前动员大家为班级争光，给那些即便大姨妈来了叫苦连天一直往后退的女生们洗洗脑……这些忽悠人的工作，我还是相当擅长滴。

流水不回头

N 年前，西行，去往西部 H 城上大学。那段跟青春期不太一样但也纠结万分的年轻岁月，多亏有一本本书帮我打发掉那些无聊又危险的时刻。岁月永远不能回头。只能大踏步，勇敢向前走便是。倘若碰上阴天下雨，那个特别适合关在房间一睡就是一整天的时候，可以允许自己沉溺到过去中去。

……

生命真的很奇妙。尤其是有血有肉会思考，心里面装满各种情绪的人，更是在这个黑压压一片充满真空宇宙中最不可思议的一件事。而宇宙好像只分为雌性与雄性。在女人与男人的这个阴阳两极中，男性又显得格外与众不同：

男人是 XY 染色体，是种植在母亲子宫内的一枚坚硬果实。待果实成熟，自然脱落，掉在一个叫作人间的地方。人间里有阳光、空气和水。也有春风、蝴蝶、藤蔓和沙滩。剥开果皮，会露出新鲜果肉。果肉又渗出嫩汁，能够清肺润喉。这一串植物生长的过程如同一场悄无声的恩惠。受惠之人，是那个叫作婴儿的生命。而施恩之人，则是他们的娘亲。

万物生灵，有无相生。阴阳和谐，此消彼长。男为阳，女为阴。阴阳相调是为和，而和为合，是一统。统乃一，一为一人。人分男女。雌雄同体为最佳，最为和谐。于是，男人是为女人，女人是为男人。扑朔迷离，飘渺幻化，如入无我之境。失去自己，是其心灵的境界。至尚之境。

然心灵之托谓之肉身。男儿身，女儿身。女儿终究成妻，为妻终要生子。偌子为子，是为恩赐；偌子为女，亦是福祉。子女长大，结婚嫁取，妻再生子，循环往复。子女联之子女，无穷尽矣。

我终于停止了上面那些突然冒出来的奇怪念头。像章大强一样大男子主义的价值观根深蒂固。一直以来，我都认为女人不该怨气太重，男人应如金刚铸成的汉子一样坚不可摧。年少的时候，男孩们上学念书，由于不爱受管束，在学校里多有不安分。多动狂躁，有时顶撞老师，欺负女生与不强壮的同学。倔强地跟心里滋生出来的那个自己较劲。没有应对的方法，却又从来不知疲倦。待岁月的车辙慢慢撵过，逐渐成长为风度翩翩的少年，以及格外注重仪容的青年，每遇心仪女孩便会脸红，说话腔调也羞怯难当变得温柔有分寸。这种成人后的性格转变，对待同类，不知是否由于天性好斗的基因在作祟，在处理人际关系上一次比一次老练，一次比一次心狠手辣。

自行抹除成长历史，与自己的过往一刀两断，小时受过欺负不快的记忆亦自动选择性过滤。如同撕毁丑陋不堪的老照片，捣毁一切旁人可能搜寻到的有关过去那个幼稚自己任何蛛丝马迹的资料。把那些不堪也不愿再回头的过去，那些卑微、龌龊、苦闷，那些疯癫到不知天高地厚的陈年旧事，拖进时光的碎纸机捣碎成永远不可能再拼凑完整的纸屑。组成时间的光河就这样一直浩浩荡荡向前流淌。光河里的泪水成为永久的禁忌，甚至连一丝丝难过的情绪都不愿挂在脸上，让外人轻易读出内心悲伤的指数。心里再苦再怨，都会装出一副没心没肺的样子。无人知晓，一个人从开朗到沉默究竟经历过怎样大灾大难的捶打。那些戒急用忍的时刻，那些无奈，那些等待，以及没完没了的自我克制，注定会诱发成情绪疾病。

疾病会有很多种。比如成年立世后，越来越沉默寡言，相信随着年龄的增长，人该有城府，情绪、隐私、怪癖甚至真正的喜好都不能逢人就说。男人之间知己寥寥，怎会轻言将心事与另外一个男人诉说。于是变得自我保护、敏感多疑、焦虑恐惧。焦虑什么？恐惧什么？这是一个问题。如果说所有的焦虑都因关系缘起。比如师生关系、婆媳关系，那父子关系又是何等的微妙：从儿时的亲昵到少年的冷漠，从青年的不屑转回壮年的敬仰。然后慢慢变老，面对儿子对自己的不理解和对自己父亲还来不及的爱而遗憾离世。

所以感情是病态的。人与人之间也是病态的。可是在这个世界上，谁又不是病人呢？

至于我自己的病，先从对别人的挑逗开始。

每个人都有病

我的挑逗也不知是从哪天开始的。但在开始前，还得再次重申，杨莲川这家伙确实是不错的，但从某个瞬间开始，我特别烦他。

不过我就纳闷奇怪了，这家伙怎么就没察觉到？难不成真是读书读成了一个傻子，脑袋进水坏掉了。但瞅他上课跟注射了兴奋剂那股劲，应该是不会。

个头挺高，坐在第二排，老师一提问，恨不得第一时间把手高高举过头顶，跟个小学生一样幼稚。估计有时老师也烦了吧，刻意不叫他，好把回答问题的机会留给别人，瞅他那副德行，急得捶胸顿足，一副此时此刻不回答便要终生抱憾的丧脸。每每看他那样，我就恶心得想吐。你说课上课下表里不一的人，生活上能好到哪里去？

杨莲川背地里蔫坏蔫坏，还是特坏巨坏，这些都不为人知。平日示人的那副面具倒是一副沉静的孬种样，装得跟高僧一样与世无争。那个没见过世面的"卫生巾"小朋友，傻啦吧唧的，跟中了邪似的，有事没事就爱跟他腻在一起，美其名曰："我们这是学习交流，方法取经，谋取共同进步。"什么交流、取经，我看是早恋吧。

不过还真是邪门。俩人一前一后，从第一次期中考试以来，就稳居年级组前两名。别的男女同学动动头发拍拍肩膀就被李树青说成是早恋，他俩大脸对小脸桃花眼瞪杏花眼唾沫星子满天飞就能理解成是忘我的钻研精神。气得我真是没法没法。

为了灭灭这家伙的威风，我特意挑了一个眼线专门盯他，待记录好所有"证据"后，争取早日把他的丑闻昭然天下。偶尔，"线人"也会接到我的恶搞命令，悄无声息对他进行一些小小的修理。比如，本想利用课间10分钟趁他上厕所，在水杯里撒撒咸盐放放白矾诸如此类的恶作剧。嘿！这家伙比抱窝的母鸡还厉害，就是死活不挪窝。那稳坐泰山的架势，可不是一般了得。实在没辙，就干脆趁他不注意端起杯子把刚挖过鼻孔的手指蘸进去搅拌搅拌。兴许那家伙味蕾不发达，喝下去竟没有丝毫反应。我跟我的"线人"就只能一起呵呵了。

后来"线人"傻顺儿禀报，说杨莲川的的确确是一个只知专心学习几乎不近女色的好男孩。但我始终将信将疑。更对王喜顺用"好"字形容他而怀疑不会是变节了吧。弱不禁风装纯情美少年的路线着实让人作呕。还"好男"？我呸！娘炮倒还差不多。杨莲川这家伙说话细声慢气，绵绵软软的，嘴里跟衔了只死耗子似的不利索。有时他留住本节课的老师，问题一问一个课间10分钟就没了，不知老师有没有抓狂，反正我们对他人为造成的拖堂都是恨之入骨。平时其他班级跟他一样只会学习的书呆子们前来请教，那叫一个装，对他们爱搭不理的。

凭直觉，我一直怀疑他有躁郁症。他的沉默是因为他的不反抗，他的不反抗是因为他的自卑，他的自卑是因为他的缺知少识。或许，他真的是一个没得挑的好学生，但我更愿意将其称为是一台只会学习的学习机器。那，他的人格还算健全吗？心理正常吗？有没有暴力倾向？甚至有没有隐藏很深的怪癖？这些还需一步步慢慢求证。

正因于此，或许每个人都是有病的。他的做作病，我的反做作病。以及对于他那种人的不屑与鄙视。

爱风花雪月不要脸的中年男人

黄小巾这个臭丫头片子，其实也好不到哪去。她肯定不是一盏省油的灯，可谓得理不饶人，尖酸刻薄，小肚鸡肠。课堂上下，嗓门吊得老高，唯恐大家忽略她的存在。结合她从小丧母的经历我大致想了想，这种人因从小缺爱，尤其是缺少母爱这道致命的阴影，驱使他们长大后格外需要靠唤起别人的注意来刷自己的存在感。于是拼了命不停讲话，摆脱内心的空洞，得到外界认可。

所以听见她刺耳的嗓门也就不足为奇。后来，索性迁就她，让她喊就是了。我理解，我超脱。我，善良着呢。

可这一超脱不要紧，却害苦了别人，简直就是噪音强奸。课间总能听见她与杨莲川的热烈讨论。比如细胞的减数分裂与有丝分裂的异同，精原细胞与卵母细胞为何物，黑色长毛熊与白色短毛熊配对后会生出怎样的熊宝宝……依我看，上述那些根本就是哗众取宠，一个是渴望恋情的卵母细胞小黄，一个是心机男小杨。

黄杨二人情窦初开不仅被我慧眼识破，也被那个李树青察觉。这样的老男人，背着老婆在课堂外骗骗小女生搞搞"师生恋"以此打发婚后无聊时光。那些对自己疯狂崇拜的脑残女同学，她们往往需具备一定姿色，最好内向不爱言语。听话那是相当重要，万一哪天纸包不住火被揭发，这些老色狼也会游刃有余招架得住。

不过那些女生也是够贱，恋父你就去恋，我们也管不着，别场合不分身份不顾就行。师生恋终归不是光彩的事。一个是豆蔻年华的少女，一个可是为人师表的教师，这都哪儿挨哪儿，还真是替你们害臊。

"卫生巾"就是这幅臭德行。李树青让她做历史课代表，绝不仅仅是课业还算说得过去这样简单。已然谢顶的李色狼可是稀罕她了。要说对于一个中年知识分子而言，谢顶这件事本不该有什么疑义，一来兴许他从小天生就发质稀疏，二来他兢兢业业为教学事业过于操劳，这三嘛就带有不好启齿的秘密了：不是和老婆干那事次数太多，就是整天幻想学校里那些小美眉，劳神伤精。李树青这人讲话慢条斯理，真不知优秀教师的先进是如何评上的。课堂上，他不厌其烦在黑板上誊写详尽的历史资料，这可苦了我们底下在座的学生们，笔记那是一本一本地抄。前排尖子生粉笔末儿也是一口接一口地吃。有些本就不爱学习的同学，干脆就趁抄笔记的工夫在纸上画小人儿。

当被他逮到，他们回应道："李老师啊！你讲的这些在书上都能找到啊！我再抄不等于慢性自杀嘛。"他一听，气得顺手撅断手里的粉笔，使劲掇在学生的脸上，气不打一处来，脸色是青一下紫一下，之后严声厉斥道："你什么玩意啊！没听过'好记性不如烂笔头'这句话吗？！你要是不乐意抄，就给我滚蛋！"你猜怎么着，那学生还真是砰的一声把门摔上，走了。这气得他是头晕目眩嘴发麻。学生向教务处反映，说他照本宣科，气得他再次上课时踢门而入，竟摊开一本成语词典，整得我们大家伙以为他是不是真的疯了，不会是要从抄写历史资料改抄成语词典了吧。孰料到，他开口第一句话就是："你们说说，我这是'照本宣科'吗？昨晚我查了一宿成语词典，现在就给你们念念啥叫'照本宣科'！"说完，便一个字一个字有模有样地念起来。这一念不要紧，害得下面的个别同学条件反射，神经兮兮地翻出笔记本，在惯性的驱使下，竟本能地低下头开始做笔记。还时不时冒出来："李老师啊，您慢点……上句话是什么来着……"。他一听，合上词典快步踱下讲台，丢下一句"你们爱咋咋吧！这课，我是没法上了！"说完，哐当一声摔上门，给气走了。同学们几乎齐刷刷将目光投向黄小巾。她似乎也心知肚明，倘若发生这种事情，无论是作为课代表，还是得意门生，都应该追出去缓和一下尴尬的气氛。

的确，总得给他找个台阶下吧。挺大岁数一人民教师，三番五次被学生气走，动不动就放出一句诸如"我不教了，你们还是另请高师！"这样的气话，之后每次又都回来，乐此不疲的再度上演这出走的闹剧，还真是够他呛。我都替他累得慌。

他之所以这样，跟他爱风花雪月的性格相关。别看人已经谢顶还发了福，可就是爱玩些小情小调。

不知像他这样性格的人（准确说男人）到底好不好。在我眼里，总觉得这样的男人就像是台上的戏子：打着一束追光，一个人在上面耍花枪。无人喝彩，自己却沉溺其中。被自己感动得一塌糊涂。

要是一个长得眉清目秀的小伙子从那玩玩自恋也就算了，关键是挺大一老爷们，矮矬矮矬的，自己被自己感动得稀里哗啦，你说这画面，瘆不瘆得慌？

这就是一个人的幸与不幸，让人既爱又恨的地方。

李树青能用英文背诵多首艾略特的诗歌，自己也经常用中文写诗。俩人撇开悬殊的长相、年龄和尴尬的身份，有时想想，还真是一对才子佳人呢。

高二那年冬天下了场大雪，李树青骑着他那辆26小型自行车，从"大下坡"处经过黄小巾身边，回过头，用孩子般无辜又清澈的双眼，神采飞扬地喊道："小巾，下雪了！……下雪了小巾！……"

是的，下雪了。

在那个大雪纷飞的寒冷冬日，当我在上完历史课的课间去擦黑板时，无意中看见夹在他书里的一张写有诗的稿纸。我故意把书碰掉在讲台后面，蹲下身低头抓紧时间阅读上面的字：

看！多美的精灵
在这舞蹈
在这歌唱

他亲吻着大地
拥抱着姑娘
忘记来时的路

他垫起蛰伏已久的脚尖
忘我地旋转

让自己融化
只留下一二滴青涩的眼泪

之后没多久，我在黄小巾的历史书中发现了上面写有那首诗的纸。打那以后，她显然对李树青更有好感了。以此张念桢更是心里记恨。

男欢女爱，纯情少女，进而说文艺女青年与才子老师的暧昧感情，还是可以让人理解的。人嘛，总是被七情六欲所困。会蠢蠢欲动，会对着某件事某个人有着说不清道不明的好感。但最不能让我理解的，依然是那个好像对全世界都与他相安无事的杨莲川。

在我眼里，他，越来越是一个怪人了。

时光不变依旧如水经过

忘记了时光悠悠，日子如流水一般匆匆而过。

高三那年最是紧张，大家整日都像鸵鸟一样把头埋在书堆里。每个人本就狭窄的桌面上被摞起几层高的书本和考卷占据。你要是想偷懒睡个觉，也不会被老师发觉。但几乎无人偷懒。不是不敢，而是根本就不想。没有谁想在此时虚掷光阴，害自己终生遗憾。

我们渴望成功，所以提醒自己不要懈怠。可人终归是人，是一具血肉之躯。会懒惰，会厌倦，会想不顾一切地放下自己正在经历的苦难。那时我曾感到过内心有一丝丝分裂，但依旧是对谁也不说。就是觉得难受，独自一人扛着那份说不出来的难受。

我们很多人就像是刚从煤窑里出来似的，灰头土脸，双眼呆滞无神，身轻力薄的就像个纸片儿人，大家都在心照不宣地苦苦撑着。次日见面第一件事就是互相打听昨晚都是几点睡的。之前有听过比谁的身材正、比谁穿的衣服有款有型，比谁的发型潮……但比谁晚睡、能熬夜，却还是头一回。班里的紧张气氛就被李树青这样煽风点火，在课堂上灌输这种消耗体能的熬夜风气，还不时冒出一句："为啥黄小巾就能一直稳坐班级第1名的位置？还不就是人家能吃苦，每天都学习到两三点。我反正总能见她窗前的台灯一直亮着……"

他说这些话也不觉得自己磕碜，就不怕被自己老婆听到回家跪搓衣板。就算你跟黄小巾家是前后栋，也不至于每天扔下身边熟睡的老婆，大半夜从床上爬起来窥视自己的爱徒吧，还真是不要脸呢。你咋知道人家开着台灯就一定是在学习呢？你咋就不认为那是因为她怕黑，不敢一个人睡觉而彻夜开着台灯呢？

没有人比我清楚，黄小巾是个不折不扣的胆小鬼啦。

高三后每天下午的那节体活课开始形同虚设。当初只有以杨莲川等少数同学为代表的"好学派"开始在全班蔓延。校领导看在眼里，夸我们班是学校有史以来学风最好的一届。这一夸可把李树青乐坏了。乐得那是连嘴都合不拢。本来谢顶就谢得挺厉害，这下乐得俨然成《蓝精灵》里的格格巫了。他得意笑开了花的原因是因为钱。学校每月会发给一位老师比平时多一倍的奖金，兹以奖励其治学有道管理班级有方。此时他不乐得屁颠屁颠才怪呢。可学校哪里会真正知晓，这可不是他李树青一个人的功劳。我们这些真才实学的学生才是主体啊。我们学习自觉，越发地懂事，让他省老鼻子心了。

中考成绩我们就呱呱叫。班上偶尔有几个所谓拖后腿的"差生"，那也都有自己的特长。许是张念桢高一被刺激坏了，学习成绩一落千丈。无奈高三第一次期中考试后不久，便以全班倒数第一的成绩转去艺术班学起了美术。

黄小巾就像是一只拉磨转圈的驴，被蒙上双眼，拴在一根柱子上，没日没夜地学。期中考试后不久，高中所有的课程都学完了。直到高考前的时间，大家会进入到一轮又一轮无休止地复习当中。都会像原地转圈的驴子一样，暗无天日，一门心思只能翻过来调过去，磨这个不知学了多少遍的知识磨盘。几本教材，很多同学早已背得滚瓜烂熟，但就像是得了强迫症一样，手里不攥支笔，头不低下去在一页又一页的纸上涂涂写写，心里就不踏实。

黄小巾真是憋足了劲，跟疯了似的。

她不但自己疯，还要拽上我一起疯。

令人发疯魔怔的日子

李树青凭借他"照本宣科"的教学大法，不断要求我们一遍遍把教材上他带我们勾画的知识点干货背得滚瓜烂熟。他的观点是，只有先掌握基础知识，才有能力提升、拔高。基础知识不牢固，其他一切都是空谈。有些复读生不服气，听不进他的话，在课堂上捧着自行购买的资料按自己的进度复习。他鄙视他们，取笑道："连基础知识都没打牢，就开始看那些玩意儿，我看都是空中楼阁，完全舍本逐末了。"为了他说的一句"舍本逐末"，我还特意查过字典。气得那些听他洗脑但丝毫不领情的复读生真想就地寻死觅活，并在课下偷偷议论：如果再按照这个没带过毕业班、毫无经验可言的教师狗屁方法来复习备考，那历史这门一定得考砸锅。

虽然我看不上李树青的为人，私生活也不敢苟同，但就历史学习这件事，我还是相当听话的。我、小巾、喜顺，包括莲川，几乎都严格按照他的要求背诵课本的正体字。杨莲川更是他的活书。闭上眼睛，他能清晰地告诉每个人诸如俾斯麦将军的头像在哪本书的哪页的哪个位置。准确率百分之百。一次在全校教师观摩公开课上，他为了表现自己过人的本领，当李树青"谁能像机关枪一样，嘟嘟嘟，把古代田地制度按照顺序痛痛快快地说一遍"的提问话音刚落，他便按捺不住把手举高。然而黄小巾岂能让他一个人出尽风头，在举手的同时，一并对李树青投以"快叫我快叫我"的眼神。

黄小巾最为发疯之处，还是跟同学们飙谁掌握的基础知识过硬。听过飙车的，听过选秀节目飙高音的，你一定还是头一回听说"飙基础知识"吧。于是便有了属于我们俩之间"原创袖珍小试卷"这个东西。

这份"袖珍小试卷"就是两人随便找张什么纸，比如草稿纸、做过的试卷背面甚至擤鼻涕的废纸（那时我还用不起柔软的卫生纸），在上面出任何涉及历史课本正体字的题目。谁料到那死丫头片子题出得那叫一个偏，估计是摸清了我的软肋，专拣教材里那些犄角旮旯的知识点。"你是有意刁难我是吧？妈呀，你连书底下的注解都出成题。你可真行！"气得我是不打一处来。

"你狠！你行！那我就比你更狠！道高一尺，魔高一丈。这谁不会啊！"我心里嘀咕着，心烦气燥地乱翻着课本，一页页搜寻着要考倒她的知识点，不放过任何蛛丝马迹。

只见这时，眼前5册历史教科书中唯一的那本32开本《中国古代史》，立马引起了我的注意。

这本《中国古代史》是一本旧版教材，版次还是1990年，但印刷已经是1999年第N次印刷了。可以毫不夸张地说，我能够把高一、高二上下各两册的《世界近现代史》《中国近现代史》这4本书倒背如流。别以为黄小巾真能把我考倒，即便她出的一两份"袖珍小试卷"看似把我难住，但你要是让李树青做做看，估计他不头皮发麻不抓狂要死那才见鬼呢。

这下我可乐坏了，暗暗窃喜："这本刚学完不久的古代史，她背得肯定不扎实。不出所料，果真中招了，可把她糗坏了。平日里，她最瞧不起艺术班里那些学美术的。说他们就是一帮文艺痞子，随便蘸几下颜料，往纸上那么一甩，笔触在纸面上扩散后随机形成的一道道纹路，就被他们冠以是世界上独一无二的抽象画。

他们总是乐此不疲，为自己奔走呼告：我们的作品都是具有原创精神与独立品格的上乘之作。它们颠覆传统、不可复制，就是为了要解构权威。

在黄小巾眼里，他们不过是一群有着"愤世嫉俗病"的疯子。

然而现在还是暂时别去管他们疯不疯了，当她看到我新出的"袖珍小试卷"估计倒是先会疯掉。

照着那本《中国古代史》，我在纸上画了一个历史名人的头像。黄小巾是左端详右端详，就是辨认不出这个人是谁。看着她眉头紧皱，捶胸顿足的样子，我开心得简直都要飞上了天。

"你这画的究竟是什么鬼东西？确定这是人？"黄小巾不耐烦地问我。

"人啊！当然是人啊！难不成还是鬼啊。哈哈。这次答不出来了吧！"此时我完全是一副小人得志状，继续挖苦她：

"一个小小的图就把你难成这样了，还靦脸称自己是'历史女皇'呢？那就请我们的'历史女皇'好好认认，看看此人是谁？……终于不行了吧！我看'历史女皇'是过气了，一秒钟立马变'历史女蝗'还差不多。哇哈哈！秋天的蚂蚱，秋天的蝗虫，就快没几天蹦头了！哈哈"。

她气得真是抓了狂。瞪着她那滴溜圆的两只眼珠子，二话没说，上来照着我的胸口就是狠劲地乱捶一通。估计还觉得不够泄恨，于是三下五除二地就把我画了半天的"袖珍小试卷"撕得粉碎。接着把碎纸屑顺着衣领灌进我的上身，这才气喘吁吁地坐下，拿起那本《中国古代史》当扇子扇。一边消气的同时，一边在座位上直嘀咕："这老家伙，到底是谁呢？"在屋里上体活课的同学早已把焦点转移到我俩身上，并且毫无疑问地认定是我把这个全年级的女宝贝给惹火了。

我一脸无辜，伸出手，耸耸肩，像英语课文里的老外，面对尴尬时，用一脸无奈的表情，发出一声"Well"。其实没人知道，那时我真想大喊一声"O! M! G! "就算那个死丫头片子要把那本小历史书也撕成碎片，然后灌进我的裤衩里，我也要大喊一声"O! M! G! "。

　　因为我是男人嘛，而非像杨莲川那样的。是男人就得扛得起放得下，所以我还是放得下我这张小脸的，众目睽睽之下，就哄哄那个臭丫头片子呗。

　　我说："黄小巾同学，要是你想哭，就哭吧。我这里纸巾可是多了去了！"

　　说完，她跟没听见似的，也不骂我，反而连头也不抬，继续翻着那本 32 开的小书。

　　"行了！行了！快别从那装了……死热荒天的，别气出什么毛病来。日后再坐下病根带进坟墓，我可承受不起后人勺叨我。"

　　话音刚落，只见她抬起头，两眼泪汪汪。

　　这下我可真是急了。我可见不得女人哭。但话又说回来，你说挺大一人儿，也算老大不小了，还把自己整得比林黛玉还林黛玉。一双无辜的眼睛看着我，还真是叫我不知所措。

　　刹那间，内心竟有一丝丝愧疚感。

　　我灵机一动，决定给她讲个故事哄哄她。没想到这一讲不要紧，却让我知道这个平时大大咧咧，像个假小子的黄小巾，胆子竟是那么小。

"受精"事件

话说从前，有一个三口之家，住在深山老林里躲避战乱。一日，老头要去山里打柴，临走前便嘱咐妻女："天晚了，要是我回不来，你们可千万别找我。我估计不是被豺狼给吃了，就是被妖魔鬼怪收了！你们一定得保重，好好过日子。"听完后，娘俩含泪送别。

老头去了很久，果真到天黑也没回来。妻子不信邪，便叮嘱女儿说："娘去找你爹。要是寻不到他，八成也就跟你爹一块儿去了。所以你也不要再来寻我。"女儿又哭着送别娘亲。

独自在家左等右等的女儿，烧香拜佛，就是不见双亲归来。心急火燎之际，她还是决定冒险上山一探究竟。

于是女儿小心翼翼进了山。山中树林果真是遮天蔽月，漆黑的夜加上阴森的气氛，着实让女儿害怕。

突然，小女儿被一障碍物绊倒，待缓慢爬起来后，只见眼前是一处低矮的圆坟。这圆坟周围闪烁着鬼火，隐隐约约发出蓝紫色的火苗，仔细辨识，能感觉是一副人影。

小女儿不知哪来的勇气，壮着胆子，对着眼前那个飘忽不定的鬼火人影问："你看见我的父亲了吗？"

鬼影影影绰绰，左摇右移，仿佛在告诉她："没看到。"小女孩壮胆后继续往前走。没走多远，又突然感觉身后有个异物向她慢慢靠拢。她只觉头皮发麻，心里发怵，立在原地，不敢回头，直到那东西自己移动到她眼前。

原来，那同样是一副影影绰绰、若隐若现的一副人形模样的鬼火，只是这个是发出粉红色的。小女儿恍然大悟，意识到刚才那个蓝紫色的火光没准就是他父亲变化的。这时她已经不像先前那样害怕了，但还是小心翼翼向红粉色的鬼火问道："请问，你看见我的父亲和母亲了吗？"这时，只听那鬼火说了句……

故事讲到半截，我戛然而止。黄小巾果然被我这个现编的鬼故事给吸引了。瞧她，缩着肩膀，双手抱住上半身，腰直往椅背上躲。

我清了清嗓子，又故意使劲咳嗽了一声，示意她往前靠，把身子摆正，全神贯注仔细听我把故事讲完。她还真上了道，看我不继续讲了，发出小绵羊一样咩咩的贱声，催问我："后来呢？后来呢？……那鬼火到底说了句什么？"

"来，来。过到我面前，我告诉你。"一边说，她一边乖乖地前倾着身子，侧棱着耳朵准备把结局听完。"这时，只听那鬼火说了句……只听那鬼火说了句……"我吭哧瘪肚，时断时续，就是故意卖官司不说。

"嗨呀！你倒是快说啊！大肠干燥了啊！说，快说！后来呢？"黄小巾明显不耐烦了，伸出双手，照着我的脖子就掐过来。她还真是有劲儿，掐得我直咳嗽。

"你坐好了！竖起耳朵，全神贯注仔细听清楚喽……"我看她越来越不耐烦，赶忙故作严肃，镇住她开始变本加厉的嚣张气焰。待我见她平息了情绪，双眼又直勾勾放在这个故事身上，便用缓慢而低沉的声音继续讲道：

"这时，只听见那鬼火说了句……说了句……"

话音到此，我突然升高音调，像一头深具攻击性的雄狮一般，发出了一声特别吓人的嘶吼——"嗷！"是的，故事伴随着这声嘶吼，讲完了。

这一吼不要紧，吓得黄小巾往后一躲，猝不及防，四仰八叉，仰倒在身后的桌子腿边。

当她蓬头盖面，纠缠在一起的长发像《午夜凶铃》里的贞子一般站在我面前时，开口讲的第一句话简直没让我迅速调转过头，立马顺着窗子跳下去，或是随便从班级里的电视中找个缝隙钻进去。

黄小巾张开嘴巴，说的那句话也让在场同学都大跌眼镜。她果然不是一般人，竟说了句：

"章于子！瞧瞧你。我受'精'（惊）了！"

当大家清清楚楚地听到那句"我'受精'了"的话后，一阵又一阵的唏嘘声像夏日里聒噪不堪的蝉鸣，此起彼伏地刮过来。教室瞬间乱成一团，害得轮流值班维持"体活课大自习"秩序的杨莲川同学，把正埋在讲桌后认真学习的脑袋探出来，二话没说，拿起手边的黑板擦，狠狠地倒磕在讲桌上，当当当的磕碰声，试图让大家安静再安静。

本来看到黄小巾摔倒致使我顿生怜悯之心想要找句话来安慰她一下，谁料却被杨莲川接下来的哈哈失态大笑而震惊。

不知杨莲川中了哪门子邪，双手叉着腰，竟然阴阳怪气哈哈哈笑个不停。

全班同学刚才还被黄小巾和我的"受精"惊讶万分，现在又被平日一本正经，此刻却坐在威严讲台上，笑得前仰后合，如同鬼魂附体的杨莲川搞得一头雾水。

谁知杨莲川还笑得没完没了，"哈哈哈"尖锐刺耳的笑声简直就快把班级的房顶震塌。笑着笑着，竟然还笑岔了气。一脸哭笑不得的扭曲状，有气无力地举起手臂，指着黄小巾的头发，欲说还休，就是笑个不停。

我再一看黄小巾，我的娘咧！也不知是谁吃完了口香糖不把它包好，桌子腿上到处沾满一坨一坨黏糊糊的东西。黄小巾的头发上自然粘着好几块。

这时，王喜顺从桌洞里摸出一面小镜子，站起身，碎步跑到黄小巾面前，举着镜子晃在她面前。

当黄小巾瞥见镜子里惊慌失措的那张脸和与梅超风不分上下的凌乱发型，简直就要再度晕厥然后四仰八叉躺在桌子底下永远不出来。

还好，她还是控制住了自己的举止，只是放大了嗓门，伴随着一声声刺耳的尖叫，仓皇而逃，直奔水房。

黄小巾当天晚自习没上就回家了。

印象很深刻，我度过了异常难熬的一个夜晚。待第二天惴惴不安一大早来到教室，这下该轮到我阴阳怪气的尖叫了。

今日的值班班长是黄小巾。只见她安安静静坐在讲桌前，与平日没什么两样，依旧像往日一样埋头温书，唯一不同的地方是她头上戴了一顶帽子。

往常的她，低头、耸肩，很多时候驼着背，跟练就了一身"憋功"的杨莲川一样，争分夺秒在位子上写啊背啊算啊。何为憋功？

憋功就是可以憋住自己的尿，能够一上午一下午不动地儿，稳稳当当老老实实坐在位子上看书做题的功夫。

话说杨莲川那天究竟是抽了什么风。完全跟之前好男生形象判若两人。紧张的复习备考，把人一个个都整魔怔了吧。

顺子称以他为代表的这帮家伙是只知道学习的废物点心。要是问学习以外的事，他们就像原始人似的啥也不懂。

顺子通过两年多张欣的呵护与指导，作文水平越发精进了。但读多了就会发现，翻过来调过去，就是那几个套路。

比如你问他，这是啥树？他准保会说：法国梧桐。要么就是香樟，刺槐。当你再问他，这是啥花？他立马会不假思索，脱口而出：栀子，杜鹃，要么就是芍药。

我，晕啊。只能呵呵了。

我要是在张欣面前说他的坏话，她肯定会扶正她的眼镜，拿腔拿调，整一句："人家这是因为专注而专业！"

不过话说回来，杨莲川、黄小巾，包括王喜顺，仨人确实挺厉害。从高一那场期中考试到现在，成绩一直是排排坐。尤其是作为"宏志生"的杨莲川，英语成绩后来者居上，俨然变成了校领导和老师嘴中能上北大的准大学生。

大家每天都背着一个巨沉无比的大书包上下学。随着复习进度的推进，普通书包已经装不下每天需要及时换带的书本和试卷了。后来，但凡高三学生几乎又人手多拎着至少一个大手提袋子，不管这手提袋是再普通不过的塑料袋，还是别出心裁异常卡哇伊的小花兜。

杨莲川手里拎着的还是高一那次我把篮球砸在他"鸟蛋"处，他妈从县城坐汽车来探望，盛放水果和罐头的布兜子。他妈没工作，是我们嘴里常说的那种农村家庭妇女。他爸是个瘸子，俩人靠做豆腐维生。

杨莲川拎着兜子还嫌不够沉，胸前还要搂住一本厚厚的英文词典。

至于平常根本就不戴帽子的黄小巾，今天早晨竟然戴着一顶又不肯摘去，一定有什么猫腻。为了缓和昨天尴尬的气氛，我上前扯起帽檐，把帽子一揭，瞬间傻眼。

这丫头片子竟然剪去了一头乌黑靓丽的长发。为了证明自己不是在做梦，我又使劲掐了掐大腿，当痛感袭来时，剪去长发的事实无疑摆在眼前。

后来，当我在大学的艺术概论课看到《霸王别姬》时，少年的小豆子剃着光头，穿着青衣的行头，轻声细语念着台词："小尼姑年方二八，正青春被师傅削去了头发。我本是男儿郎，又不是女娇娥……"

此时的黄小巾，与彼时影片里的少年小豆子，形似又神似。

她可太有种了，敢把长发剪去，只剩下 1 厘米见长的寸头。她是想跟光头歌女奥康纳比美吗？从那次以后，我觉得她没以前长得水灵了。不知是否经常熬夜备考，脸色蜡黄无光。对自己的穿着打扮也是稀松平常。我们用了 20 天时间，学完了那本《中国古代历史》。之后的日子，她在深秋换过一身衣服，却在漫长的冬季就一直裹着一件黑色的羽绒服，松松垮垮地套在她那副瘦小的身架上。感冒咳嗽的时候，她简直就像是一只低头舔舐自己身子的猫，看上去让人格外生起怜悯之心。

发疯的几种境界

日子就这样如同清淡无盐的白开水，一天一杯，重复地喝下去。

大家表面上嘻嘻哈哈穷开心，其实心里一直笼罩着一层挥之不去的阴霾。各科老师，人手就像攥着一条小鞭子，时不时抽抽你，仿佛在告诉你：在这个节骨眼上，可千万别偷懒啊。还是加鞭快跑吧。

李树青也跟着我们一起发疯了（看来没带过毕业班的就是压不住场），开始把他的"夯实基础知识"教学大法发挥到极致。

顺子嘟着嘴，坐在我后面直嘀咕："老男人，自己憋屈，干脆拿我们开涮吧？"

在他背不住时，就皱起眉头怨声载道："树哥啊，树哥啊，我就要疯了！这都是些什么鬼东西啊！你说古人没事吃饱了撑的啊，自己人打自己人！不好好在家种地，出来打什么仗！不打仗，我也就用不着背这些该死的战役名啦！……你帮帮我，帮帮我吧。我背不住！"

"我怎么帮你啊？！难不成让我用锤子敲开你的脑袋，给你安一块芯片？"每次说完这样的话，我总会想到李树青在复习后期的经典四字箴言——你们大家，务必"记！死！背！硬！"。

对的。不能死记硬背，但一定得"记死背硬"。

他反复给我们洗脑："死记硬背我不提倡，但不管用什么方法，'记死背硬'那才是硬道理，也是我要的最终结果。如果把知识记得模棱两可，那还不如不记。"

仔细想想，我觉得这话在理，把历史书背得滚瓜烂熟只有好处没有坏处。以前，没有特意背过小字和注解，自从"袖珍小试卷"事件和黄小巾一番较量后，我就开始留意教材犄角旮旯的那些知识死角。

这一留意不要紧，弄得李树青开始树我为"记死背硬"的典型，在班级放话，说章于子同学不但把5本历史书倒背如流，还能断章取义，古今畅游，进行时空穿梭。

慢慢地，李树青不带我们玩"记死背硬"夯实基础知识了，改玩"时空穿梭"了。他动不动就四字一组、有鼻子有眼的"箴言"，简直能与上级的方针政策比拼了。

时空穿梭，顾名思义就是能够游刃有余回到过去历史的任意一点，以点代面，织成一个三位一体的知识网。长长的一大块黑板放眼望去，小字号的板书被李树青写得密密麻麻。都是他串起来的章节脉络，让我们瞅着那些关键词，回忆出相关连带的具体知识。

从"记死背硬"到"时空穿梭"，李树青的境界还真是提升不少。以致当我听到"时空穿梭"这四个字的瞬间，竟不由自主生出"灵魂出窍"的幻觉。

后来上大学，教艺术概论的教授说过，人与人之间最大的差别关键在于疯的程度：有些人是自己疯，有些人是在自己疯了的同时，还带上别人一起疯。自己疯不算疯，带着别人一起疯那才叫境界。

忘记是从哪本书读到过有关境界的阐释。说境界是人的心智在向内耕耘时所达到的处所和层次。境就是处所，界就是层次。

心智、向内耕耘、处所、层次。看看这些关键词，多玄乎。当初章大强因我选择读文科还堪忧，举着从小报上读到的负面例子，说念文学艺术就像行走在钢丝上的小丑，没准哪天走着走着，就扑通一下坠入深渊。他还旁征博引，说尼采疯了，凡·高自残割掉耳朵，本雅明最后也像很多内心敏感的艺术家一样自杀了。我总会嗤之以鼻地反驳他，说他老土，文科跟文学是两个概念好不好。

"爸，你不知道吗？念文科可是大有好处滴！关于文科是否能把人逼疯暂且不论，但它却一定能够把人捧上天！"所以当我爸知道我念文科就是为拍马屁这一不良动机后，简直气得他是火冒三丈。

现在仔细一想，难不成那时李树青真的已经魔怔了，自己疯觉得不过瘾，就带着祖国的花朵，我们这些像是早上八九点钟的太阳一起疯，还真是后怕呢。不过比起他，以我的金刚不坏之身，他还真是奈何不了我。

在这个世界上，每个人都有自己的克星。我的克星，让我头疼与害怕的，就是我那个爹，章大强。

醉酒事件

元旦前夕，小城飘起了第一场雪。

中午，我像往常一样放学回家。于红去门市上班了。章大强做好饭菜留下一张字条，说出去参加应酬喝酒去了。我端出温在电饭锅蒸屉里的一盘炒茄丝，盛了碗米饭，打开电视，边吃边看。不知为何，心里总是七上八下，一直忐忑不安。我左思右想：难不成心里有啥事放不下？

下午李树青确实要进行新一轮的"时空穿梭"，我紧张了？不会。

那为何会如此心神不宁。心里咚咚咚始终像敲鼓似的没完没了。难不成是发烧前兆，四肢酸疼，心里冷的慌。于是翻出体温计，夹在胳肢窝下，过了 5 分钟瞅了瞅刻度，显示一切正常。为了不再胡思乱想，我决定还是躺下先睡个午觉吧。

刚睡着，当当当，一阵急促的敲门声把我从迷糊中唤醒。

当我睡眼惺忪打开门一看，这不是住在"9栋"的李奶奶吗，铁路医院妇产科主任医师。她拍门会有啥事？难不成章大强和于红背着我偷偷给我生了个小弟弟？我还没缓过神来，她着急的语气把我拽回到残酷的现实。

"小，你爸出事了！"

"出事了？"我一下子蒙了。

"出事了！他被人给打了。看上去好像还挺严重，现在正躺在医院打滚呢！"

听她说打滚，急得我是来不及穿上外套，也管不了走道慢腾腾的李奶奶，拔腿直往医院奔。

撩开医院大门的厚门帘子，就听见一个熟悉的男人发出哎哟哎哟疼痛的呻吟声。

这声音，在无数个深夜和凌晨，在每一次喝得烂醉耍酒疯时，都曾回响在我和于红的耳边：

"小……爸死了！小……爸就要死了！"

一声声死，喊出无尽凄凉。就像小城冬日夜晚乱刮的西北寒风，吹得人心乱如麻。

在章大强喊完一声"小"之后，因胃痉挛而抽搐，然后再拖着一个个长长的尾音，接着说下"爸……死……了"这三个字。

每逢喝醉，只要听到他那一声声痛苦的呻吟，我妈准保会催我赶紧去"10栋"楼找你禾大爷来瞧瞧。禾大爷也是一位医生，跟我爸私交甚深。每次章大强喝得酩酊大醉，胃痉挛发作，连喊带吐的，就派他来"治"他。

久病成医。慢慢地我也学会了两招。倘若章大强喝大发了不省人事，并且乱动有自虐倾向，我便会按住他的手臂，在手腕正面，量好两个手指肚的距离，用大拇指使劲揉按。禾大爷说那里有一个穴位，能够安神醒脑。如今多年过去，那些事仿佛如昨，历历在目。

章大强毫无酒量可言。人那叫个一个实诚，只要出去应酬，十之八九，必会喝得东倒西歪。于红气得也是没辙，指着他的屁股，没好气地说："喝吧！你就作死吧。整两盅猫尿就不知天高地厚了！"一边让我搭把手把他架到床上，一边继续数落道："不能喝还瞎逞强！不知道喝多了是谁受罪！"

别看于红狠狠数落他，气得咬牙切齿，但你要是见到她在章大强没回家前如坐针毡的担忧状：

3分钟一回头，看看墙上的钟表；5分钟给传呼台打一个电话"喂，你好！请呼28126，让对方速速回家"；在本就小得可怜的房间来回踱步……你就知道她心里其实有多担心那个臭男人了。

每当于红在我眼前晃来晃去，晃得我头晕目眩脚发麻，我就会忍不住问她：

"妈，你手上有几个斗啊？"

她一愣，问道："问我几个斗干吗？俩。咋了？"

于是我回："不对啊！人家都是一斗穷，二斗富，三斗四斗背筐篓，五斗六斗才满地跑呢。你有俩斗，咋还整天下地晃来晃去！妈，你再仔细数数，看看是不是落下了三四个。"

于红一听，立马回我："你这孩子咋这么不懂事呢？你瞅瞅，这都几点了，你爸还没回家，你还有心让我数数有几个斗，可真是没心没肺。"

……

盼星星盼月亮，好不容易把夫君给盼回来了，明知会喝得烂醉，进门却扯着脖子就是一阵数落：

"喝！喝！就知道喝！喝死算了！"

章大强好像还有些神志，晃晃悠悠，一身酒气，眯着芝麻粒大小的眼睛，嘿嘿嘿傻笑两声以示回应。倒在炕上就呻吟起来：

"小……爸死了！快去叫你禾大爷来！小……爸死了！爸……死……了……"

谁说喝醉酒脑子一片空白不省人事，我看他喝醉了比谁都清醒呢。

虽然我清楚地知道这些都是章大强为了让我们娘俩关注他心疼他而

惯用的伎俩，但那几声像极了小学生拖着长长尾音朗读课文的"爸……死……了"这句，着实听得我心里发毛。

有时我也会不耐烦，一边去水池子接盆清水放在炕沿以备他随时呕吐，一边没好气地跟我妈一起嚷嚷：

"喝！喝！就知道喝！不知道自己半斤八两。挺大一人，就是不长记性！"

有时他呻吟着，哼哼唧唧，就不再叫唤了，跟死人似的睡过去。多半是哼着哼着，好像也知道我娘俩对他是爱恨交织，拿他没辙，于是也鼻涕邋遢的时哭时笑。

等后半夜醒酒，知道肚子饿了，准保再把我叫起来，让我给他泡碗米饭吃。于是他就着芥菜丝或者韭花，一边往肚子里扒拉热水泡的米饭，一边因吃得香而用筷子敲着碗沿，发出满足的声响。

用现在的话讲，章大强可真是个作男。

……

寻着呻吟声而去，只见章大强躺在医院门诊走廊的长椅上，抱着头，一身痛苦难耐的样子。

除了时断时续的呻吟声，嘴里还骂骂咧咧，有气无力地大喊：

"都是什么东西！……竟然敢踢我……我跟你没完……"

我凑近一看，立刻被我爸的模样吓傻了：双眼肿得已经不成人样，眼窝像煤球一样漆黑发紫。

他紧紧用双手护住眼睛，蜷缩着身子，双膝并拢，因疼痛而用力挣扎。脚上穿一双参加宴会前擦得油光锃亮的皮鞋。

他不去看任何人，不知是因为疼痛还是顾及颜面。我又惊又恐凑近身，试图用手掰开他蜷缩的身子。边做边说：

"爸！别乱动。小来了……"

他一听是我，内心好像顿时有了气力，睁开浑浊不清的双眼，拉住我的手，欲哭无泪，加大嗓门喊道："小！你来了啊！……你一定要给爸报仇！"

"我知道！我知道！到底是咋回事？爸……"我问。

"他们坏啊！他们踢我！用脚……"

说完，终于还是没憋住，放声大哭。

……

我握住那双大手，让他别再挡住眼睛，怕再加重伤势。但看到那张被打得鼻青脸肿的脸，内心生起一股强烈的怒火。我像是一匹饿了几天没有吃食的野狼，发了疯地冲着周围的人群嗷嗷大吼：

"是谁？你给我站出来。是谁把我爸打成了这样？谁？！"我突然意识到还没有医生管他，于是接着嚷嚷：

"大夫！大夫呢？来人啊……快来人啊……给我爸先看看眼睛！来人啊……"我的吼声就像是14岁那年正值青春期变声，嗓子俨然已经喊得分了叉。

我爸抱着头，继续在木椅上打滚。一边呻吟，一边不停呼唤着我的小名：

"小……小……给爸报仇！小……"

章大强最终被安置在眼科病房。房间暖气散发出滚烫的热气，然而我的心，却如窗外飘落的大雪，一直冰冷到心底。

……

我谎称多年前在"大下坡"出车祸骨折导致后来的习惯性腿疼，跟李树青告了一个星期的长假。除了王喜顺以外，没人知道那段时期到底发生了什么。

我的心情非常糟糕，躺在章大强旁边的那张空床，深夜闭上眼睛想东想西：凶手到底是谁？又是出于什么目的让他下此毒手？……

我失眠，翻过身，在黑暗中看见病床上胳膊搭在额头唉声叹气章大强的轮廓。瞬间，觉得他一下子就老了。

人长大是一瞬间的。有时，一天就是一个阶段。甚至分秒钟的前与后，就是迥然不同的两个世界。

在调查打人凶手没有丝毫进展的那几日，真是度秒如年。一个人的时候，我不停问自己：我，真的长大了吗？要是我真的长大了，那为何保护不了他？

闭上眼睛，我情不自禁回想起那个炎热夏天在"大下坡"发生的车祸。我左腿骨折，章大强闻讯赶来，抱住我撒腿就往医院跑。医院就是如今他卧床不起的铁路医院。想一想，觉得又奇妙又伤感。

那时为了正骨，我左腿打上厚重的夹板，医生再三叮嘱他：看好孩子，别让他乱动，否则骨头不好愈合。于是他就坐在我床边，没日没夜，扇着扇子，给我祛暑降温。那时哪有什么电风扇，空调就更别提。

我们这辈子欠父母的，下辈子都还不完。

夜深人静，走廊灯光也调暗的医院，似乎只有我们所在的病房，发出章大强无奈的叹息声。除此之外，就是输液吊瓶偶尔发出的气泡上蹿的声响。

……

喜顺前来探病，拎来一大篮进口水果。我爸见他来，扭过脸去，不睁眼看他。

顺子先是说了几句好好养病别着急上火的客套话，然后认真地建议让他爸王国辉找一些道上的哥们打听打听。我看我爸不动声色，表情复杂难看，就把他拽到走廊，嘱咐他，那就照你的意思办。

临走前，他见我心情还是不好，于是从裤兜里掏出一盒磁带，让我这两天没事听听解解闷。我接在手里，一看，是万芳的《一切如新》。

"树哥，这是黄小巾让我转交给你的！"

我送走喜顺，把磁带装进随身听，戴上耳机，正好是 B 面的一首歌。那个名叫万芳的歌手用她缥缈空灵的嗓音，仿佛有一句没一句的缓缓唱道：

今天的天空没有白白的云，灰灰的空气总是压着我的心
……

不知为何，我突然一下子忧郁了起来。一夜之间，我仿佛已长大成人。从一个十六七岁的少年，成长为一个心揣烦恼的成人。

难道我们就要开始长大了吗？在医院住了三天，派出所才决定立案调查我爸被打事件。即便拖了三天，但他们开始调查，还要归功于我妈。不然他们哪会当成一回事。

电视剧《新白娘子传奇》里李公甫曾说过：在衙门里，有钱人就是丢只小狗小猫，那也是大事。没钱人，就算是大活人不见了，那也是可有可无的小事。

出事第三天，于红见就这样被动地等下去也不是办法，索性主动去派出所问个清楚。

一大早，我跟随于红来到派出所。派出所在一个大院里，稀稀拉拉站着几个等着办事的人。眼瞅着过了上班时间，但就是不见办公人员身影。

人群中实在是有人等不耐烦了，跑到窗前，砰砰砰地敲着玻璃。不一会儿，只见值班室的大门打开，一个戴大盖帽的瘦子慵懒地从屋里晃出来。叉着腰，打着哈欠，心不在焉地瞅着院子里的大家伙。

"警察同志，啥时开始办公啊？我们这都等半天了。"那个敲窗户的人问道。

"没看到吗？嗯？……"瘦子一边说，一边用手指了指门上的一张通知。

"哦。贴反了。贴在屋里了。"瘦子自言自语，把贴在门里的告示撕下来，转粘在门外。用手按了按四角已经没用黏性的透明胶。

大家伙凑上前一看：

通知

下午开会，暂不办理任何业务。

谢谢谅解！

××派出所

一张污渍斑斑的纸上打印着并非大字号的不受理业务的通知信息。大家伙七嘴八舌，你一句，我一句：

"同志，我们这不都白等了吗？……主要是，我们一个个都有急事要办。要不，通融通融？"

"不识字吗？今天概不受理任何业务。有办身份证的，也得等明天再来。"瘦子一边挥手欲驱散人群，一边打着酒气冲天的哈欠。

我实在是看不下去了，摘下耳机，挣脱开于红拦住我不让我冲过去的手臂，站在瘦子面前，扯着脖子嚷道："你糊弄谁呢啊？！大白天，正常工作日，哪有公安机个办公的！你倒是给我说说，是谁写的通知？……你们所长呢？我要见你们所长！"

我妈见事情不妙，赶紧上前把我拽回来，低三下四，笑脸相迎，一口一个不是道：

"民警同志，你可别跟他一般见识！嘿嘿，小毛孩不懂事。别见怪，别见怪。"

瘦子死盯着我，嘴里骂骂咧咧，最后嘴里蹦出一个"操"字。

于红看我脸憋得通红，知道早就火了，干脆直接自己走上前，也不管不顾了，放开嗓子，质问起瘦子：

"是啊！没错！我怎么也是头一回听说派出所也放假呢？……就算是春节，也该有人值班才对吧？！是不是啊？大家伙都来说道说道……"

我妈说完，回过头，示意人群中有人出来帮衬帮衬。于是真有人应声："可不咋的。大白天放假，还真是新鲜！"

瘦子一看众人揭竿而起，估摸着自己快招架不住了，赶紧钻回值班室，迅速拨了一个电话。

不一会儿，大门口先进来三个穿制服的民警，之后是派出所所长，最后进来的那个人让我大跌眼镜。

那不是顺子他爹——王国辉吗！

我有一种不祥的预感。就像当初章大强被打，我在家五脊六兽，心神不宁一样。

我们娘俩被那个瘦子热情地招呼进屋里，先是假模假样赔了个不是，接着又是端茶倒水的。于红问："国辉，你怎么来了？"王国辉支支吾吾，说："我这不是听喜顺说了大强的事了吗，派出所所长我正好认识，老同学，看看能不能让他早点帮咱们查个水落石出。"

所长低着头，就手翻着备案记录，冷不丁抬起眼皮，一脸无奈的表情，瞥瞥坐在沙发上的王国辉，好像披着藏着什么秘密，用不太敞亮的声音回道：

"是啊。嫂子，您别急！我章哥的事，咱们已经立案开始侦查了。但暂时还没啥进展。您也知道，这年头，坏人们一个个都可精了。不好办，不好查呐。还需要您多体谅体谅我们……来，天冷，先喝口热水……"

于红可不傻，一边听一边看，总是觉察出哪里不对劲，还没等所长站稳身子把茶杯递到她面前，上去就推开他的手。

杯子"咔嚓"一声，摔碎在大理石的地板上。所长压下怒火，故作镇定，可能为了给彼此找个台阶下，于是说道："嫂子，您看这大冬天的，外面天忒冷。在外面站了半天，手一定都冻坏了吧，杯子没接住，正常……正常……没事，我再给嫂子倒一杯……"

"你说谁没接住杯子？！用你给我倒水啊？！"于红没买他的账，只见她大手一挥，摘下围在胸前的花围巾狠狠地往他桌子上一甩，指着他的鼻子就破口大骂：

"真不要脸！什么人民警察为人民！我看你良心都被狗给吃了！真是丢人民警察的脸！"

我站在一旁，目瞪口呆。从小到大，生平第一次见她发这么大火。以前她跟章大强吵架，架势也不及这十分之一。今天这是咋啦？看来心里为我爸的事着急，一时半会儿，情绪没控制住，撒泼了。

所长也受不了了，一脸茄子色，上前就要挥出大手。我跑上前，动作麻利地把她拽回来。其他民警也赶上来，拦住他。

我岂能让我妈受委屈并且孤军奋战，扯着脖子就对他大声嚷嚷：

"什么公安，办事效率这么低，政府可不是白养你们这群废物点心的，真给国家和人民丢脸！"

"你小子会说话吧？乳臭未干，竟学你老子说话。难怪章大强被人打，活该！有其父必有其子。生出来你这个不省油的玩意儿。打！该打！真该打！……咋不连你也一块儿打呢！……"

他颤抖着双唇，喘着粗气，脸色时青时紫。还没等倒过气来，我照着他的鼻子就是一拳头，嘴里反复重复着这几句话：

"你说谁呢？你说谁呢？……我让你说！让你说！……"

等所长醒来，他的鼻子上缠着纱布，躺在章大强旁边的那张病床。他鼻梁骨折，被我打折了。

睁眼后看见我坐在章大强床脚，刚想探出身子冲我再嚷嚷，就被他媳妇狠狠按回去了。

"章于子，你别理他！他疯了，你先去走廊待一会儿，等疯狗过了劲儿再回来！乖，先出去坐会儿！听张老师的话。"

当时所长被我打得昏迷送进医院，她老婆慌慌张张赶来，我俩擦肩而过时，惊讶到嘴张得都合不上。要不怎么说冤家路窄。派出所所长的老婆原来就是语文老师张欣。

这个完全意料不到的关系，让我听了她的话后，只能乖乖地走出病房。一来，面对疯狗，我确实得出去冷静冷静；其二，主要因她到底是我的老师，心里好像总会有潜意识的害怕，并且是深深的害怕。

我出去后，两个女人坐在各自男人的床尾，你一句我一句，一口一个不是。而两个男人，一个裹着纱布，一个戴着眼罩，却都各自背对背，谁也不理谁。

"你说咱们姐俩那是谁跟谁啊？要多铁有多铁。于铭，我们关系老好了。她可经常给我打折。"虽然隔着门，我机警地竖起耳朵偷听她们的对话。

于铭是我二姨，租了一个摊位卖服装。张欣是她的回头客。扯来扯去，竟攀上了亲戚。

"要是为这点小事而闹成冤家，多不值当！"张欣说道。

"可不咋的。不值！不值！不值啊！"我妈连续重复了三声"不值"，害得我以为两个老娘们也在病房里掐了起来。毕竟，蛇精女张欣也不是善茬。

"于姐你看，这事啊，都怪我家那口子。挺大一老爷们，不把咱女人放在眼里。要是换成我，我肯定也不干！"张欣说完这些，所长回过身，皱起眉头探起身欲要坐起来。但见媳妇挤眉弄眼，便继续默不作声，把脸又背过去。

"瞧你说的，妹子，听得我都不落忍了。这事，怪我！也怪章子（于红经常把我的于字略去）！但主要还是怪我。如果我不吵吵，就不会有接下来这么多事了……"我妈说完，回头瞅了瞅包扎异常夸张的章大强，意味深长地叹了口气。

"嫂子！别说了。怪我们家利民啊！您要是再说，我都不知道把这张脸往哪搁了……"说完，潸然泪下。

原来，杨利民因为这个暴脾气没少吃了亏。

倘若脾气好，早就提拔到市公安局做上刑警大队长的位置了。有一次，就是因为与前来办事的群众发生争执，被人家投诉，害得险些没丢掉工作。

于红倒也会做人，说，"行了，妹子，就别埋怨利民了！"然后接着问他：

"利民！那你能原谅我和章子吗？只要你不追究我家章子，怎么着都行。"话音刚落，我妈也掩面哭起来。

我最了解张欣的个性，平日在学校，就是一副叨婆娘性格，她要是厉害起来，准保比我妈还泼辣。但关键时刻，一定比谁都会做人。这次当事人之一还是她男人，更得好好用用心思。

她见我妈一哭，赶紧上前拥抱她，拍着她的后背，不停地说："嫂子，别哭了。咱俩都不哭……"

她一边安慰于红，一边掉过头装模作样呵斥杨利民："听到了没？嫂子跟您这位大人赔不是呢？……听见了没？"张欣见她丈夫没应声，连问了好几句。

"听！到！了！"杨利民答道。

"我没怪她娘俩。不然你以为我会陪躺在大强身边啊？！"说完，又瞅了瞅我爸。

章大强就跟裹着白布僵躺在床上的木乃伊一样，戴着眼罩，听着病房里发生的一切——又是哀声怨气，又是痛哭涕零的——就是沉得住气，一言不发。此刻听见杨利民喊他的名字，突然像诈尸般，话突然就多起来。

"老杨，你就跟哥说句实话，我这案子，你们到底有没有在查？"章大强问。

"章哥，你也知道，其实……其实我们也不好干啊！"杨利民答道。

"知道。我能体谅。但你们到底有没有在查？"我爸再一次问。

"这……这个……其实……其实吧……"杨利民吞吞吐吐，似乎有心事。

"其实什么？难不成还有什么难言之隐？"我爸上来精神头，苦苦追问。

"嗨呀，章大哥，您就别问了。总之，既然没看清到底是谁打的你，干脆就让这个事儿过去吧。有时吃吃亏，倒未见是坏事。"杨利民有一句没一句，试探性地让我爸息事宁人。

我爸见他有难处，没辙，也没再咄咄逼问。扭过头，又唉声叹了几口气。

于张俩姐妹手拉着手，是你看我一眼，我看她一眼，也摇摇头，不知道再说些什么。

于红瞅着章大强，无奈也只能发出一声怨气，感慨道："作孽啊！真是作孽！"。

接着，复述起了章大强那天赴宴所发生的一切。

天下宴席终将散场

一个叫万隆的南方男人，在小城开了一家叫"万隆"的洗浴中心。

开业庆典前夕，万隆原本只邀请了王国辉，不料喜顺他爸临时有事，便把请柬给了章大强。

当初俩人竞聘主任一职，在职工代表投票时，以一票之差，他败给了我爸，成为副主任。

平时二人面和心不和，这是段上职工都知道的事。两人一个主管业务，一个主管行政。我爸经常带上自己的手下，到所管辖的沿线检查工作。王国辉就坐在单位，喝喝茶看看报，下发下发上面的公文，清闲地做着他的副主任。

当初我跟王喜顺交好，我爸那是一百个不愿意。用他的话说："两家'阶级成分'明显不同"。章大强是个老古董，作派老套，异常注重阶级成分。说：

"咱老家人虽不是贫下中农，但可都是勤劳善良的好人家。顺子那娃虽然瞅着不赖，但怎么说也是地主恶霸家的香火，从小娇生惯养肯定少不了……那些人都可会装了。犯不着他时怎么着都好。但你瞧着吧，万一哪句话说错了，哪件事办得不随人家愿了，那可是翻脸不认人的主！……他们呀，立马从乖猫变恶虎。就像你经常跟我掰扯时说的那句话，什么'哈喽啊，开踢啊'的那句……"

"哎呀！爸，是'老虎不发威，你以为我是 Hello Kitty 啦！'"我纠正他。

"对对，就是这句。你且去看看他老子，那叫一个肥头大耳，简直跟猪八戒毫无二致。当初选举，什么一票之差。要不是他花钱买通底下几个职工，别说一票，我看得差了去了！"章大强越说越激动。

虽说章大强学历不高，但做起思想工作，还真是一套一套的。不过我对他企图用一己偏见试图瓦解我与喜顺二人的关系，还是保有相当高的警觉。索性他见我这般坚持，没辙，无奈只能默许我俩的友谊。

我跟王喜顺这么多年一路过来，同年同月生暂且不说，称他"傻顺"这个外号也不提，单单从他对我的尊敬和一路的追随，就让我觉得这孩子真是不错。人仗义，讲究哥们义气，没有那些公子哥家的富贵病。

总之，我跟顺子自从 8 岁那年相识交好后，很少真正翻过脸。没有大人之间那些寒暄客套。即便有，也是他禁不起我那拳脚伺候，在威逼利诱下，乖乖供出实情。就此，我还取笑道："这要是在战争年代，面对国民党白色恐怖，你还不吓得半死啊？早变节成汉奸啦！"所以我不但是丁点亏未吃，还时不时从他口中获悉一些他老子在工作上的一些动作和小心思。

唯一的憾事，是我几乎没怎么去过他家玩。除了骨折好了后，去玩过一次电瓶车。当时顺子在向他老子介绍我时，还谎称我是南蛮子来小城做生意的娃娃，害得王国辉是将信将疑，生怕他的宝贝大儿子被来路不明的南方人诱骗拐卖，碎尸后煮在高压锅里炖了。当时，小城里发生了一桩恐怖的凶杀案。

后来，王国辉偶然一次见我跟在章大强身边，像主人旁站着一只听话的小狗，这才恍然大悟，回家就把喜顺痛打了一顿，害得当时那娃是目瞪口呆一脸茫然。

最后还是我爸看淡阶级意识，说什么"干部工人都是一家亲，相煎何太急"等之类的话，让他成全了我与顺子的友情。

与此同时，我也做章大强的思想工作，别让他动不动就说人家是猪八戒，简直就是"净坛使者"之类的比喻，弄得连形容个人的长相，父子俩都这么一致。我大体的意思是：人家也没招你惹你，干吗就瞅着人家不进眼。

章于子和王喜顺倒是好上了，但章大强和王国辉可不是真的好了。要不怎么说，成年人到底是成年人，戏演得那叫一个天衣无缝，要是去做配角，那可真是屈才。双方老子要是见到我俩玩得欢实，撞到时，脸上的笑容那叫一个灿烂。但是换在单位碰见，俩人就视彼此为空气。

王国辉寻思，"喊你一声章主任，切，我才不开这张金口呢！"。真实生活里，两个人就跟一对亡命冤家似的，彼此瞅谁都不顺眼。

这回可好，瞅来瞅去，瞅出事了吧。

话说，我自然不是南蛮子生的娃，但是那个"万隆洗浴中心"的李万隆，才是个老奸巨猾的家伙。俗话讲，无奸不商。

那时小城别说什么"洗浴中心"，就连澡堂子都屈指可数。至于夜总会、KTV、迪厅……这些新兴娱乐场所，对于几乎没有夜生活的小城市民来说，信息闭塞得更是不知为何物了。后来，这些东西果真被不甘寂寞的外地人引进来。虽说人家正统的名称应该叫作迪斯科、量贩式KTV等称谓。要不怎么说，人得入乡随俗呢，来到我们C城，就得守我们这儿的规矩。比如讲话说"干什么去"就是不中听，得说成"你干哈去"；形容一个人傻，或者挡着道了，就是一声"潮肿"。意思像极了帝都公车司机在犯路怒症时喊的那一声声"傻货"。不对，是"臭傻货"。

"万隆"开业那天，市政一些机关单位的公安、税务领导，包括我爸他们在内的铁路供电段，都给万隆捧场去了。俗话讲，你就是开个小饭店，白道黑道也都得有人。

章大强有一个毛病，人多了，特别爱说话。他不怯场，人越多，越高兴。一个人待着，那才不得劲呢。所以酒桌上说话，深深浅浅的，不知道哪句话就得罪了人。

章大强还有一个毛病，逢人就爱掏心窝子，可谓交浅言深，同时也爱喧宾夺主。用于红的话形容：整几盅猫尿就不知道天高地厚了。不该说的话，瞎说，胡说，随便说。

酒桌上的别人，几乎都是有的没的，逢场作戏，天南海北一阵乱侃。暂且不说官场上那些冠冕堂皇的假话，就是此刻熟谙饭局上一定是话里有话的酒桌客套话，圈外人或是涉世未深的别人，都不好辨别话里的真假。章大强，吃亏就吃在了真诚上。

去看吧，酒桌上，我爸那叫一个实诚，还像往常与沿线那帮兄弟喝酒划拳一样的作派，英雄不问来路，也不察言观色，不眼看六路耳听八方，不事先弄清坐在旁边的人究竟是何许人也，只是听完别人刚说的一句话，就断章取义随便接话茬。事情是这样的。那天，恰好赶上一个肥头大耳的男人说道："瞧咱这一桌子人，可真够红火的！但我咋总觉得这里妖气冲天。好家伙，原来眼前就晃着几只妖孽啊……"

话音刚落，桌子的气氛瞬间变得凝重起来。然而章大强像是丝毫没有察觉，上赶着追问道："兄弟，此刻你当真是见到鬼影了吗？"（这句话说得可够冷，此刻我脖子后都是三道线）估计他还是显得不起劲，于是又语重心长地感叹道："兄弟，我也见到过呢！"说完，兀自端起酒盅，站起来就要跟那位不知来历的人碰杯。待一番称兄道弟后，又兴致勃勃接着讲下去："那年我去 T 城开会，下火车雇了一个板车就往招待所奔，谁知平时就连 15 分钟都用不了的路程，那天却足足蹬了一个小时，你说这邪不邪乎？！估计啊，老弟这是撞上俗话讲的'鬼打墙'了！但按理说也不该啊！……都说只有敏感体质的人才爱招这些鬼东西。啥是敏感体质？告诉兄弟们一个辨识的好方法，眉毛长得轻，算是其中之一啦！"

章大强可是说爽了，滔滔不绝，话都要收不住了。但见那一桌子人瞬间鸦雀无声，全把目光转投到那个胖男人身上。我靠！这胖老爷们眉毛就跟早上出门被火燎了似的，不仔细看，轻浅的简直就跟从来没长过似的。这时，我爸总算也缓过神来，但也不觉得事情有多严重，还跟他碰着酒盅，竟然还口口声声好言相劝："这位兄弟，你也别太在意。人不都说这眉毛就跟小草一样，所谓'野火烧不尽，春风吹又生'，没事你就让咱弟妹多给你薅薅，兴许慢慢就都长出来了……"说完，站起来与大家挨个碰杯，起着哄以为算是把这个尴尬圆过去了。宴席在一片并不祥和的气氛中结束。或许前前后后，章大强都没意识到自己究竟酿下多大的祸。正所谓，言多必失。

章大强平日社交活动虽说不少，但也净是与那些狐朋狗友瞎混，再用《新白娘子传奇》李公甫形容许仙姐姐见识短浅的话讲：算是那种只在方圆几里打转，没怎么见过外面花花世界大场面的人。如今好不容易逮到个机会，就更像是穷人捡了条驴，乐得屁颠屁颠，生拉硬拽地胡作非为。

开业庆典前一天晚上，还在家里暗自窃喜："总算王国辉这小子有点良心，知道我儿子跟他儿子铁，就让我这个正主任去参加。嗯，还算尊敬我。"

他几乎彻夜未眠，就盼望着天早点亮，到时好好见识见识所谓的大场面。于是一个劲盯着墙上的钟表看。时间未到，一上午，浑身上下就跟招了虱子似的，那叫一个坐立不安。

活倒是没少干：把泡在大盆里的衣服洗了，冻在窗外护栏上的牛肉也拿回来给酱了，我的午饭也提前做好放在锅里给温上了。说实话，章大强的确是一个既主外又主内的好男人。这一点，想必等我到了他那岁数，是学也学不来的。所以以老陆头为首的"12栋"居委会评选"模范丈夫"时，章大强几乎年年蝉联此殊荣也就不足为奇了。等章大强忙完家庭琐事，再看看时间，离赴宴时间还早，于是就打开电视看了会儿重播的《足球之夜》。要是换做往常，这个节目早就让他这个足球迷挪不动窝了。然而今天他就是反常得心不在焉，身子跟招了蛆似的，一会上外屋走走，一会又去里屋坐坐。最后实在无聊透顶，为了打发时间，干脆四仰八叉躺在炕上眯起小觉。

章大强哪能睡得着啊！你看他双手交叉放在胸前，比在万人大礼堂开会讲话的领导还正式呢。虽然闭上眼睛，可眼珠子还在那嘀哩咕噜地乱转，还能听见他喘着稀里哗啦的粗气。到底是没躺10分钟就坐起来，洗了把脸，把小头梳得那叫一个齐整。末了，还不忘抹上油光锃亮的头油，照了照镜子，这才满意地出了门。待开业庆典剪彩完毕，众人围坐酒桌，于是便出现了上述那通章大强不知天高地厚胡言乱语之举。还有之前看见用石膏铸成的美女雕像，"咪咪"里喷着细流，张开大嘴满口黄牙的章大强，心里忍不住嘀咕："早就听人家讲了，澡堂子，十之八九都是卖淫嫖娼的据点；碟片店，也都或多或少囤着A片……想必这装修气派跟皇宫似的'万隆'，一定也藏着别的什么不可告人的秘密吧？"

正想着，章大强已被侍应生扶到了按摩台上。

原来酒席过后是洗浴中心为贵宾准备的免费项目体验。只见章大强微闭着双眼，嘴角上扬，下巴颏抵在按摩椅上方的洞口，前倾着留着汗珠的额头，舒服的姿势和适中的按摩力度，早已让他陶醉在神魂颠倒的快感中。

突然，按摩力度从轻柔变得生硬，还没等他抬头看清究竟，眼前就被狠狠地踢来一脚。此时只觉一片漆黑，小星星乱闪，接着就是一阵又一阵难忍的疼痛。

……

当我坐在医院走廊的长椅，清清楚楚听到我妈所讲的那些我爸被打的经过，还来不及摇头感叹一下，只见杨莲川那小子已经气喘吁吁地推开了耳鼻喉科室的大门，逐个透过房门上那扇小窗，慌慌张张寻着人。

于是我赶紧冲他大喊一声：

"喂！第一名！你是不是走错科室了？！这里不是妇科！"刚才因为逆光他没看清我，现在听到我这般叫他，简直就是气不打一处来，跑过来，照着我的胸前就是一拳，疼得我是"哎哟"一声，接着破口大骂："你是不是有病！"

病房里的两位女性寻声而出，只听杨利民隔着敞开的房门喊道："儿子！你来了！快来……快到爸这儿来。"

"儿子？……杨莲川是被我打断鼻梁骨那个球事也不管派出所所长杨利民的儿子？他妈又是我的语文老师张欣？妈呀！一时半会儿，信息量也忒多了，就要消化不了了！……"我越想，越觉得头皮发麻。

我怎么左看右看，就是看不出杨莲川跟他老子到底哪里长得像：鼻子、嘴、眼睛、耳朵？还是高矮胖瘦的身材。光从这些外表比较，根本就看不出来，就更别提那天壤之别的秉性与气质了。

先不说他"爷俩"，就说说我跟我爹，我也算是遗传了章大强油嘴滑舌的功夫！可你说杨莲川，怎么就连他老子半点那股子硬朗劲儿都没有呢？

你就知道学、学、学。要不怎么说，天下百无一用就是穷书生。你要是像我一样既会学，又会做人也就罢了。你就是双眼念书念成了直眼，还美其名曰被班主任李树青夸赞：此眼并非人类所有，而是像鹿一样，并且还是像梅花鹿那样无辜、单纯、善良的眼神。

要不怎么说，人魔怔都是被人给带魔怔的。我只是现在闹不清楚，是李树青先魔怔的，还是杨莲川？要不就是俩人一块儿魔怔的。杨莲川到底还是被张欣他那个妈给降住了。我看倒不是降住了，而是他天生就不是那块叫嚣的料。顶多也就像死人诈尸一样，乱蹦跶几下，最终还是得乖乖回到棺材里躺着。这不，已经老老实实坐在他爸脚底下了。我也就奇了怪了，与学校里的死对头竟然在医院里撞见了，真是冤家路窄，想躲也躲不过。这不单单是人不对、场合不对，你说撞就撞吧，咋还整得一大家子来作陪。看来于红和张欣说的没错：作孽啊！真是上辈子作孽啊！看来这孽还得继续作下去。

当我得知请柬是王喜顺他老子给我老子的时候，我咬牙切齿恨不得想把顺子给掐死。我妈深知我的脾气，千叮咛万嘱咐，说等顺子来医院看你爸，可千万别难为他。我口头答应，其实心里一肚子火。我怎么会像杨莲川那家伙一样窝囊得没有用处。当时，如果杨莲川果真因我把他爸打断鼻梁骨而非要找我麻烦，即便再多捶我几拳，我也不会觉得有什么不妥，不会还手。毕竟，病床上躺着的其中一个人可是他老子。他老子是被我打坏的。难道他不该替他老子报仇，像模像样打我几拳解解恨吗？然而他并没有。

所以当顺子来医院探望章大强，我上去照着他的右脸就是一巴掌，吓得病房里的其他病人连大气都不敢喘一声。我爸这次倒突然活泛过来，好像忘了是谁间接把他害成这样，使劲朝我吼道：

"你住手！滚！章于子，你给我滚蛋！"作孽。真是作孽。我现在，终于懂了。于是我上来叛逆的情绪，还口道：

"章大强，也不知道是谁作孽？！你要是不贪图新鲜，不好好在家过周六，去什么洗浴中心，凑什么热闹！否则也不会因口出狂言，而招来别人的毒打！作孽？你说我作孽？！我看是你在作孽吧！"

我冲着章大强一阵嘶吼，最后摔门而去。王喜顺、杨莲川、杨利民两口子，还有于红，全都傻眼了。

章大强不知是生自己的窝囊气，还是生我跟他顶撞的气，侧着身躺在床上发出一阵阵"哎哟哎哟"不间断的呻吟声。

他要是再像每次醉酒而大喊特喊："小，爸……死……了……"这些其实明显带有撒娇成分的话，估计章于子恐怕连头也不会回了吧。要不怎么说，这人啊，得敏于行而讷于言。一切的是非都是祸从口出。

一个星期后，我返回学校上课。我爸这事就先这么撂着，杨利民已经向我妈保证，等自己出院后，一定加大力度调查。

心里游荡一条不知归期的鱼

那场下了三天三夜的大雪足足过了一周才完全融化。

此时此刻，黄小巾的头发已经能将将巴巴地扎起来。而我，在寒假结束返校开学之际，用自己的新发型，切身的行动，算是深深说了声Sorry。

黄小巾怎么也不会料到，作为当时就是帽子控的我，当我把棉帽一摘，露出一头整齐的寸头，她双手捂嘴，做出了一个大大的吃惊状。

其实剃掉斜刘海的长发：一是的确心有亏欠，为上年暑期补课时的早恋事件而自责；二是不都说，人得从"头"开始吗！三是还有整整半年复习时间，没有时间装酷耍帅了。拼了！

一切，我都希望会如己所愿，真的能够从"头"开始。

或许黄小巾根本不会洞悉我的真正本意，我剃寸头，真正的目的，完全是为了吸引她的注意力。

自从她剪掉了长发，恶搞事件令她变得异常安静，简直就是判若两人。那个安静不再刁钻的她，好像已经不是她自己了。就如同一具失去灵魂的丧尸，每天跟同桌杨莲川一样，就只知道学学学。

我们俩已经好久没抬过杠了，她也不像往常那样在意我对她的无理取闹了。

不知为何，在那样一个本应紧张实际却如此平静的时光，好像有什么东西，让俩人慢慢变得越来越生分了。

其实何止是她，我又何尝不是没发生变化。

我一改往日嬉皮笑脸的性格，安安静静只顾在位子上温书做题。顺子是心里最为着急的家伙。他看我回到学校，也不尿他一下，只能干着急。我越发视他为空气，任凭他如何在我眼前晃悠，我就是不吊他。反而，我倒是跟杨莲川热络起来。

在班级里只有我知道他与语文老师张欣的母子关系后（兴许王喜顺在高一时就知道了），不知是不是趋炎附势的心理在作祟，或者是经过病房见他如此暴烈一面的一次骤然爆发后，让我神不知鬼不觉竟对他产生了奇怪的好感。

要不怎么说，人都是天生犯贱。

但是我之前一直心存疑问：杨莲川不是"宏志生"吗？他娘不是还来探望过他。他还有个点豆腐的爹等等一连串的疑问，就在我们上大学后，再一一说给你听。别急，还是先看我们的高中故事。

李树青眼瞅着我在高三下半学期与杨莲川终于冰释前嫌，乐的他不停在课堂上表扬我，说"强强学习阵线联盟"终于组成了。

这可好，从夯实基础知识的"死记硬背"，到能力拔高期的"时空穿梭"，如今再到这"强强学习阵线联盟"的不知所以然……李树青真的是魔怔得不轻了。

杨莲川见我对他的态度来了个180度的大转弯，一时半会儿还接受不了，总在怀疑我是否别有动机。但我俩真的开始熟起来。

"嘿！你小子怎么就这么能沉得住气？！你老子原来就是派出所的杨所长啊！……你说你平时也不向我们显摆显摆。没听说过这样的话吗，当官就像手中的车票，现在不用，过期作废！"

此时我坐在杨莲川对面，跷着二郎腿说道。

他抬起眼皮瞅瞅我，又确保教室没有其他人后，态度不像以前那样爱搭不理，过了一会儿，看我没后话，便说："你怎么就不能清闲一刻！你以为剃了个寸头就能重新做人了？……再说，你怎么就知道我没显摆过我爸是所长这回事？！"

这小子，还神气上了。

"我不用让家人来开家长会，这就是我的显摆！怎么样吧？章疯狗，你还有什么其他问题要问吗？"这家伙竟然称我是疯狗，真是吃了熊心豹子胆。

他这么一说，我仔细一想，还真是呢。只能怪自己平时太粗心大意。之前每逢家长会，杨莲川作为考取全年级组第一名的优秀学生，总是打着"宏志生"的旗号，称父母在县城不便来校参加为由，除了仅有一次见过他妈妈的真容机会。如此再看，他的身世，父母双亲，真真假假，我都闹不清了。

"我能不能问你几个私人问题？"每当在心里涌上想要刨根问底获知他身世的一些疑问，我就劝说自己不要这么八卦好不好。于是话到嘴边，三番五次又都咽了回去。

与王喜顺的关系继续持冷。黄小巾对我的态度也依然不冷不热。

这日，语文下课铃声一响，王喜顺抱着刚敛好的作文本，让我到张欣办公室去一趟。如果没记错，这应该是她两个星期以来第一次找我谈话。

这一阵语文课，张欣为了训练我们在考场上写作文的感觉，在课堂上临时出题，让大家即时写作。上一节，她出的题目是《聚散》。鬼知道她是不是琼瑶奶奶的言情小说看多了，害得我脑中瞬间浮现出"聚散两依依"这五个字。我寻思着，如果高考命题老师果真出了这样的题目，估计那帮专家的脑袋不是进了水就是招了蛆。

作文总归得写。虽然面对这个题目，我没有任何感觉。但一想起张欣说过的话：

"人之所以是人，最难能可贵的是能够做一些根本就不喜欢的事。人总有硬着头皮去干自己不情愿又不擅长事的时刻。高考，准确说复习备考，这段难熬的日子，要是再让我经历一回，我心里也发怵。但高考是你们的必经。倒不是说人一定都需要高考。既然你们拥有参加高考这张船票，为何不就此一搏，努力跻身到那艘美妙的大船上。当船开动，沿路风景，美不胜收。一切的困难，都是暂时的。希望大家都挺过去！"

于是我叼着铅笔，皱着眉头，甚至用上吃奶的力气，绞尽脑汁思考着要写些什么。

我一直觉得，写作这档子事，是根本就学不来的。它不像临摹一个汉字，一撇一捺，知道笔画顺序，依葫芦画瓢，慢慢勤学苦练，就一定会把那个字写好，并且会写得相当好。

写作，虽说也可以模仿，亦步亦趋按照某个你喜欢作家的风格"临摹"，但那终究是刻意为之东施效颦般徒有其表的东西。内里的精髓，岂是能学来的。那些全然都是心的投射。你拥有一颗怎样的心，等真正作文时，便凝结出一篇怎样的文章来。

就在那一刻，一个普通的高三下半学期的一堂语文课，我在心底清清楚楚生出一个美好的愿望：如果有可能，我想考个中文系。嗯。高考志愿就是你了。

但白日梦终归是梦。光说不练，再美好的设想，也只能摆在那睡大觉。

眼前这该死的《聚散》作文题目，还是相当棘手。正在这时，坐在我身后的喜顺用笔捅了捅我。我回过头，没好气地说："干吗？！"

"树哥，作文纸掉地上了。"他小声地提醒我说。

"知道了！"我的语气明显不耐烦。

等我猫下腰捡起它，瞬间，茅塞顿开。突然闪现的灵感，如神来执笔，文如泉涌，不费吹灰之力，30分钟后，一篇小文便洋洋洒洒地写出来。

聚 散

喜顺是一个身材圆滚滚的胖小子。嘴很碎，就像一个啥事都爱瞎打听的八卦老太太。因先天跛足，走起路来东摇西晃，简直比不倒翁还滑稽可笑。

我们俩是一起出生的发小。

然而好景不长。8岁那年，我因高烧而变成了一个哑巴。你们可千万别可怜我，比起喜顺，我不知要幸运多少倍。因为喜顺死了。

那么一个活蹦乱跳的胖小子，说死就死了。我亲眼看见了他的死亡。可以说，死得相当惨：暖水瓶的瓶胆碎了，他发烧，大半夜爬起来给自己倒水吃药，没料到迷迷糊糊倒了一茶缸热水，误食了里面的碎玻璃碴子。次日，胃出血暴毙身亡。他死时，依然面带微笑。但可把他白发苍苍的母亲伤心坏了，哭天喊地，什么白发人送黑发人。

喜顺是个好人。虽然在活着时，也没那么好，也没多少文化，更像长舌妇一样闲扯家常。比如他曾给我讲过隔壁二婶子与小卖店李拐子偷情之事。这事发生在我们这个闭塞的小村子，足以算是一桩惊天动地的大事了。现如今，恐怕就只有我自己知道它了。即便我将这个秘密昭告天下，也没有人会相信。

都怪我平日太顽皮，言行举止没有信服力。他们宁愿相信长相敦厚老实、内心实则邪恶异常的喜顺，也不会信我的所言所行。没错，他是个不折不扣、蔫坏蔫坏的臭小子。但没办法，大人就是这样，万事只看表象，以为那就是真相。

我是不会再与他争的。人都死了，有何再去争的。难不成让死人掘自己的坟，为辩驳无关痛痒的小事而口吐莲花。面对逝者，其言也善。这是我做人的原则。无论生前，死者做过什么伤天害理的坏事。

要说我和顺子亲密的程度，那可是从小穿一条裤子长大，视彼此为亲兄弟。一起掏鸟蛋，一起调戏被我们称之为二丫的丑女，然后又因丑女的哥哥喊上一帮哥们要揍我们而狼狈地逃跑。但如今，这一切已成过眼云烟。往事历历在目，而顺子已不复存在。

最后，我想说：我俩，狼狈过，风光过。

是的，一个叫王喜顺的胖小子死了。

既然死了，那我们，也就该散了。

来到办公室，张欣指着上面的作文，一副无奈的神情。

"我说，你俩不是好哥们吗？学会写作文咒人家了？！"张欣说。

"没咒。就是自然而然有感而发。"我说。

"这还不算咒。简直就是人身攻击。"她说。

"攻击就攻击。要不是他爸不给我爸请帖，也还不至于挨打。"我气得把头扭在一边，不看她说道。

"这孩子。还学会记仇了。那是大人之间的事。你们是你们。再说，事情还没弄清楚，跟他爸有什么关系。跟王喜顺就更扯不上了吧。"她又说。

"咋没关！有关。就是有关。"我来了劲。

"行行行。我们不说这个了。但是以后，你得好好写作文。"她说。

"这写得还不够认真吗？！"我说。

"你说呢？"她问。

"那你告诉我，王喜顺和你啥关系？"我岔开话问她。

"咋说这个了？"她惊讶地问道。

"不知道。就是想问。还有杨莲川真是你儿子吗？"我又追问。

"这些都是大人的事。现在还不能告诉你。你不懂。"她回。

"行。我不懂。还有别的事吗？没有我出去了。"说完，我连瞅也没瞅她一眼，一溜烟走了。

摔上门的瞬间，听见里面传出来她的一声叹息："这孩子……"

又过了一个月，章大强伤势稳定，可以出院回家休养了。凶手依旧未缉拿归案，章大强觉得窝囊，心里一直咽不下这口气，依旧整日躺在病床，唉声叹气直摇头，偶尔磨叽几句：

"都说养儿防老。防什么防！我这还没老呢，这点小事都办不成！"。

我心想，查出凶手，这么大的事，仅凭我一己之力，如何能办得到！岂能算是小事？！我只是想了想，对他的抱怨没往心里去。见他那样，我心疼还来不及呢。

出院前，我坐在他枕边，他小声趴到我耳边，一句话，难为情地说了老半天：

"小……去帮爸……帮爸……找一个……找个照相的来。"

我问他干啥，他说照相。我一时半会儿没反应过来，等我从照相馆叫来个挎相机的小姑娘，对着我爸那只被踢伤的眼睛，咔嚓咔嚓从不同角度闪个没完，我才反应过来他这是想给自己留个纪念。

踢伤的是右眼。索性没伤及眼底，经过消炎处理，再加上用药，如今已没什么大碍。纱布早就拆了，就是眼周有淡淡的瘀青。算是恢复得相当不错。原定好的出院时间已到，我爸突然赖在床上就是死活不肯离开。最后还是奶奶亲自出马，前来接他，这才算是让他自己觉得有了一个台阶下。日后街坊邻居议起旧事，也会觉得面子上挂得住。

中国人太爱讲面子。有些事该讲，可有些事并不该讲。讲面子祸害了多少人。打肿脸充死胖子的例子还少啊。时至今日，我还是纳闷：自己出个院，那么在意别人的看法干吗。人就一辈子的命。反正我的命，我要自己活。活出自己。其他的，一概不管。

于红说：道理虽对，但不能那么过。人活一张脸。况且在咱们家，更要做个讲究面子的好人。

我说：还讲究那副根本就不值钱的面子呢？还做好人呢啊？人都被踢了。人善被人欺。

不知不觉，我变得不爱说话。不知是否跟章大强被打事件后，突然涌出来的超大信息量，搅乱了我身体里面的磁场。抑或是那些错综复杂但我迄今还理不清闹不明白的人物关系有关——杨莲川竟然是语文老师张欣的儿子！由此一来，高一第一节语文课，张欣让王喜顺代班长之职喊起立，是否早就知道他老子是王国辉？而王国辉的好友又是C城知名派出所所长杨利民。杨利民的儿子竟是我一直戴有色眼镜看人的娘娘腔同学杨莲川。杨莲川的妈妈是语文老师张欣……我的天！太崩溃了。

带着这一连串的疑问和困惑。我开始习惯一个人独来独往。直到有一天，不知哪根神经突然搭错，从手提袋里随便掏出一套做过的试卷，撕下一角，就在页眉空白处写下了一行字：

王喜顺，我觉得我们还是先不要做朋友了。就这样吧。保重！

春末时，黄小巾的头发已经能完全扎起来了。我把她当时通过顺子转交给我的磁带还给她。当我把磁带啪的一下扔在桌上时，丢出一句话："什么鬼音乐！软绵绵的！半死不活的，简直就是靡靡之音。我不适合听，你们家杨莲川适合。"

我的话刚说完，她气得立马撸下自己马尾辫上的皮筋，散下来的头发遮挡住大半张脸。此刻我的内心戏是：天！这小妞难不成又要扮鬼？！真是好了伤疤忘了疼。

"行了！黄小巾，别从这装神弄鬼了。整得自己以为是梅超风转世。从今往后，我再也不会惹你了！"我一定是疯了。其实我也不知道当时为何说出那样诀别的话。其实我挺后悔。不得不承认，那盘磁带的好多歌都在紧张复习的夜晚陪我入睡。尤其是那两首歌——《半袖》和《飞》。我觉得《半袖》就像是一个远去的少年，在跟他的青春和朋友们一一说再见；至于《飞》，则唱出了我当时某些出不去的心情。不过这些细致感受，对于一个好面子的大男生来说，怎能让她轻易察觉。男人有泪，也要往肚子里咽。人与人之间，朦朦胧胧，缥缥缈缈，远远近近，岂不更好。就像是顾城《远和近》这首诗：

你
一会看我
一会看云
我觉得
你看我时很远
你看云时很近

一整个春季，我跟王喜顺、黄小巾就这样僵持着。这种感觉，就像置身体操赛场，在木马上完成一个腾空转体的动作，闭上双眼，一个人用手臂紧紧抱住自己，在空中翻转，然后静等落地的瞬间。你无法预料，落地的那一刻，是否会站稳？是会得到掌声？还是会遭遇嗟叹不已的冷眼。

我的 18 岁，就在这迟到的青春忧郁症中开始了。

它一点一滴，像是一个看上去的空油桶。但把它翻过来，轻轻摇一摇，控一控，还是会滑出一两滴的油与水。

青春期，本就像是鸡蛋羹里滴落的那几滴香油，香香的、滑滑的，但也会在不知不觉的重复度日中，厌倦、生腻。

忧伤的情绪与日俱增，像是深夜越来越清晰的星群，密密麻麻堆积在心底。我装作若无其事，依旧笑着去跟老师同学们嘻嘻哈哈，但却越来越喜欢一个人独处。

人人心中都装着一个抽屉，里面存放着你的心结。有的疙瘩解也解不开，尤其在伤心难过的时候。

我唯一乐意做的事就是塞上耳机听音乐。有时，也竟觉得不过瘾，像是有条虫子慢慢从心口往外爬。我不知道，那是不是平日被章大强抽烟时熏呛的二手烟瘾。我是否也需要抽一根，来平息心中这份难耐的焦虑与无助。磁带里的陈小霞用闽南语深情地唱着：妈妈的心中有一条歌。

而在我心里游荡的那条鱼，跳来跳去，早已不知归期。

依旧如同高一那个少年模样

高考前三天学校就让我们离校了。临走的那天傍晚，我站在教室窗外流连。

班级位于三楼楼梯口西侧，每逢傍晚，透过走廊的窗户，唾手可得的夕阳美得都不真实。一整年紧张复习备考生活，让人无暇顾及眼前这些风花雪月。所有人，包括我自己，都在等待。等待人生路上这段必经，不留遗憾地圆满度过。

我坐在教室窗框，把脚搭在外面。晚风徐徐吹来，真是惬意满怀。我拿着那本 32 开《中国古代历史》随便翻看，唯独手边缺一听啤酒。

我在想：那些存在于历史书上的王侯将相，那些曾真实存在于世的男人，内心深处因膨胀的欲望而挑起的一场又一场战争；那些心怀破碎同时又歹毒万分的女子；那些月下情人间的小肚肠，告别时流下的滚烫热泪……都一一封存，成为彼时那份独一无二的历史过往。而此刻、当下，我置身在 C 城一所学校的教室窗边，看着落日夕阳，手边书页被风随意翻起。我知道，我正在这个时代活着。而某一天，我也会不在，成为这一世的一段历史。但是现在，我要全然投入到三天后的高考，要以最好的状态考试。我要考上理想的学府。未来，过我热爱并向往的人生。

想着想着，当书被吹翻到印有孙思邈画像那一页时，心里突然一紧。

那份难倒黄小巾"袖珍小试卷"上的人像，正是孙思邈。我噘起嘴，鼓着腮帮子长吹了一口气。已经长好的齐刘海仿佛还是高一那个少年模样，但这突如其来的惆怅确实让我措手不及。

我决定，等高考一结束，一不做二不休，马上剃个光头。

不要问我为什么。人生哪有那么多为什么。但是现在我不能剃，因为我好害怕连知识也一并给剃掉了。还有所有从儿时至今那些深深浅浅的记忆。

书页就这样，被风唰唰的一页页吹起。

高中这本唯一的小开本历史教材，翻开的次数不计其数。书页早已被摸出黑黑的手印。用李树青的话讲，书早就翻烂了。就在盯着这本教材发呆之际，突然想起黄小巾还有杨莲川，将课本包上里三层外三层的书皮，比封面还要漂亮的书皮。

我不像他们，喜欢搞那些形式主义。我用过的书，越烂越好。要不是怕李树青误会我对他不敬，巴不得背一页撕一页。

撕书才过瘾。

蓝田人算什么！秦始皇焚书坑儒又有什么了不起！你铁血将军俾斯麦又有什么可骄傲的！……我章于子还不是把你们一页一页都看透，然后再一页一页统统将你们撕掉。我，过瘾着呢！

现如今，你们都已是天上的星辰了。

你说人活着，多数人都活不过100岁吧。所以姑且就让你们在我脑海中再好好活一遍。但我发誓，等一考完，就要把你们通通忘掉。

是的，我还要忘掉你，黄小巾。

大考，你我的人生必经

大考前一晚，我做了一个噩梦，准确说是梦魇。半夜也不知道是几点，突然醒来，两个干巴瘦手牵手的小人儿站在窗帘边，好像有什么话要跟我讲，但我不懂他们的语言。等我再揉揉眼睛，眼前什么也没有。但我似乎真的见到了那两个人影在凝视我。

我完全没当回事，心想，一定是因为天亮后马上就要考试而太紧张了。于是躺下接着睡。在床上，我胡思乱想，把从小到大的事，跟过电影似的，过了不止一遍。不知何时，又睡了过去。于是我又开始做梦。

我梦见自己把黄小巾借给我的那盘万芳磁带扔进了抽屉，磁带却突然跟我讲话。说，我要是再讲它的坏话，就用磁带条缠住我，一直勒到我窒息身亡。它命令我立刻、马上，赶紧把它放进随身听里听一遍。

神奇而凌乱的梦境，梦里播放的一首首舒缓而深情的歌曲，让大考前一夜比小说里的故事还荒诞不经。

我俨然已经忘记，做过多少荒梦，又惊醒过多少次。

就在这睡睡梦梦醒醒的交错中，大考的早晨，我带着一双熊猫眼，走进了语文考场。

挂着昏昏沉沉的脑袋，将将巴巴做完了前面的基础知识部分。待到写作文时，大脑已经混混沌沌，完全不知今夕是何夕了。

作文题目倒是异常开放与自主。我打起精神，用尽浑身解数：为了赶走瞌睡虫，先是闭目凝神，如同庄严的仪式，试图召唤灵感之神。当我感觉内心开始出现神奇的涌动，马上埋头，聚精会神，开始专注写作。我似乎忘记滴答作响的时间，文章一鼓作气就写完了。我在作文纸空下题目的首行，不慌不忙，写下了最后九个字：

　　青春是远方流动的河

上午良好的语文答题状态，缓解了昨晚因没睡好的紧张情绪。睡了一个实沉而香甜的午觉，下午考历史，却像被诅咒了似的，竟然怎么都想不起来淝水之战的时间。那是一道排序的选择题。这场战役的时间决定着在已经排除的其他两个选项中再择其一。愤怒与自责的无名之火被瞬间点燃。无论如何也不会料到，一道不起眼的单项选择题，竟然搅乱了整个历史考试的心境。

当晚，我拖着沮丧的情绪回到家，笑脸迎门的于红问我最擅长的两门科目考得咋样，我一脸糟心的表情，怨声载道地回：

"别问了！别问了！明天也用不着考了。就等着念高四吧！……"

我妈一听，大概是明白考得不妙，但也没像往常接着我的话唠叨下去，而是很知趣地开解道：

"行行行！咱小大不了再念个高五高六。"

我爸倒是喜上眉梢，笑得一脸核桃仁，连说几声："呀呀，咱小这回可是考好了！从你装疯卖傻吓唬你妈成这样，我就知道你考得肯定不赖！你小子，从小就知道耍贫嘴，你糊弄谁啊你！……"

揣着种种莫名、异样、心事重重的复杂感受，我晃晃悠悠考完了人生这场必经的大考。

我最清楚不过，数学也一定跟历史一样，考砸了。政治和英语，倒是正常发挥的水准。我有一种预感，即便那三门成绩不错，也挽救不了其他两科的惨状。

带着以上的顾虑，结合考试的切身感受和某种自知之明，我偷偷地，在填报第一志愿时，选择了西北 H 城某重点大学的中文系。

待我将如同科幻片中千载难逢出现一次虫洞机会，联结未来人生的选择岔路口，以自主的方式选择完毕。在章大强最后才知道填报的学校是内蒙古大学时，简直差点没被气个半死。

于红倒是无所谓，别看她平时在学习上对我也是左呼右唤，她觉得只要有个大学上，就挺好。所以此时此刻，她当然得护好自己的犊子，对脾气暴躁没完没了的章大强指责道：

"行了啊你！差不多得了！别又开始作！"

我爸看这娘俩合伙欺负他，也不知是真犯病还是假犯病，气得又哎呦呼呦：

"救……心……丸。"

"作吧！你就作吧！我看你是不作死就没完……"说完，也不去拿什么救心丸，转头对我说：

"小，走！妈带你吃锅包肉去！"

于是于红领着比她高两个头的大儿子，到小饭店吃午饭去了。

……

至于他们：

杨莲川也并没有像那些老师说得有多玄乎，什么北大的好苗子。北京大学自然是没被录取，但填报志愿时写了服从分配，于是也收到了内蒙古大学的录取通知书。杨利民原是打算让他再复习一年，可张欣死活反对。理由很简单，她的原话是：高三，哪是人过的生活！没有尊严。

内蒙古大学，挺好的。我不会强迫他复读。孩子的路，让他自己选。最后杨莲川果真没有选择再读，而是选择跟我成为校友。其实这让我都大为惊讶。

黄小巾和王喜顺，倒是不负众望，顺利考上北京高校。一个收到中国传媒大学新闻专业录取通知书，一个即将就读于中国人民大学哲学系。

至此，高中生活画上了一个并不太圆满的句点。

远方，是蓝蓝的天空白云飘，草原牧歌式的一片汪洋与纯粹。

远方，或许同样也只是不知去向与归途的远方本身而已吧。

一整个虚度又漫长的暑假，衔接着过去与未来的夏日，在由电推子嗡嗡作响的声音中，斩钉截铁地戛然而止了。

一个光头男，穿着跨栏白背心，一双夹脚拖，晃晃悠悠，度过了人生中最百无聊赖又颇为舒服的夏天。

这段时光，永远无法复制。因为我比谁都能深刻地体会到，逝去的光阴，是回也回不来的。

于是，我抱着张爱玲的书，深陷在她的《传奇》中。

是谁说过，青春期的你我就一样要经历死去活来的叛逆。是谁说的，在惊吓中长大的孩子比较懂事早熟。又是谁说的，人生必须要按照既定的规矩，向前走。

我，我们，能不能倒退着，向前。

第三章

西去的大学
| 时光列车，开往不知归期的远方

我终于懂了

临行前，于红故作轻松，问了句："需不需要送你呀？"

我轻描淡写回了句："不用！"

"也好，有利民那两口子送莲川，路上你也能被照顾到，我和你爸也就放心了！"

我不知道她说完这话，私下是不是自己一个人偷偷抹泪。

依稀记得我6岁那年，于红第一次去北京，一去就是半个月。终于回来了，飞奔进入家门，抱着我在炕头止不住地哭。

我穿着左上角绣有熊猫吃竹子，对称的右侧绣有毛主席字体"北京"二字的淡青色童装，坐在于红的大腿上，晃着大头，清晰分明地接着她脸颊涌出的眼泪。泪珠儿带着还温暖的体温，砸在我不知所以然的脸上。她紧紧抱住我，就如同失散多年的娘俩，久别重逢，好好叙叙旧，赶紧腻歪腻歪。

除了小玩具，她还给我带回来一副装裱在小相框中的字画。框中方方正正贴着三排魏碑字。说句实话，这些字识得我那叫一个费劲。由于实在是懒得查字典，过了一年又一年，直到念完小学三年级，才算将将巴巴把它们认全。其中的意思，如今也才明白过来。那些字是这样写的：

靠山山倒，靠人人倒，靠自己最好。凡事莫存于依赖心理，应以自强、自立、自助为本。

　　岁月是一把最好的剪刀。剪去青春岁月这一路成长中的不羁与困惑。时间果真是带我们去未来的。那些当初根本就不懂装懂的人生大道理，因经历某件事，在某个瞬间，你一定会全然明白。并且这份懂得，还是深刻于心的了然。

　　12年。如此，倏忽一下就过去。

那份无法言说的前世今生与乡愁

西去的列车伴随着《草原晨曲》，行驶在初秋内蒙古高原氤氲一片的晨雾之中。

我一个人坐在闷热的硬座车厢，两眼一直望向窗外延伸至天际的一马平川。列车扭动着身形，穿越隧道，从窗口灌进来的呼啸大风，吹乱了我的头发。从来都觉得，坐火车，是一件特别神清气爽而惬意的事。一个人身体静止不动，风景却在捕捉的双眼里，流连、移动。脑海中冒出无法自控的记忆碎片与讯息。持续掠过的眼前风景，在心底深处，一一被重新排列组合。时而快乐，时而忧伤。轻轻淡淡的，丰盛而浓烈。

对于我，这种美好的复杂感受，像是极少数会沉溺其中的片刻与永恒。此时此刻，在我 18 岁的这年秋天，身体跟随颠簸的列车，吹着惬意的秋风，仿佛在为我扫除身体与内心多余灰尘的瞬间，带着一种轻盈的步伐，和对未来充满无限美好的憧憬中，驶向我人生的另外一个栖身之地——呼和浩特。

呼和浩特，这个在蒙古语意为"青色之城"的内蒙古自治区首府，好像是一个属于我自己永远也无法说清楚的乡愁。她兀兀自自，屹立于中国的正北方。后来，她都险些把我真正的故乡，那个小小的 C 城比下去。

真的很难说清，乡愁到底为何物。你说她属于前世？那前世的几遭经历，早已因喝过孟婆汤，而忘得一干二净。

然而呼和浩特，我却深深记得。

……

杨莲川一家睡在硬卧车厢。他们或许永远也无法体会到我内心的知足与无可言说的快乐。所有这些细微感受，都是我一个人的心灵历史。

伴随着起伏的山峦与没有尽头的平川，感受着草木惊觉与秋风拂面，火车浩浩荡荡，时而鸣笛，时而像老牛一样闷不吭声地向前，经过一宿的颠簸，于清晨 6 时许，率先抵达此行的中间站——北京。

由于天色尚早，火车小心翼翼，缓缓地开进站台。我跟个夜猫子似的，精力充沛地眺望远处依旧灯火通明的高楼大厦。近处几棵高大的杨树上，知了已经聒噪不堪地叫了。

虽然不是最终的目的地，我的心却也异常澎湃。想：什么时候，能够站在这座城市的中央，甚至只是一个最不起眼的普通过街天桥，面对车水马龙与熙来攘往的人群，大喊一声：

"喂！……北京！……我！来！了！"

半个小时后，火车离开北京北站，倒开着，来到了"青龙桥站"。京张铁路的建筑师，詹天佑先生的铜像便耸立于此。火车仅停靠 2 分钟。我未下车，只是探出头，努力环顾视野所能及的风景。熙熙攘攘之际，看见前方卧铺车厢外，杨莲川他娘——我的语文老师张欣，扯着嗓门，用她的蛇精架势，催促他爷俩赶快下车跟铜像照张合影。

火车再次开动。向前，继续行驶在燕山山脉西段的一座长桥上。远处竟是些红岩青翠的高山，绿色植被把赤红的山谷覆盖得郁郁葱葱。车轮压过铁轨接缝处，发出哐当哐当地清脆声。当回响叠加在大桥上，更发出镂空的钝重之音。这是一种犹如瀑布一泻千里的气势，带着一种豪迈与放达的胸襟，梦幻般，驶进自己精神家园的深处。那或者是不能够再轻易打开的童年时光。从小到大，我无数次听到过这样的回响：在与章大强出差的途中，在距离"12栋"不远处"大下坡"附近的铁路桥洞下。车轮压在钢轨上发出清脆而有规律的撞击声，像是成年后接触到的念经声，舒服的频率，与身体甚至灵魂的某处共振。

是。我爱这声音。从我在"12栋"出生之日，能够记住这声音伊始，我就爱上了它。此时此刻，我终于奔向人生的下一个旅程，听着无与伦比熟悉而又振奋人心的声音，我竟热泪盈眶。

在日益模糊的视野中，我看见一个头发被吹乱的少年，独自坐在晨雾中，眼前掠过一座座山峦，一排排绿树，一条条清秀婉转的河流。

2000年。一个多么清整的数字与年份。这一年，我终于离开了生活18年的家。那个小小的C城。其实C城哪里小啊。还不是我自己，将所有18岁之前的生活，过在了那一片纯粹的世界中：12栋，大下坡，铁路桥、南山、学校、家、章大强、于红、王喜顺、黄小巾、杨莲川、李树青、张欣、杨利民、王国辉……

如同城堡一样，在装满透明厚玻璃结构的童话世界中，自行关在里面，眺望着外面现实生活的种种。直到有一天，我决定自己把玻璃全部敲碎。我要出去透透气。

于是我开始出现幻觉：2000——世纪开元——物换星移。我不知道2000这个千载难逢的清整年份，对于我自己，会不会是某种神谕般的良辰吉日。它会悄无声息，让自己发生彻头彻尾的变化吗？

一路上，如此这般体会着说不清道不明的不安与惆怅，亢奋与快适，又经过下花园、阳高、张家口、大同、集宁、卓资山，哼唱着不知从哪儿冒出来的这句"我有江水如澜，那人却在心头"，晃晃悠悠，终于抵达这座青色之城——呼和浩特。

抵达青色之城

人生在偶然与必然之间展开。

真是冤家路窄。报到那天，新生花名册醒目地写着我与杨莲川还有其他两个同学被安排在同一间宿舍。为此我还特意找楼长让他把我们俩调开。

楼长在惊讶之余，不忘为自己原本善意的行为卖乖，说："你俩不是老乡吗？我看档案，还是多年的校友。我原以为，把你们俩安排在一块，保准会偷着乐呢！可谁知……"

"你原本以为！你以为！……天底下'以为'的事多了去啦！竟瞎安排！"

老头被我呛了一鼻子灰。他见我伶牙俐齿个头又高高大大，瞅瞅我，便没再往下说。倒是指着我抱在怀里的被褥，说，上面的编号是3，夸我报到可真够积极。

我在同样回以一声"用你管"之后，表达了自己是一个急性子的人，心里就跟长了野草似的，在家里早就待不下去了。其实谁也不知道，我心里别提有多高兴了。是要多高兴有多高兴的那种。

我终于如愿以偿离开了那个待了18年之久的家。

不知是不是在一个地方待得久了，腻了。骨子里，特别想换个新的地方重新来过。我知道，跟我有一样想法的肯定大有人在。只是他们不愿承认。因为即便只是想一想，也觉得那是一种对于父母的不孝。

当然也有些人，他们宁愿住在一个地方，一待就是一辈子。他们可能从出生之日起，就是生活在深山老林中的农民；可能是在某个省份自治区直辖市或是并不繁华陌生乡镇村落的普通百姓，辛辛苦苦勤勤劳劳兢兢业业。他们更有可能是像我与杨莲川这样的莘莘学子，人生前半部分的十多年囚禁在象牙塔里，饱读诗书，却闭门造车。满以为自己的学问有多渊博，实则都是自我感觉良好的鼠目寸光。不知山外有山，更不能精准地想象到外面的天地是何等的富饶与绮丽。有些人，会走出去，因为心中始终燃烧着的那团火焰。有些人，为了生存，被迫走出去，虽有心酸挣扎，但一番闯荡与适应后，习惯了生活的步调与惯性，日后也终究不再回来。

我不知道杨莲川属不属于后者，反正领行李时他自己倒是没去。一个人坐在宿舍歇脚。要不怎么说东北的女人就是彪悍，我看就是来两个杨利民，都敌不过他媳妇一个人能干。二话不说，拿起抹布，登高上梯，就把宝贝儿子的上铺擦得那是干干净净。之后，又把被套摊开，利落的将其被芯装好。之后三下五除二的工夫，就将被褥叠成一座规整的小山状。看得我心里是直痒痒，不停地嘀咕：瞧这妈，还真是有两下子，俨然家里一顶梁柱啊！

其实，我特别想对她说：一个多彪悍的女汉子，都禁不住家里有个懦弱不堪的男人误事。强与弱，总是成双成对地出现。婚姻关系、夫妻关系、婆媳关系、父子关系、师生关系……总会是一方施压另一方。据我观察，杨莲川家里那个吃软饭的，并非是她的丈夫杨利民，而是她的宝贝儿子。你瞧，挺大一小伙子在秋老虎的热天，盖着夏凉被就知道躺在床上呼呼睡觉，还口口声声说什么感觉自己好像是发烧了，浑身酸痛无力，冷。发你妹发！不过我还是先不管他们家的闲事了。报到单上还有好几个需要盖章的地方，我还是去忙自己的正事要紧。此时此地，西校门，综合楼前，迎新的巨大横幅从楼顶一直垂到楼下。我低着头，一边看着密密麻麻盖着红章的报到单，一边快步流星踩着台阶就要上楼。突然，前方响起一声刺耳的尖叫：

"哎哟！……没长眼睛啊！"

我抬头一看，一个戴着棒球帽的女生站在我面前：鸭蛋脸，长长的马尾辫吊得老高，从帽子后又掏出来。一身黑色棒球服，窈窕身材，显得细高瘦长。旁边一个长相憨厚的男生问："学姐，你没事吧？"

"没事！"随后瞅着我说："嗨！你是新生吧？报到咋跟投胎似的。以后走路长长眼睛。撞伤我倒是小事，你长得这么帅，万一把自己的这张脸撞残了，岂不是白瞎了！"

这个说话刁钻的女生说完这些话，我听见不远处有个女孩喊"柳囡……柳囡"，她便一边应着，一边白我一眼，调过头往那边走了。

我站在原地，胸口觉得郁闷：要不是旁边还站着些人，还真想好好呛呛她：别以为自己是个学姐就很了不起，兴许专业啥的狗屁都不行。就只是个一无是处搔首弄姿的花瓶。这次就算我倒霉，下回要是再让我碰到，准保给你点颜色瞧瞧。别以为这是部队，新来的小兵就要受上面欺负。我才不管你是学长学姐还是雪花膏呢！报到一切妥当。杨利民两口子临上火车前夜，特意把我叫出来，一起坐到一个小饭馆，不知算是答谢还是为了加深一下我与杨莲川的友谊，嘱咐几句俩人以后要互相照应的客套话。

我端着酒杯，话比平日多了不少，像是久经饭局的常客，笑脸相迎，一口一句："杨叔、张老师，你们就放心吧！你看我跟川子，除了性格不太一样外，这外表让其他人看，没准都以为我俩是双胞胎呢。"说完，顺势搂住坐在一旁杨莲川的肩膀，嬉皮笑脸向他求证："你说是不是啊，川子？！"

"川子？"他先是结结巴巴一怔。之后无奈地应声："你说像就像吧。就是叫我'川子'，咋感觉这么别扭啊！"

"这不说明我在乎你吗？！"我回。

他父母看情况不妙，赶紧接话道："俩人就先不说了啊。这以后四年可有的是说话的时候呢！章于子，我看你这点就比你爹不知强多少倍呢。仗义！真是仗义。叔今天算是见识了。我家莲川，不……川子，今后有你这个兄弟给他做主，叔和你婶儿，也就放心了！"

杨利民说完，叮当几下就是跟我一通撞杯。我说："杨叔叔，可不敢当！还有什么'婶儿'，您可永远是我的张老师。我还是叫您'张老师'心里得劲。"

说完，张欣也举起杯，眼眶泛泪。"喝！喝！……来，吃菜，吃菜。"一阵客套寒暄后，闹得外人根本就不容易看出来这究竟是孩子们在跟自己的家长喝酒，还是从哪儿冒出来的道上的江湖朋友，此刻正在这个肮脏不堪的小酒馆叙叙旧，准备一醉方休呢。

这一幕，估计要是让于红看到了，肯定得说："什么比他爹强？！我看简直就是一模一样。整几盅猫尿，就不知道自己姓甚名谁了！"

于红说的有一定道理。在喝酒上，其实我跟我爸一个德行：天生就不是喝酒的料，偏偏嘴馋。一杯啤酒下肚，脸色就上来。不知道的，还以为喝了几斤呢。脖子上胳膊上腿上，到处都是小红点。痒痒，酒精过敏。C城的医生说了，这叫串皮。

不过被布和一说，那可就不一样了：喝酒脸红的人好啊！实诚。能交能为。够义气。

所以说，这话啊，不，这人话啊，翻过来掉过去，经不同的人嘴里这么一说，意思真是大相径庭。所以说，好话赖话，好人坏人，它就没个标准。何况，天底下哪有什么好人坏人之分。

杨莲川送走父母后，我们俩开始了大学生活。

208 宿舍生活

宿舍里，首先让我记住的，就是那个叫布和的蒙古族同学。他住我对铺。跟我差不多是 1 米 85 的个子。除了嘴里说着半生不熟的普通话之外，怎么看都看不出是一个蒙古族。要不怎么说，混血儿长得就是好看。据说智商也高。这不嘛，会说蒙、汉、英三种语言，真是羡慕死我。

在 C 城时，我从来没住过宿舍。一时半会，还真是觉得新鲜。布和高中就从西部牧区转学到呼和浩特读高中，三年来一直住校。用他的话说，对宿舍生活早已无感。也不像杨莲川，跟同学打交道，整得跟一纯情少女夜会意中人似的，羞赧得总是低头谨言慎行。他睡我上铺。晚上睡觉，连翻个身也鸟悄鸟悄得小心翼翼。要么跟个中风瘫痪在床的老太太一样，僵挺着，一动也不动。

208 宿舍本来是 4 人间，谁知那个叫黄兵的一直没来报到，所以他那个上铺就一直空着。楼长也没安排其他人来住，于是他的床铺就成了我们仁的储物台。

早上水房，人那叫一个多。军训正当时，搞得本就不大的水池子旁挤满了只穿着三角裤衩的小青年。我们一个个的，几乎都只穿着小内内，半露着或大或小或圆或瘪或松或紧的屁股，在水房洗漱、冲凉。整个楼层也许就只有一个例外——杨莲川。每天见他在水房，总是一脸窘相。尤其是秋老虎的大热天，还穿着一条长裤，上身也是穿着背心。以前在 C 城，还真是没注意过这个细节：他是一年四季不管严寒酷暑，都会穿着长裤。没错，我是从未见过他穿过短裤上学呢。长长的洗漱池子，后面就是四个蹲便器。中间连副挡板也没有。每天，一个个赤膊光腿的大小伙子来回进进出出，蹲下、起来，起来、蹲下。要么就是露着各自五花八门的腚，拉臭臭。我都不自在，就甭提那小子有多别扭了。在杨莲川为数不多的几次抱怨中，其中之一，就是盼望着大二快快到来。我以为，明年正值学校大庆，简陋的厕所怎么也会装修装修吧。熬着吧。还是熬着吧。别出声，别抱怨。牢骚时，就在心里轻轻默念几声——挺！过！去！

杨莲川这家伙，竟然还有记日记的习惯。上面那句话就是我偷偷看到的。俗语有言，百密必有一疏。带锁的日记本，没锁好。在他独自一人去校外洗澡时，被我巡逻正好逮着。

好奇害死猫。还记得那年老陆头看我时在炕上的"气球事件"吗？虽说偷看人家日记就是侵犯个人隐私，但我就是没有把持住。原谅我，原谅我吧。但我就只是看到了那句话。别的也没多看。

"稻子"事件

为期 20 天的军训就像是过了 20 年。

连我这个体育好得滚瓜滥叫的前体委都叫苦不迭，就更别提杨莲川那个孱弱的家伙有多难扛了。稍息立正齐步正步走倒还好，就是一拔一个小时之久的军姿，真是要人命啊！

我从小不缺钙嘛。久站，浑身上下骨头就疼。尤其是一双腿，从膝盖到大腿根，生疼生疼的。

第一天站军姿，我还真想喊声"出列！"不再进行下去的"报告！"因为教官说了，实在站不住就吱声，只要别说谎想偷懒就行。可我就是不敢喊。不知道是好面子，还是因为害怕那个面相凶神恶煞的毛书记。

毛书记，是我们中文系的党委书记，同时兼任着艺术系文化艺术管理专业的班主任。站军姿我啥也没想。没想章大强，也没想于红，倒是竟想着面前的毛书记了：我咋就这么倒霉！好不容易摆脱掉李树青，如今又来了个让我还摸不清脾气的毛立平。单从长相上看，十之八九是个蒙古人。再一听他说话，更是确凿无疑。每天军训前，各班都要以排为单位出早操，之后便会听毛书记站在主席台上磨叽。害得我们经常是连早点都来不及吃，睡眼惺忪，兜着干瘪的肚子被他洗脑。一个星期后的清晨，他拿着个大喇叭，又开始给我们上课了。

"同学们！你们一定要格外注意人身安全！昨晚，3号楼209宿舍，发生了一起打架斗殴事件。校外几个地痞流氓，闯入咱们同学宿舍，二话没说，突然就拿起一把'稻子'，就把我们同学给捅了……"

"什么？！'稻子'也能划伤人？……"我一边听，一边站在队伍中直嘀咕。布和站在我前面，背对我说了个英文单词"knife"。我这才明白过来，哦，原来蒙古人汉语发音不标准，'稻子'就是'刀子'。一时间我竟觉得特别好笑，哈哈哈……笑出声来。我们按照从高到矮的个头站队。虽说距主席台还有一定距离，但也不敌我变本加厉的一阵傻笑。这笑声虽然隔着人数众多准备操练的队伍，但当时大家实在是太安静了，一直传到了毛书记的耳朵里。只见他挥舞着手中的大喇叭，眼神犀利地向我这边瞪过来，张开嘴吧，直接用喉咙大喊道：

"那位同学……对，就是你，瘦高个子那个……来，出列。马上站到主席台上来！"

从小到大，我真的是第一次切身感受到害怕是什么滋味。就连高考前一晚梦魇时撞到的那两个小怪人儿，我都不曾真的害怕过。我犹疑着，要不要站出来：没准他只是大概辨别出笑声发出的区域，还不知道具体是谁呢。万一我要是就这样站出去了，凭他那副凶样，还不收拾死我啊！

正当我还心存侥幸，试图躲过这一劫时，只见他抡起大喇叭朝着我们的9排就砸过来。不偏不倚，正好落在布和的脚前。只听毛立平大喊："不是你！是你后面歪戴军帽的那个！"我一听是在说我，吓得是两腿直发抖，脚上就跟缠着铁镣一样，缓慢从队形中挪出来。在低头捡起布和脚下的那个大喇叭时，他小声对我说了句："祝你好运兄弟！"之后我就头也不抬向着主席台的方向挪去。

"站好！瞧瞧你！背都驼成啥样了还不着急！以后小心找不着媳

妇！"毛立平话音刚落，在场所有的人都笑了。

"报告主席！不。报告毛书记，学生知错了。请您原谅我！"说完，我赶紧挺直腰板，双眼直勾勾地望向他。

"毛书记？这称呼感觉咋这么怪呢。你倒是厉害，调查得门清啊！刚来几天，就知道我姓毛了？！"

"嘿。谁不知道咱内大有名的毛书记。"别看我嘿了一声，心里那叫一个怕。

"还有，歪戴军帽成何体统！你以为这是玩呢？打 CS 耍酷呢？！"他一边说，一边扶正了我的歪帽。

"哪个系哪个班的？"他问。

"报告毛书记！中文系，汉语言文学 2 班。"我故作镇定，装得真跟个士兵似的，不但回答问题的语气斩钉截铁，就连姿势也有模有样。

"嗯！……那我问你，刚才你为什么笑呀？"他问。

我犹豫片刻，问道："毛书记，您是想听真话，还是假话？"

"这还用说，当然是真话！"他回。

"那我就说了。但是学生斗胆，我说完，您可别再抢手里的大喇叭了！那玩意我瞅着可忒吓人！"我把请求说完，然后接着说："其实，我是因为您说的手中的那把'稻子'这个词的发音。"

"就是因为这个？"他问。

"就是因为这个！"我回。

"没别的了？"他又问。

"没别的了！"我又回。

"好……你小子，之前的书真是白念了！没听过'学问第二，做人第一'这句话吗？这有什么好笑的！我手里还真是没'稻子'，不然真想扔给你接接看！"

我听他这么一说，听到前半句还不要紧，倒是后面那又一声"稻子"，让我再次没管住自己的嘴，"扑哧"一声又笑出声来。这一笑不要紧，害得自己整整一上午站在主席台上拔军姿。我这个悔啊！以前我还总取笑王喜顺笑点低呢。今天我这也不是因为取笑别人而落得个自讨苦吃，而且还这样丢人现眼搞得在全校人面前示众。早知这样，何必当初。悔啊！真是悔。好不容易熬过一整个白天，这差不多快把腿站折的军姿还不算完。晚上，由毛立平主讲的思想修养课，迎接我的，是他那操着蒙古腔的毛氏批斗。

用他的话讲：某些人别看已经是大学生了，但思想境界和道德修养简直连个小学生都不如。而且我相信，像这样的学生一定不在少数。所以，势必需要在军训结束正式上课前，来好好补补道德修养。正所谓要先"军事过硬，政治合格"吗，为你们未来四年大学生活打下良好的思想保证。

毛立平端着官腔，在上课之前，先说了这一番话，来给我们全体（我觉得主要是我）一个下马威。

事后我一打听这个毛书记的出身，果然不出我所料：年轻时曾是某个军区司令部的指导员。

如此这般，白天被罚站军姿，当晚思修课被指桑骂槐，全校几乎无人不知：2000级有个住在208宿舍爱歪戴帽子的新生名叫章于子。

在我行我素之前

思修课设在食堂二楼的小餐厅。军训 20 天，晚上 7 点半开课。听讲的就只有我们汉语言文学专业的 3 个班，一共六、七十号人。每天结束军训，到上课，中间只有 1 个小时的休息时间。这期间我们要做的事有：回寝室洗漱、冲凉、换衣，再到食堂抢饭吃。

第一天课，就是我挨训的那晚，大家几乎都换了便装去听讲，气得毛书记直呼："这学生真是一届不如一届了。看来，这课，是上对了！"次日，我撩开小餐厅的门帘往里面一瞧：黑压压坐满了学生，一大片后脑勺。看着大家身穿清一色迷彩服，再瞅瞅自己身上的黑裤衩白背心，就在我站在门口犹豫着要不要进去时，只听见挂在两侧的音箱反复喊着我的大名：

"请 2 班章于子同学到前方毛书记那去！请 2 班章于子同学到前方毛书记那儿去！……"

我眯起双眼，近视愈加厉害的我，费劲向前方瞄了几眼。只见身穿军装身材魁梧的中年男人，立立正正异常严肃地站在幕前。投影仪不偏不倚，醒目的红色大字从他的额头正中打过去——《浅谈大学生着装与社交礼仪》。毛书记就像是一尊在户外饱经风霜的雕像，虽直挺挺地站在原地，然而面目狰狞，显然等我等的早已失去耐心。打我小时候，当章大强故作镇定，强忍住其实一触即发的怒火时，他反而会在某个片刻表现得出奇平静。真的正如那句老话一般：暴风雨来临之前，总是会风平浪静。但当我张开嘴巴说出第一个字时，不管是一声轻柔的"爹"，或仅仅是一个语气词，他准保像一头饿了几天从未进食的猛虎一般，冲着我就是一阵咆哮。那声势简直都能掀房揭瓦。

我想着这些，竟突然莫名怀念起章大强来。此刻，他应该正跟于红同志在我们伟大祖国的首都，在临近十一国庆节这样一个庄严而祥和的时刻，一定在汹涌澎湃的人潮中，被推搡着边走边拍。那我就在想：此时此刻，他们也会想念他们养育了18年之久的大儿子吗？当我的脑海正浮现出这幅美好的亲子图时，竟不知不觉穿过被两边席地而坐的同学簇拥而成的一条过道。我两腿飘飘然，心里美滋滋，竟不知我的后脑勺以及紧绷的背心后面，早已密密麻麻打上了今晚上课的内容投影。

"章于子！你可真是不知悔改啊！看来这些字打在你身上还真是对了！"毛立平瞪着眉毛呵斥我。

"不……不好意思！要不……要不我回去换……"我哆哆嗦嗦，还没等把话说完，他又是一声厉言："行了！你也不瞅瞅现在都几点了，7点45分，迟到了不说，还从这舰脸狡辩呢？过来！到我前面来！"

这一声"过来"，吓得我是双脚不听使唤，神出鬼没，竟不自觉挪到他面前。他啪叽一巴掌打在我紧绷背心裸露的肩膀上。疼得我"哎哟"叫了一声。

"大家看到了吗？这就是你们以后不好好穿衣服的后果！别以为上了大学就能随心所欲了。今天，章于子的着装正好可以拿来做反面教材。穿衣服是有场合之分的。可千万别觉得学校是自家客厅。"毛立平堂堂几句话说完，我脸羞得都不知道往哪搁了。幸亏我是背对着大家，眼睛一直与异常严厉的他对视。我心想，他不会是金牛座吧。只有金牛座的人才这么一根筋，钻牛角尖一路走到黑。突然，我想起许久未曝光的歌手陈淑桦，想起她唱的那首《滚滚红尘》。她因家中变故，身患忧郁症，已经淡出歌坛许多年。我又想起演技一流，在老版《天龙八部》中饰演"黄蓉"的古典美人翁美玲。她因情场失意，开煤气自杀。想到这，我额头还真是渗出一头冷汗，瞅瞅眼前一本正经的毛立平，真担心他不会被我给气死吧。要不然就是拿着一根"稻子"自刎。我看我还是先不要瞅他，也不要胡思乱想了。不过话说回来，高中三年，我们几乎每天都被要求穿校服上学。上衣是白绿相间，裤子是翠绿色。大老远望去，难怪人人都说你们学校是不是种了一片倒栽葱。周六几乎全天补课，周日又只休一个下午，致使我想找个穿其他衣服的时间都没有。班主任李树青倒会说：这可是学校为你们家长办了一件好事。这得省下多少买衣服的钱啊！

他怎么就不替我们想想，朴素无华确实不错，但又不是经济水平和时代背景不允许，我们人生难得的十六七岁就被身上的这根"大葱"给打发了。所以我发誓，等考上大学，一定要每天换一套衣服，以此来弥补我人生花季雨季的缺憾。

但是毛立平哪能让你小毛孩儿翻云覆雨。这件事根本就没算完，他还来了劲儿。指着我的背心裤衩，以及即将遮眉的头发，要求男生军训期间不能穿成我这样，女生不能穿裙子；男生一律把头发剃成寸头，女生也不能披肩散发。我靠，我们又不是上军校，更不是来当兵。俨然，他曾经的部队生涯，让他的职业病发作了。反抗归反抗，而且多半还是无声的反抗。估计这样的反抗从小到大没少在心底发生过吧。但大多都胎死腹中，顶多生出来后也得夭折，自然不抱多大希望。在心中发发牢骚，吐吐槽，抱怨抱怨。不就是一个寸头一身迷彩服吗。你让我剃我就给你剃，我早就又想剪成寸头了呢。你让我穿我就给你穿，不就是在军训期间吗。等时辰一过，我管你是如来佛祖还是玉帝老儿，我，章于子，依旧要我行我素。

盼场春梦来入梦

大学的新鲜感依旧没过。晚上回到寝室，我跟布和就忙着侃大山。用这边呼市人的话说，没事多撇撇嗑。

我们啥都撇。从白天军训闹的笑话，到毛立平又逮到哪些倒霉鬼。当然，我们撇得最多的还是女生。不要说你没撇过：男生谈论美女，女生谈论帅哥。男生谈论年轻的女老师，女生谈论年轻的男老师。也真是奇怪，我们专业女生的长相我还真是不敢恭维，不是恐龙就还是恐龙。要不怎么说美女无才呢。

渴望美女无望，闲来无事，便用杨莲川那台德生收音机听广播。最常收听的节目是《健康顾问》。一个叫方圆的男医生，说话细声细气，接听听众热线，耐心解答各类疾病。主要还是围绕夫妻性事、男科女科疾病来问诊答疑。有这一档节目，对于身处异乡的热血男儿来说，听得我还真是心潮澎湃，给无聊的军训生活加了一点料。

莲川这家伙，自命清高，跟个不食人间烟火的得道高僧一样，也不掺和我跟布和的对话，一个人闷不吭声，静静躺在床上，有时真不知是死是活。偶尔布和开他的玩笑，打趣地说："你说都是从一个地方来滴，做人的差别咋就那么大'泥'！"莲川还是毫无反应，搞得布和尴尬地不知如何接自己的话茬。我开导他："行了，布和。我俩同校三年，都没搞清楚他，你就别难为他了。估计他们初中生理卫生课都是自学，而咱们川子在这方面偷懒，恰好没学，致使对这方面知识欠缺。如今好不容易赶上方圆老师的节目，你就让人家好好听嘛。"布和一听，在偷乐的同时，说："章子，其实吧，我没挖苦咱川子。不过话说回来。川子，你要再这样下去，当着我们哥俩的面还这样，就显得假了啊。没听过嘛，即便是四大皆空的和尚，比如欢喜佛济公，不照样酒肉穿肠过，留得逍遥在人间。川子啊……你要是听见了，就吱一声。觉得节目中那些白痴问的问题搞笑，就大大方方地笑出来。你看这屋就咱仨，还有啥不好意思的。想当初在高中，我们宿舍人还集体干那个啥呢！……"

"我靠！你们还集体看？！我真是甘拜下风。请让我深情地叫你一生'布布'。"

我俩心照不宣都嘿嘿地乐了。只有杨莲川，仍旧悄无声息地躺在床上。这一回，可是急的布和大呼小叫，半生气半开玩笑，非要钻进被窝强奸他。莲川这才开口，淡定说了两个字——无聊。气得布和简直不知再说什么是好，关上收音机，睡觉了。还是盼着有场春梦来入梦才是正经事。

我也失去了兴致。其实仔细一想，也倒是真心无聊。看来繁华过后真是荒凉，正所谓乐极生悲。慢慢地，莲川与布和都睡着了，只有我还睁着眼睛看着寝室里的黑暗。突然，我想起久别又从未联系的黄小巾。于是塞上耳机，按下随身听按键，耳边飘来熟悉的歌声：

风扬起你的衣袖

无声地翻飞

白色羽翼

越飞越远

越飞越远

　　难不成大学生活就像是撒欢的野鸭场，告别逼仄被学习填满的高中生活，简直便如同脱离了苦海。有些人喜欢虚掷光阴，对酒当歌；有的人喜欢珍惜时间，仍旧兢兢业业。

　　打电话回家，获悉一知半解有关她的消息。虽然只有一点点，但也在心里偷着乐。

　　黄小巾被一位讲授文学理论公共课的教授相中。此教授亦是硕士研究生导师。课下她帮教授即将付梓的一本专著做校对。

　　我是听杨莲川说的，杨莲川是听张欣说的，张欣是听李树青说的：如今黄小巾在学校可谓如鱼得水。不知人人是否都对外表这东西感冒，喜欢赏心悦目的东西。她人长得大方，穿衣打扮又得体，深得师生喜爱。其实谁不清楚，无非就是长得美。谁都甭说你不在乎外貌这些虚的东西。见到美女，估计你照样得笨嘴拙舌，一句话兴许都说不利索。不过这丫头倒是一副倔脾气，天生争强好胜。老天偏爱，让她才貌双全。她反而傲娇，严于律己，从不懈怠：每天清晨，准时准点坚持晨读，风雨无阻。

双子星宿

军训会操比赛前一天，教官问："咱们排里谁以前当过体育委员？"只见众同学齐刷刷把目光投向我。

原来是那天训练休息，我与排里的那帮蒙生摔跤掰腕子，又比试倒立看谁能站得久。女生站在旁边瞎起哄。布和用蒙汉双语，又及时来番点评，不忘在战绩结束后曝料我的身世。我取笑布和，日后此人若不做八卦记者，真是狗仔队一大损失。他是这样播报的：

此人章于子，男，年方十八，并非二八。双子座，辽宁省 C 城人士。自幼油嘴滑舌，趾高气扬。8 岁骨过折，12 岁伊始当选体育委员。自称"双子星宿"，又道"旷世树君"。

同学听完，嘻嘻哈哈乐成一团。

毛立平大老远站在主席台，看到就属 9 排最欢实，拿起望远镜就往这边瞄。一见笑声是从我的四周扩散，就像侦察到敌情一样兴奋。兴致勃勃走到我面前，似笑非笑，打听我因何事这般开心。当时我还沉浸在布和介绍我时的语境中，于是说道："启禀毛书记，小的在此与同学略施拳脚比试高低，不知是否扰民？还请大人海涵。况现稍做休息，吾顽皮嬉闹，也无伤大雅，亦请书记恕罪。"

"你个小鬼！你再大人大人的，看我不拿出'稻子'！"说完，他也笑了。之后又恢复到一本正经的常态，接着说："也罢。童言无忌。何况愚顽年纪，本就须臾，今就依了你，任其猖狂，不计前嫌。但我有一事，你必须依我！"

"大人请讲，小的必将鞠躬尽瘁。若是做小二小三，定不会屈之！"我继续贫嘴回他的话。

"你小子招打是不！"说完，他又端正语气，不疾不徐道来："弟子可否与师傅过招，如若吾输汝赢，万事依你！"

听完，我乐得合不拢嘴，赶忙道："善哉善哉！君子一言……"

"……驷马难追！"毛立平接道。比试结果我不说你也能猜到，世纪开元的小青年果真年轻有为，正所谓长江后浪推前浪，青出于蓝而胜于蓝。"搏克"（蒙古式摔跤）以少胜老，窘得毛书记站起来，拍拍屁股上的土，头也不回就走了。

同学们互相对视后，无奈地望着我，觉得我又让毛立平下不来台了。那天，我被教官和同学们选为会操比赛的领队人。见大家担心明天比赛毛立平恐有刁难我们9排之意，便掷地有声，仿佛在军营鼓舞士气道："大家既然选举我当体育委员，就请放一百个心。我们9排是最棒的！只要大家正常发挥，第一名非咱们莫属！"

话音刚落，我自己倒先鼓起掌来，大叫一声——"好！"。随之，掌声如春雷，一浪高过一浪。

跳舞的美女与情急之下的夜奔

结果是，我们排在军训会操比赛中取得了第2名的成绩。

当晚，学校在音乐厅举行了隆重的迎新晚会。顶碗舞，马头琴，蒙古族长调民歌，呼麦……真是让我大开眼界。压轴节目前，身穿一袭红色长袍的蒙古族女主持人上台报幕："接下来，让我们以热烈的掌声，欢迎艺术学院大二舞蹈系的同学，表演一支蒙古族独舞——《祝福》。有请……"话音刚落，只见舞台幕布缓缓拉开，号角声起，硕大幕布打出草原图景：天高云阔，草长莺飞，牛肥马壮，低头俯身的牧马人正在挤羊奶。这时，一个头上扎着紫粉色头巾的蒙古族少女，从背景是一顶敞开的蒙古包中，迈着轻盈的脚步轻轻走出，好似喜事入怀。稍顷，音乐声减弱，她蹲下，陶器碰撞的声音如在耳旁响起。灯光逐渐暗淡，一束追光投在身上，少女又慢慢起身，轻抖肩膀，惹得衣襟上的铃铛细碎作响。一坛新酒托在双手，旋转着身体慢慢举起。少女身形如人蛇共舞，又如雀鸟作巢，刚柔并济。霎时，灯光大亮，红黄两色如日月争辉，往来逡巡。乐声亦渐渐强劲，节奏愈来愈快。齐鸣的马头琴声，苍凉浑厚，如哀鸣四起，又似寥寥回声。逐日追月，瞭守星辰，混淆了天地宇宙，抹杀了地域种族，唯见一长袍白靴少女开坛斟酒，后又空手敬酒。马蹄声起，少女上马策鞭，一手又紧捂酒坛。勒马声毕，少女下马跪倒，遂将酒洒入大地。好似，天堂草原，母亲怀抱。倏忽间，一轮红日冉冉升起，少女逆光，剪影尤美，拎起裙摆，逆时而转。女孩站在舞台中央，踮起脚尖，旋转一圈又一圈。我坐在第2排正中央的位子上，看的是目瞪口呆。

文艺演出随着《祝福》告一段落。接着是会操比赛的颁奖仪式。学校负责教学的副校长一边宣读名次，一边让各院系派代表上台领奖。毛立平站在校长身后不远处，用眼神示意我上台。

上台后，我侧过头望了望不远处的后台，只见对角线过道处站着那个跳《祝福》的女生。灯光昏暗，我看不见她脸上的妆容，倒是那身雪白的蒙古长袍，因绣上了亮片，在微光中铮铮发亮。她也看到我，有意把目光投向别处，但还是因躲闪不及而撞了个正着。

我终于看清楚了她是谁。这不是报到那天不小心撞在一起的柳囡吗。

再一看台上的毛书记，挤眉弄眼就跟犯了羊角风似的。我也不管三七二十一，反正上午充当了一把领队，上台领奖也是天经地义。接过校长手中的奖状，便直奔毛立平身边。谁知我刚一上台，那"祝福"也跟了上来。此刻她好比我的影子，毛立平站在另一侧如同我的原神。三个人三足鼎立，可谓连在了一起。谁知那丫头隔着我轻声喊了毛立平一声。喊出的第一个字简直没让我当场晕厥。"爸！"柳囡压低嗓音，冲着他叫了一声。

我瞪大眼珠，跟《猫和老鼠》里的麦克老狼似的，瞅瞅柳囡，又瞅瞅毛立平，自己真不知该往哪儿站。

"难不成我就像烧饼夹蛋里的那片火腿，任凭他父女俩东咬西嚼？！"想想，觉得可不能这样，这可是千人就座的大礼堂，岂能就此僵住。于是我灵机一动，把奖状的一角递予柳囡，假以她是派来协助颁奖的司仪。她也没辙，将错就错，抻住奖状一端与我一同面向台下。

台下闪光灯咔嚓咔嚓闪个不停，我环顾四周，还有模有样对拍照的人群投以微笑。柳囡并不配合我，东扭西歪的。估计她要是再扭，奖状就得拧成麻花了。我皮笑肉不笑地瞅着她，嘴巴微张，用腹语警告她："好好跟我配合，别添乱！"她倒也听得清楚，学着我的样子，回我一句："看下台后我不让我爸好好收拾你才怪！"那晚，终于体会到武侠小说里描写的被点穴的感觉了。

颁奖典礼结束后的深夜，可把"祝福"急得团团转。当时我还纳闷，老毛头在台上挤眉弄眼，原来正是发病前兆。

毛立平半夜起床喝水，一个跟头栽进家中浴缸。突发脑溢血，吓得柳囡和她妈措手不及。当费尽力气把他从浴缸里拖出来后，在公文包里的小本子上，发现了我的通信信息，主要是写在了第一页：

章于子，00 级汉语言文学 2 班，班长，男生宿舍 3#208

我怎么就神不知鬼不觉变身成班长了呢？！这毛老头怎么也不事先知会一下当事人。现在救人是第一要事，不然再拖个三五分钟，没准他就过去了。

毛立平就住在学校家属区。一墙之隔，便是我们 3 号楼宿舍。但是绕道，从正门进来，怎么也得花上个十多分钟。柳囡决定翻墙，我怎么突然有种狗急跳墙的感觉。

她自幼学舞，身段柔软，动作敏捷自是不在话下。于是轻轻一跃，比男生都利落。快跑到宿舍楼，哐哐哐拍开早已熟睡门卫老头的门。老头半梦半醒又敲开我们 208 的房门，弄得我好不容易在大学做的第一个春梦就这样被打断。我没好气地说道：

"大爷，什么事啊？！这都几点了？还查寝。放心吧，我们宿舍的人都在，都在！"闭着眼睛说完这些，觉得气意难平，便又连问带贫，接着多说了几句：

"对了，大爷，您老今年高寿啊？其实我特别闹不清楚学校怎么能找来像您这么大岁数的人打更！以前看过一部电视剧，里面有句台词是'要是你能抓住小偷，那他们的岁数得多大啊！'我今天见到您，可算是懂了。"

老头也顾不上和我计较，上来照着我光着的膀子就是一巴掌："别从这跟我磨叽了！下楼！赶紧去毛书记家瞧瞧。出事了！"一听到"出事"二字，我这才算是猛地从睡梦中醒过来。真是被那个还不到一年之久的下雪冬日吓怕了，眼前仿佛惊现满头白发的李奶奶，慌慌张张敲门急报："你爸……出事了！小，你爸出事了！"。章大强被打的事对我仍心存余悸。我想对我妈和他自己也一定是。肇事者至今仍下落不明，这事就这样悬而未决。此刻又听见门卫老头说"出事"了，我是一个机灵，使劲甩掉迷糊的瞌睡虫，喊上布和与杨莲川，赶紧起床跟我同去。

杨莲川那家伙走前还不忘在黑暗中摸索着衣裤，坚决不想袒胸露背，非要穿戴整齐才能出发。我气得上去夺过他手中的裤子，强行扔到一边。他憋着一股火气，但也知道不能再磨蹭，仨人穿着背心裤衩，急急匆匆尾随柳囡奔往毛宅。在路上，我对他大吼："杨莲川，你就装吧！你小子装了3年，现在装得更来劲了！你能耐！行！"跑在前面的柳囡回过头，不知来龙去脉，以为我在欺负他，跟个泼妇似的，破口喊道："都给我闭嘴！都啥时候了，还从这瞎嚷嚷。章于子，我爸要是有什么三长两短，看我不让你偿命！"说完，噌地一下，翻过了铁栏杆。我和布和身手虽没柳囡利索，但也连翻带爬跃入了家属区。杨莲川傻立在护栏外，疾声却细语地喊道："喂！章子！我咋办？！等等我……"我回头看见这个拖后腿的家伙，真是一脸无奈，摇了摇头，回道："你……你就在这儿待着吧！"说完我们仨就赶紧往前跑了。

待我们赶去时，楼下已停好一辆救护车。车顶灯闪转着无声的蓝光，像极了科幻电影在深夜悬停时闪烁出一条条光柱的UFO。吓得柳囡下意识往我这边靠，哆哆嗦嗦地说："章于子，瞅着咋这么瘆人？！我爸他……他不会真的有事吧……"见她一脸的担忧与无措，我瞬间在心底生出一丝怜悯，竟也下意识搂住她的肩，安慰道："没事的。一定没事。别难过……"

立秋虽已有些时日，但白天都是穿着不透气的迷彩服苦训。今晚情急之下只穿着这件跨栏背心出门，凉风袭来，才算切身感受到了一些秋意。眼前再看着救护车上的滚灯，四面八方的墙壁、树上、我们几个人的身上，都被投射上了这旋转的蓝光，心中不免有些发怵。于是童年的梦境和电视画面再一次萦绕心头。

童年梦魇

在"大下坡"造成车祸而骨折的大半年，我只能躺在床上老老实实安心养腿。除了使用摆在脑后的双卡录音机，翻来覆去听那几盘磁带，没完没了跟着唱道："夏天夏天悄悄过去留下小秘密。压心底，压心底，不能告诉你……"之外，就只能与摆在床边的一台 14 寸黑白电视机做伴，以此打发无聊的养伤时光。

那时不像现在，电视节目多得都看不过来。白天，于红把电视拧到中央 2 台，就去门市上班了。我和隔壁邻居老陆头，从《新闻》看到《经济半小时》，又从《动物世界》看到《西游记》。他受我妈之托又来照看我。自从有了那次"气球事件"，他吓得哪敢再疏忽大意。恪守尽职，寸步不离，守在我身边。

别看他闷声不语一直守着我，其实我可清楚了，整天对着一小毛孩，心里早就五脊六兽了。这哈欠连天，一看就知是烟瘾犯了。于是我指着他不离手的空烟斗说："陆爷爷，你要是想抽，就去抽……"他一听，眯起眼睛，乐开了花，回："还是我家小最疼我。"

一日，他又回自家小屋炕沿卷旱烟，我依旧平躺着身子，侧棱着脑袋，跟驴打挺似的，不时翻着白眼，似睡非睡。突然，一股莫名的力量重压下来。身上，仿佛罩住一张黑色大布，紧紧将我裹住。我害怕极了。开始出现心悸，后背大片大片冒出汗来。不知因惊吓过度，还是其他别的原因，我就是心痛难忍。任凭我匡正意识，用力挣脱，想要喊出声，试图叫唤陆爷爷过来，可就是动弹不得。我的心悬在半空，脑子异常肿胀，觉得里面犹如草木在动，似有一株待发芽的植物欲破颅而出，痒痒的、麻麻的。慌乱中，我也不知从哪儿冒出来的招数：紧闭双眼，不停在心底默念"老天保佑，不一会工夫，竟觉得刚才好像全身被镣铐捆绑多时的绳索都一一松绑了，顿时觉得轻快不少，慢慢也恢复到常态，只是感觉下半身打着石膏的那条残腿，仍旧沉重如铁，动弹不得。老陆头慌慌张张闻声赶来，还没等坐到床边，就问："咋了？小"。

"你也听见了？陆爷，你也听见了是吗？"我额头满是汗珠，惊魂未定地问他。

"听见啥了？……我就是听见你咿咿呀呀乱叫。是不是有啥东西卡嗓子眼儿了？"他接着问。

"不是不是。就觉得好像被啥玩意儿压住了，咋动也动不了。"我回。

"曀。是不是天天躺着，大头沉了……睡毛楞做噩梦了？"陆爷说。

"估计是。但……但那感觉又不像是在做噩梦！"我有些疑惑，断断续续地说。

"难道……八不成……八不成是……鬼压床了？！"他故作深沉地说道。

我一听他说什么鬼啊神的，吓得我更是不知如何是好，强迫自己不再去想刚才那些幻象。于是在心里安静片刻，半晌又说出来一句话："陆爷，看你说的！还老革命呢！世界上哪有什么鬼啊怪的，你以为我是3岁小孩，想吓唬我啊！"说完，冲他傻乐了两声，又做了一个鬼脸。他看我自己都不把它放在心上，便也没再接着往下说。于是用他布满老茧的一双手摸了一下我的小嫩脸，连声说了几个好！好！好！："我们不说！我们不说！我还是跟小一起看电视。"说完，顺手把我的脸往电视机方向扒拉。

这一扒拉不要紧，当我瞪大眼睛，正要专注于电视画面欲转移刚才那些恐惧时，谁知一波未平一波又起。只见《西游记》那头偷唐僧袈裟的黑熊怪正向我"走来"。虽然它只是在电视机里大摇大摆，却再次吓得我魂飞魄散。我立刻闭上眼睛，直把头往老陆头怀里扎，吓得他直喊："我的小祖宗啊！可别乱动！这腿可禁不起这么折腾啊！"就这样，一个燥热的夏日午后，在一个小男孩的幼小内心，不知不觉，竟种上了两枚恐惧的种子。这两枚种子悄无声息，慢慢发芽。如同襁褓中嬉顽的婴儿，虽人少不更事，只能一味地嗷嗷待哺。然而通过两三件成长小事，也能窥见其日后命数。这小小的种子，生命力异常顽强，时不时钻出来玩玩闹闹。因此，自那年那件事后，我究竟做了多少噩梦，还真是记不得了。依稀中，只是深觉有些梦是一梦再梦，比如高考前夜梦见那两个手拉着手的小瘦人。可醒后，我却说不出个所以然来。我以为我正在逐渐将它们遗忘。

时隔多年，当弗洛伊德《梦的解析》被列为专业课阅读书目之一，我在还没有摊开阅读前，就被眼前这夺目的救护车警报灯照得晕头转向，内心更是袭来无名恐惧，觉得眼前的场景似曾相识，便问了问身后的布和："嘿！布布，你有没有这样的经历，某一瞬间，觉得正在经历的事好像曾经发生过？"

他听完，估计被我整蒙了，回了句："兄弟！你不会现在还五迷三道没睡醒吧？还有，别再叫我'布布'！不喜欢。太暧昧。"

"行行行，不叫就不叫。还有，你这小子，说谁五迷三道呢？！咱们都耽搁这长时间了。要是救护车没先到，估计毛书记的命早就保不住了……"

柳囡一听，立马不乐意了。骂道："呸呸呸！真是乌鸦嘴。"

她这么一说，反倒让我再次沉溺到儿时的一段记忆中去。

我们都坐在时间的光河里

那是我养好腿的 3 个月后的某天。

因为腿伤，我连学前班也没念，就直接读小学一年级了。当时班级还是生炉子，算是值日时比较重要且累人的活。生炉子用的柴火都得当天值日生自己准备。

别以为生个炉子是件小而容易的事，其实可难了。除了当天起床特别早之外，一整天的填煤、钩火、倒炉灰等等一系列工序都要由当天的值日生负责。甚至教室温度适不适中（我又不是微电子可以控温的机器），尤其是坐在炉子周围的同学，体感舒不舒服，燥不燥热……冷了填煤，热了在毛坯地面上洒些水……这些琐琐碎碎的大小事务，统统得提心打点好，容不得丝毫马虎。

因此，但凡每次轮到我值日，班主任进门总会表扬："不用说，今天的炉子一定又是章于子生的吧？！大家都得好好学学呀，生的炉子，这才叫温暖全班级呢。同学们课下多向人家请教请教。俗话说，技多不压身。细节决定成败。等以后，章于子准保错不了……"

还没等老师把话说完，底下有些平时就爱调皮捣蛋的男生接着话茬起哄道："嗯嗯！可不是吗！以后哪个女生找到章于子做媳妇，她就享福吧！哈哈……"说完，全班乱成一锅粥。我也跟着一块没头没脑地傻乐。

不知是炉子火生得太热，还是不好意思起来，女班主任的脸蛋越发得红了。或许她心里明白，上面那些话，纯属影射她的小女儿呢。那小姑娘人小鬼大，就读于隔壁班级，有事没事就往她妈这儿跑。她哪里是来看她娘亲，还不是来看我。

　　这倒也怪，话说小小一年级的男孩和女孩就开始搞暧昧的男女关系，身为班主任的母亲，咋就不来管管？难不成因当事人一个是其女儿，一个又是自己的得意门生，就睁一只眼闭一只眼了？倘若你要是了解完她的历史，便会一解其中的风情了。

　　女班主任与学校大多数教师无异，毕业于省级中专学校。他们多半是非师范类，学的专业不是电子通讯，就是供水供电。毕业后，有能耐的，靠家庭背景，脱关系找门路，寻个还算对口的单位谋个职位；没能耐的，专业又是冷门的，便服从上级统一分配，拖个一年半载，等哪里有了空缺，便替补进去。我的这位班主任，就属于后者。

　　毕业后一直在家待业。我现在宁愿想或许是她闲来无事，先整个娃出来解解闷儿。待好不容易有个在学校工作的机会，也只是在总务处帮忙：哪个领导需要个文件袋，哪个班级领个扫帚墩布，冬季到了搭好炉子，春暖花开再拆除，等等一系列的庞杂琐事，都归她所在的总务处说了算。以她的学识和心气儿，岂能窝在这里一辈子。她憋屈得慌，但隐藏心事，不把负面情绪挂在脸上。也不爱显山露水，就低低调调，静等命运的转折。

　　果不其然。好像真的应了"人在做天在看"这句老话似的：善善良良、本本分分、兢兢业业……换来了她接续一个突患重病女老师代理班主任的职务。

　　当时学校分高、低两个年级组。低年级组是一年级到三年级，其余则属于高年级组。她代管的班级是我刚读了半年的一年级二班。如今我仔细一想，这十年寒窗苦读，真是跟"二"干上了。还是特别小的小时候，真是怕老师怕的不行，老师说的话就是圣旨。说值日生要从家带生炉子的劈柴，那必须得准备；说只要迟到就要给班级买扫把，谁还敢迟到。哪个学生脑子里不绷着根弦儿。谁不像是拧了发条的鸟一样，无论功课、表现，都劲儿劲儿的。

其实我也是在她接任班主任后不久才得知，这个一年四季，浑身上下几乎只穿一身深蓝色铁路服的女教师，就是隔壁老陆头家的二闺女。老陆头烧了一辈子锅炉，真希望他的造型能跟《千与千寻》的"锅炉爷爷"相像，然而并没有。就是一个普通退休老头的模样，除了爱抽旱烟外，嘴里就爱念叨："女子无才便是德"。

老陆头稀罕我稀罕得不行，格外叮嘱她闺女，在学校，可得照顾好"小儿"。老人家，都有封建旧式思想。就有意无意，在脑袋里转悠着让自己的外孙女跟我青梅竹马、指腹为婚的念头。而她的外孙女，正是"卫生巾"黄小巾那个丫头片子。她倒是不经常来老陆头家。老陆头打心眼里看不上姑爷。他长得膀大腰圆，除了爱吃，几乎什么家务活也不做。这二闺女属羊。老人都说，属羊的人命不好。黄小巾她妈因此就特别关照我。

人都应该在鼓励中长大。上学时由老师鼓励。上班时由领导鼓励。恋爱时由自己的恋人鼓励。鼓励是一剂催化剂。是能够让大脑分泌出快乐化学物质的良药。我很庆幸，从小学时，便得到老师的鼓励。虽然我调皮捣蛋，但我自始至终对他们报以深深地感恩。

而此时，女班主任鼓励我，除了人情分外，也不排除她之前在总务处工作时落下的职业病。或许跟"锅炉"有过工作的接触，不免对生炉子生得好的学生也格外偏爱吧。

这么多年，18 年，以 C 城为分水岭，这些许年，无论是小学、高中，还是如今的大学，真的是跟"老师"，准确说亲情般的师生关系飚上了。一会儿是她的妈，一会又是他的娘，再者又是她的爹。或许，这一切经历与遭遇，就是那个称之为"命运"的东西吧。

命里有时终须有，命里无时莫强求。保持好心态，就像女老师黄小巾的母亲一样，静等命运的垂爱。然而等待或许是遥遥无期的。有些人，一等，便是一辈子。等出结果的，也是极少数的。就像卡夫卡，一辈子只是一个小职员，利用业余时间写作。写了三部长篇小说，到41岁去世前，都未完成。而死后，却封为表现主义的大师。你说，他在世时，等出结果了吗？活得还那么心惊胆战，对父亲怀以无限的恐惧。

每个人都有属于一个独一无二的命运。寒来暑往，岁月逡巡。候鸟南飞，夏蝉又鸣。风霜雨雪，一年又一年。

我们都坐在时间的光河里。有期许，也有奇遇。

值日那天早上，在去往学校的路上，就发生了一则奇遇。

一个人走在晨夜的清冷中

冬季清晨，即便是 6 点钟，天色依旧沉浸在一片黑幕中。那时我只能辨识出醒目的北斗七星，以及夜空中较为明亮的太白星。从小我就爱仰望星空。在还能看得见漫天繁星甚至银河的小时候，天空与星辰，给童年注入了梦幻的遥望。它甚至也是打开遐想之盒的一把钥匙。

正如前面所言，老师的话，如圣旨般，那可是千依百顺。既然轮到我值日，岂不赶紧把脑袋里那根发条上足了劲儿。说来也怪，小时真是做什么事都认真。特别上心的我，有时连于红做好的早饭也不吃几口，就裹着一件军大衣出门了。

那时，人人都爱戴着一个军顶。有一阵，我们那疙瘩特别流行穿军棉袄。头戴军棉帽，脚踩军靴，成为流行小年轻的一个标配。

我还小，就只顶着一个军帽，双手戴着心灵手巧的于红织的一副"一巴掌"手套（两片手套用织好的一根线绳连起来防止东丢一支西丢一支），怀里抱着一塑料袋劈柴，晃晃悠悠直往学校奔。

时值冬至前后，正是昼短夜长之时。又是清晨 6 点，"12 栋"零零星星就只亮着几户人家的灯火。十之八九，也估计是与我差不多，家有儿女，勤劳的父母早起准备早餐；要么就是上早班与下夜班的人，拉亮灯绳，进进出出。

我一个人走在晨夜的清冷中，心里也有些怕，双手兜住柴火，抱在前胸，几乎头也不抬，恨不得缩地成寸，马上到达学校。

学校位于东南方向，"12 栋"在西北，正好一个对角线。其实"12栋"这片住宅区特别像一个葫芦。在前端的葫芦缩口，也就是"1 栋"的前面，有一扇用砖头砌成的小门。小门约莫与家家户户外面的小棚门等大。后来，不知是哪位英雄与我的想法一致，觉得有门对行走造成诸多不便，神不知鬼不觉把它推倒了。

没有门简直是好得不得了。除了省去冬日死乞白赖地推拉关拽，还有一点最大的好处，就是可以免去内心的折磨。

究竟何来的折磨呢？这折磨便是开门与关门的瞬间，因合页一向暴露于户外，风吹雨淋，难免锈迹斑斑。如此一来，发出钻心的鬼哭狼嚎声，经过时，挺吓人。如若换做夏日，深夜三四点钟，早就有人在此处往来。天已微亮，门也已大敞。

单单在这黑灯瞎火的深冬，月明星稀的清晨，偶有浮云在月前徘徊，内心反而瘆得慌。虽说如今此门已成空门，然而空门更是让我这等小毛孩浮想联翩。我琢磨着，既是空门，也就意味着万事万物皆有可能在其中穿梭。

我想着想着，难免因胡思乱想而紧张兮兮。谁知这门是不是被善良的神仙或是恐怖的魔鬼进进出出。我越想越怕，可越怕还越想，而越想走路的步伐就越着急。突然，吧唧一声，来了个狗啃屎，摔倒在雪地上。

待我惶恐不安地爬起来后，影影绰绰，觉察到有一个冒着蓝光的不明物体，停靠在不远的门墙角。我摘下手套，揉揉眼睛，以为是摔了一个跟头后脑袋出现了幻觉。然而只听见那物体嘟嘟嘟发出声响，吓得我更是不知是躲闪，还是趴在地上装死。看着搂在胸前早已破洞百出的一塑料袋柴火，上面沾着地上未化的积雪渣，眼前立刻浮现出绯红脸蛋的班主任，正微笑着对全班同学说："看，章于子同学生的这炉子，就是温暖全班级……"就在我被自我幻想麻醉与鼓励后，我怔怔神，煞有心思盯住那"蓝物"，鼓起勇气，把脖子向后一仰，深深吸了口气。

瞬间，气沉丹田，只觉周身涌上一股澎湃的热血，打开了四肢与躯干因寒冷而闭合的毛孔。于是我摘掉手套，脱去军顶，敞开衣襟，丝毫也不感觉寒冷，反倒觉得火烧火燎，内心欲望久久难平。

能否想到：一个穿着臃肿，个子瘦小，抱着杂物的小男孩，傻傻地站在清晨6点的星空下，周围人迹罕至，只有依稀的火车鸣笛声从远处的"大下坡"附近传来。听着眼前莫名其妙物体发出的响动，内心不停地做出彷徨和犹疑的判断。一人，一物，就这样在暗黑的早晨对峙着。

"是男人，怎走得了回头路？！"突然，在心底冒出来这句话。从此，这句话便在我日后的人生路上一直深谙于心。好马不吃回头草，好汉不走来时路。它引领我向前。

当我一个人坐着西行的火车，去往呼和浩特念大学的路上，我就清清楚楚地知道：那个生活了18年之久的故乡，我或许是再也回不去了。

不过那个漆黑的早晨，我的心就只有一句话，并且斩钉截铁地在心底不停重复："走吧，勇敢地向前走！带着勇气，上路吧。万事开头难。跨过这第一步，事事自有它的安排与命数。若前方的物体果真是什么UFO，那我也甘愿让外星人给掠了去！"

有时想想都觉得不可思议。一个只有七八岁的小孩子，竟然能有那么多复杂的想法，真是天生带来的。也难怪，让我日后坚定地报考中文系。

于是我小心翼翼，挪着碎步，朝那东西走去。只听吱扭一声……原来，物体所停靠的墙壁内侧，有一扇木门打开。一个手夹香烟的瘦男人，穿着一款棕色的紧身皮夹克，跨过门槛从里面走出来。那人不停晃动着嘴前的红光点，吐着烟圈，缓缓向我走来。

"章小，你咋走得这么早啊？"那男人问道。

"怎么，外星人也会说地球话？"我心想。

唉！真是令我大失所望。走向前，仔细一看，脑袋立马反应过来，这不是金大爷家的老疙瘩吗？于是赶忙叫了一声："小金叔早！"

他应了一声，又嘱咐些我走路要多加小心的话，只听"呲"的一声，那"蓝物"开启一扇门，小金叔钻到里面，那家伙又嘟嘟几声，屁股处冒出一缕白烟，一溜烟奔着前面开阔的马路跑了。

我还以为是什么鬼玩意，原来是小金叔的新座驾。看刚把我吓得那一身冷汗。

小金叔是金大爷的三公子。这个金爷，用现在的话说，虽不及家财万贯，却也是彼时趁个百八十万的金主。那时拥有那样的家产，也是富户人家了。

"12栋"家家户户几乎也就住在其窄小的两居室楼里，唯独金爷家，在"葫芦"的收口处，破土动工，自行盖起了一栋小二楼。小二楼堪称"小12栋"，可见其还是有一定规模。楼上几间房，留给自家过日子居住；其余房舍和一层所有房屋，便充当旅舍。起名"老金旅馆"。几年光景，这钱真是赚了不少。在位于市中心的繁华地段，买了C城数一数二的豪宅。当时少得可怜的私家小汽车也开到手里。这不，小金叔开的这款蓝色汽车，不知又是家中的第几辆呢。更是因这"老金旅馆"的招牌，而结交了不少天南海北的朋友。

倒是唯独这小老三，油头粉面，喜好穿金戴银。本就是一副瘦骨架，还偏偏爱穿紧身裤。害得面薄懂礼的老金爷，旧式思想严重，真不知这副脸该往哪搁。每每想到已是而立之年的老小，终身大事还无着落，内心难免愁绪万分。说来也是奇怪，这小老三长得通透水灵。虽说吃着东北水土长大，然而细细打量，竟也识辨不出南北方人。逢人见到他，多以为是江浙一带的小后生。小老三性格极好，有时比那女孩还心细儿倍。我听老陆头说，小三从小泡在女人堆里长大，四五岁时，常被母亲带到女澡堂洗澡。幼年与女孩一同玩耍，跳皮筋、踢毽子，甚至任由其摆弄给他涂抹胭脂。有回，竟吵着让大姐教他织毛衣。只听他怨道："人家女孩都会，为何偏我不会？！"他老子一听，真是恨铁不成钢，抄起擀面杖照着屁股就是一顿痛打。或许这性格本就不是靠后天教育能改得了的，是打小从娘胎里带来的。说得难听些，是从临世起，便深埋母胎内的一枚孽种。小三慢慢长大，说话言语无不轻柔温婉。别的不说，单说遭别人家的小子欺负，竟也不敢言语，自顾自忍气吞声。如今对照，还真与杨莲川这家伙有几分相像。小老三唯一让金爷脸面有光的，便是他的学业。这样说来，我跟他还算校友呢。只是那古旧的铁道兵小学，经过 20 年的时光变迁，送走了一届又一届学生，更换了一茬又一茬教师。反而留在学校光荣榜花名册的名姓，不会随风雪吹散融蚀。若是稳住性子，走进霉气十足的档案室，翻看旧闻，顺着密密麻麻的表格查询，竟也能搜出金小三的学籍卡片：金若明，男，满族。1965 年 9 月至 1971 年 7 月就读于 C 城铁道兵小学。小升初成绩：数学，100。语文，100。C 城优秀少年先锋队队员。

留下来过夜

　　如今借着眼前略显诡异的蓝光，细细回想起上面那些童年旧事，再瞅瞅身后跟跄跟上来的杨莲川，除了比小金叔稍加壮实的身形外，神情体态，竟越发觉得与金若明神似。

　　许是我盯他盯得久了，再看过去时，他已是双颊绯红。我也觉得无聊，最后去瞟了一眼晃动的救护车，于是拉起柳囡的手，匆匆跑上楼去。

　　……

　　在我眼中，女人有两种：要么毫无心胸可言，斤斤计较，一生一世，困在情事的恶性循环中绕圈圈。与男人纠葛，与已有家室的男人纠缠不清。要么就是明事理，懂人情。内心宽宏，情感温度适宜。相夫教子，安于做男人背后的贤内助。毛立平的妻子便属后者。

　　三年前，毛立平一家从狼多的鄂尔多斯高原小城搬来，毛妻调入自治区社科院的蒙古族民俗史科研室工作。工作不到一年，便因查出糖尿病办理内退在家静养。早上，把去学校后门菜市场买菜当作是晨练。一日三餐，荤素搭配，照顾丈夫与女儿的起居生活。空闲时，便拧开 CCTV11 看戏曲节目，把音量调低，低的近乎都听不清楚唱的是什么，权把其当作屋子里的背景音乐。戴着虎斑纹框架的老花镜，穿针引线。动作如喀斯特岩洞中的钟乳石上面缓缓滴下的水，一针一线，慢慢腾腾，不疾不徐，纫着十字绣。晚上，便与老伴在书房的两张桌前各自阅读与书写。有时，柳囡也指导她操作电脑，开始学习用拼音打字。两口子都是知识分子出身。一个是高校教授，又身兼行政职位；一个是国家级研究员，文史精通。柳囡自幼耳濡目染，不知不觉成长为一个儒雅气质的古典美女，都是意料中的事。反倒夜里翻墙寻我帮助，让我嗟叹她虽已貌似是亭亭玉立的大姑娘，其实言语、内心依旧是一个豆蔻年华该有的轻佻与遇事惊慌的少女。要不还属毛妻世事洞明，老练许多。她待柳囡走后，先自己平复心绪，于是赶忙拨通 120 急救电话，又敲开邻居住的尽是学校教师的家门。找来帮手不说，她更是细心拿来低缓舒坦的记忆枕，轻轻将丈夫的头垫于其上，奋力自救。那么毛立平究竟是因何事犯此疾病？

原来，一切都归于波动的情绪。军训会操比赛，我们虽然名列第二，却是三年来毛所带院系的最好成绩。深夜回家，妻子已经酣睡，老头子按捺不住喜悦，系上围裙，摁开抽油烟机的开关，一个人闷声不响颠了两个热菜。又备好烈酒，就着花生米，听着戏曲，一个人坐在沙发上自斟自饮。老头只是并未料到这小小的欢喜竟给自己招惹了不醒人事的噩梦。要不怎么说，乐极生悲。如若这般看来，做到"不以物喜，不以己悲"并非易事。或许，面对荣誉和喜悦，无论你是涉世未深的新人，还是历经沧桑的人精，都会难以自控吧。

等我们进门时，一帮人早已忙上忙下，身穿白大褂的医务人员正在家中做着简单而有效的急救措施。不一会儿，莲川、布和、我，还有随后又到的几名同学，一起抬着担架，小心翼翼把毛立平从 5 楼抬到外面的救护车上。毛立平送往医院后，立即做了开颅手术，放出瘀血，肿块得到及时清理。医生说只要细心调养，日后不会伤及行动，言语、说话也不会有什么问题。所有在场人都舒了口气，柳囡更是又惊又喜，哭得一塌糊涂。我对毛妻也嘱咐些少安毋躁、好好保重的话，于是便各奔东西。正当我欲走时，柳囡先发制人，横行挡在我面前，耷拉着疲惫的双眼，小声低喃道："你……你……能否留下来过夜……"听到"过夜"二字，本已身心俱疲的我立马神清气爽，正想要来者不拒时，毛妻快步上来，握住我的手，慈母一般地说道："好孩子！真是苦了你们三兄弟今晚这么用心地帮忙了！阿姨代毛叔叔先谢谢你们了！"

"阿姨，哪敢当！快别这么说！谁也不愿看着毛书记受罪！您也别着急上火。事已至此，只能祝毛书记早日康复……虽说刚入学不久，但毛书记的为人我们都看在眼里。他是个好人！区区这点小事，对于我们兄弟而言，都是举手之劳！您别见外……"几句话说完，连我自己都觉得从小到大没有像今天这样真诚过，并且对一个外人这般深深地祝福。

毛妻倒是更加感恩，又加了把力气攥住我的拳头，看了看旁边的闺女，再看看我，不住地连声说了几句"好好好"。于是用略加不好意思的神态请求我："那，章于子同学，你真能留下来吗？"

既然母女双双盛情相邀，我岂能有推辞之理！于是我便应下来。谁知所谓的"留下来过夜"，是晚上守夜啦。

无法洞悉的心灵历史

深夜，病房发出沉闷压抑的呼吸声。毛立平在熟睡，鼻孔插着氧气管，左手露在棉被外。一条粗而殷红的管道，与手背上凸起的一根青筋对接。从血袋输入的血液，缓缓流到血管里，带有一股逼仄的无情味道。

在病痛面前，人人都是平等的。

我盯着输血管的滴壶怔怔出神，黏稠的红色液体像是被雨困住的旅人：天地间下起滂沱大雨，旅人拖着打湿的狼狈身躯，来到一处荒废的空庙避雨。推开庙门，跨过门槛，插上门闩，转过身，将背抵在上面。下出节奏的雨线，哗哗哗，从天上用力坠下来，落在歇脚的此处。旅人袭来一股无力感，内心感觉到一丝困意。于是竟背靠着木门，慢慢地闭上双眼……只是不知是因一时的疲倦而小寐，还是已长眠于人世。

在这只有大雨的深夜，我在医院陪床，内心竟生出万人空巷的荒凉感。

下雨了。被深夜困住的病房，发出了像自己多年后看过的一部唯美动漫《虫师》里，那影影绰绰，一种美而残酷的生命介质"虫"的声音。

雨滴噼里啪啦砸在虚掩的玻璃窗上，透过窗纱，从外面又渗进腥涩的泥土味。我睁开困倦低垂的眼皮，起身去关窗。"哗啦"一声，钢化材质的窗户卡槽，发出一连串滑动的声响。如同散落一地的弹球，又像某个长发少女带着闷不吭声的怨气，把刚刚敛好的作业本故意推倒在地。

毛立平仿佛被这关窗声惊扰，右脚掌微微颤抖。他依旧平躺在充满各种抢救仪器嘀嘀单调作响的病床上，像一具搁在冰库等待入殓的尸体。即便似已经尸僵，脸却是那样静如阑珊。像秋天深沉的大海，海上挂满一幕黑丝绒的星群，遥不可及。

我是这样端详他，如同一年前同样在深夜的病房屏住呼吸，凝视被打的章大强。只是此时的毛立平，头颅缠满纱布。我始料未及，开始接着臆想：这一个起身关窗的声音，是否不小心打扰了此刻正在他脑中酝酿的某个梦境。沉睡对想要继续活下去的生命带有羞耻之感。但暂时的睡去却成为手术刀与锤子切凿开脑颅的必经。我还记得，她们母女俩就一直坐在手术室一晃动就发出吱扭作响的长木椅上，一动也不动。毛妻搂住女儿。柳囡散落的长发遮挡住鹅蛋般的脸，枕于母亲胸前的手臂。乍一看去，就像一个正在吸吮乳头的巨型女婴，旁若无人地吃奶。时间仿佛就此停滞不前。这让我想起初次抵达南方那座简称"穗"字的城市。一个人，走在梅雨季节被雨下湿的老城区。天空阴沉，像一架仪表失灵即将失事的红眼航班。我不停抬头仰望，仰望天空带有氤氲之气的庞大云团。像原子弹爆炸升起的一团蘑菇云，带有一丝残酷的唯美之感。海天一色中的云团，一大朵一大朵，互不相扰悬宕在天空，像一座巨大的城堡。我站在天空底下，看到远处的云已连成雨线。行人加快脚步回家。而我宁愿等待这场未知的大雨，让它尽情打在我的脸上，淋湿我的头发。

那一刻，我真的什么也没想，什么也不做，就只是在静候属于南方的一场大雨。那已是大学毕业后，黄小巾杳无音讯，只知失踪于那座南方之城的某处。

因为性格太类似，我总是在恍惚的错觉中，将柳囡当成是她。

有些人，生下来注定要带着迥别于他人的价值观，独一无二活过只属于他自己的这一生这一世。出不去的心情，归不得的过去，如同是在时间中写了一封没有地址的信，投递不了任何人。

没有谁能真正洞悉一个人的历史，尤其是一个人内心所走过的历史。

……

因雨夜而让电压不稳的手术灯终于熄灭。他在护士的簇拥中被推出来。像极了一场刚刚结束的晚场电影，字幕缓缓升起，灯光乍亮，刺得人眯起了双眼，晃出眼泪。

而我知道，那些刀子、锤子，甚至镐头、电钻，是如何划开他的头皮，在坚硬的头颅某处，钻出一个孔洞，然后顺着某个纹理缝隙，掀开脑膜，放出憋闷已久的瘀血。我闻着被液体与粉末混合后腥味扑鼻的病房，背过身听见窗外哗哗的瓢泼雨声，探头望见毛立平躺在床榻上安静无息的身体，沉寂的就像是这日益天高云阔的秋季。又想到那些跳躁不安的红色液体，如同古老地理志中的洪水猛兽，开闸后得到了奔腾而泄的片刻欢愉。我不知道，在手术过程当中，他会不会感受到疼痛。甚至当那些冰冷器具，深入宇宙谜一般的黑洞时，会做着怎样的梦。是旋转的星河，充斥着暗物质与异次元的平行世界？还是见到一束光，一个神，一个终极存在的绝对精神。是这精神让宇宙得以诞生、延续、甚至走向最终的死亡吗？这些，这辈子我都不会得到完满的答案。想必，即使在他昏睡时确实曾见到过这些诡异又绮丽的景象，醒来后，内心或许也依旧是一片失忆般的茫然。如同在潮湿闷热的雨林迷了路，只能躲在睡袋里靠睡眠打发不安，静等救援队来营救他这个登山的旅人。而在清晨苏醒时，从胸口积压输送至全身的血液，如敲在铁锭子上摩擦而迸出的火树银花。隐隐阵痛，从左及右，像泥鳅一样跳跃，最后蔓延至整片胸腔；又像对着一口大玻璃器皿，滴了一滴红色墨水。水温冰冷至极，却在里面慢慢渗透出千丝万缕的线条，被随机排列后，染成锦簇花团。

是时间与波动的情绪，见证了这些被生命缺口而浸染的一整缸暗涌。迷途的旅人只能继续因种种内在、外在的因由睡去。身体蜷缩的像一只鸟，把头埋在自己的臂膀中，轻轻地闭上眼。昏睡如无人洞悉的漫漫长夜。一边梦一边忘。醒来，好似谈了一场无疾而终的恋爱，不管有多不舍，都要回头说再见。是谁唱过：伤心总是难免的，为何总要一往情深。又是谁唱过：唯一的选择，是让步，悄悄地，割爱。

……

雨夜中，柳囡见眼前晃着一个黑影，下意识用双臂护住前胸，随即爆发出如响雷一般的震怒声：色狼！

这一嗓子叫嚷，喊醒了正在深睡的毛妻。她倏地坐正，像是诈了尸的老佛爷，唯独缺了嘴中衔着的那枚夜明珠。于是左顾一眼稍安无事的丈夫，右盼一眼惊慌失措的女儿，再瞅瞅窗前的我，潦倒的夜影打在我瞠目结舌的脸上。于是索然无措，发出一连串莫名其妙的啼哭声。

我费了半天唇舌，向她娘俩解释我刚才那长长的发呆与走神，并非如柳囡所惊叫那般，有意盯着她那丰硕的双乳看个不停。夜影绰绰，检测仪器嘀嗒嘀嗒时响时无。仨人在灯光未开的病房中压低嗓音窃窃私语，像极了正在密谋造反的叛党，又如深夜决定豁出去偷吃粮食的耗子。为了避嫌，次日我以委婉的言辞表达了不便再过夜陪床的想法。

当我离开病房，返回学校终于成为一个名副其实的大一在读新生，一句异常清晰的话，带着不安与激动，经由心底思来想去后，终于有勇气对自己说出来：

从今往后，我，只，想，做，个，坏，孩，子。

于是，我开始撰写求租广告，忙着在学校的布告栏和周边的大街小巷张贴。那些突兀的电线杆，裸露出红砖的老旧住宅楼，残损的被涂鸦的墙壁……都被我张贴了想要搬到外面租房住的广告。我撒着谎，在纸上这样打印道：

> 本人男，系大四考研学生，为复习备考，现求租一居室楼房。本人为人正直老实，社交单纯，无烟酒等不良嗜好。有意者租金面谈。

军训前后发生的一系列事情迅速让我在学校出名。为了做到天衣无缝，看房前，我特意跑到5号楼大四学生宿舍，借来一堆考研资料，把他们一一装进书包。又跑到学校周边泛滥成灾的眼镜店，终于给我这双其实早已近视多年的眼睛配了人生第一副眼镜。

布和见我从头到脚简直判若两人，趴在我耳边忍俊不禁挖苦道："人家都是往熟男打扮，你这怎么还捯饬回去了。还嫌高中校服没穿够啊！军训那会儿你不是挺能折腾吗？难不成如今老毛头卧床不起，你良心发现，以变身谢罪？"

说完这些他还觉得不够过瘾，眼神瞥向靠在铺上同样架着一副眼镜正在看书的杨莲川，继续说："兄弟！难不成你真要跟那位'女士'似的，大学生活就要在啃书自残中度过了？"

"瞎说啥！什么自残？！再说，你懂啥叫自残吗？"我抢过他的话问道。

"我说大哥！瞅瞅，你这不是自残还叫啥？刚费劲巴拉挤过高考这座独木桥，可以说终于修成正果。如今你怎么又给自己套上枷板？我看啊，这不是变本加厉把自己活活逼成个苦行僧才怪呢。要是换作我，早忙着旷课逛街上网玩游戏泡妞了。在那啃书（指指杨莲川），心里不得憋屈死！这不是自残还是什么？……再说了，都是大学生了，还有什么书值

169

得啃啊！我就求求你了，别人长得本来挺灵光，要是为了这可有可无的考研，整得跟咱'杨女士'似的，那我第一个反对！"说完，我轻咳了一声，示意他别动不动就拿杨莲川开涮。他倒还真来劲了，说了句："行了！我知道咱家川子不会介意！"于是边说边向杨莲川那边走去，又嗖的一下，抻出他正捧在手里的书，拽起他一只胳膊就往地上拖，气得敢怒而不敢言的杨莲川当场脸憋得通红。自己蠕动着嘴唇，不知在嘟囔些什么。

"布和！住手！行了，你也别欺人太甚！"我冲过去，上前照着他的后背就是一拳。只听见"哎哟"一声，布和转过头，故作可怜状："大哥，你护'媳妇'。我吃醋了！"

"嘿……你这小子，找抽啊！"

说完，我又抬头看看杨莲川。见他一直迷离的眼神，似有重重心事，但就一直隐忍着，不吭一声。

本想把租房的事一个人闷声不响也憋在心里，然而一来，自己本就不是能藏住事的人；其二，眼看着误会层出不穷，没辙，还是一五一十地跟他俩说出来。布和听完，整了句："哎呀！我说哥哥哎！你咋不早说呀！俗话讲，舍不得孩子套不着狼！没事，变吧！你就大胆变吧！为了博房东信任，哥你就是变个女的，我也举双手外加双脚赞成！"

话音刚落，杨莲川哈哈一声都笑了。

我听完，照着他的后背就又是一拳，嚷道："看你还贫嘴！还不闪人啊？眼瞅着身上的皴儿都能搓下来盖房子了！"我指着他发出汗臭的身体，催促他赶紧跟我洗澡去。

"川子，走，一起？！"布和抄起里面摆满瓶瓶罐罐的脸盆，扯掉搭在绳子上的毛巾，问他要不要跟我们俩去洗澡。

"还是……还是你们去吧。"几个字，杨莲川说得吞吞吐吐。他仍旧红着脸，抓起掉在地上的书本，拍了两下，本想又坐回床去。

布和倒是眼疾手快，把整条胳膊垫在床铺上，让莲川是坐也不是站也不成，害得他脸窘得就像是当年我在炕上吹满气的那些就要爆炸的"气球"。

"没事，莲川，你坐！你就稳稳当当使劲往下坐，看看到底是谁的手会疼！"我刚说完，只见布和嗖的一下立马把双臂收回，抱在胸前，故作嗲音，瞅着杨莲川满脸委屈道："怕怕！……真是怕怕哟！……我这小小的臂弯本就被一身的汗臭包裹，要是再被'杨女士'一屁股坐下去，不小心嘣个屁出来，一熏，岂不是臭上加臭了……不要！我可不要！"

"我说你小子，一个多月，普通话发音倒是进步不少呀！"

"你，章于子同学，莫打岔！"

"此话怎样？难不成，还有下话？"

"是也。"他回。

"那好，容禀续奏。"我说。

于是布和瞅瞅我，又瞅瞅杨莲川，犹豫片刻，还是问道："川子，我始终有一个疑问，不知当问不当问。今天正好赶上了，干脆就问问你吧。省得我总是纳闷。我的问题就是，为啥你不在咱们学校的浴池洗澡啊？总是自己躲到校外洗？到底有啥难言之隐？我问完了。"

我一时半会儿也愣在那，三人僵持了一阵。我这才赶忙道：

"你小子，就在这胡嘚嘚吧！川子，甭理他。一条没事竟爱打听别人八卦的疯狗！"我有意替他解围。

只见杨莲川也没回话，一个人闷声不响继续稳住性子看书。只是这一次，把头埋得格外低。

布和这一问，倒是重新唤起我对杨莲川本人的好奇。而这份好奇，又让我暂时忘记租房子这回事。而忘掉找房，便是延迟自己变坏的日期。

于是我找了一个安慰自己的合理借口：这或许就是老天爷的刻意安排，让我静静等待吧……

等待什么？我当然不会知晓。但我才没那么傻，真的等待呢！一次偶然机会，我偷偷发现了那本上锁日记本钥匙的存放处。两个多月，日记已经记了大半本。纸页一半灰一半白。我猜，那些灰色、鼓起来的，是被用过的。好奇就在这，他怎么就会有那么多心事？上大学对我来说简直就是被放飞的笼中之鸟，重新呼吸到久违的自由空气。为何对他而言，依然如同上刑受罪？

带着这些疑问，三年多，我再一次细细打量他。

不知是不是高考的失利打击，他依旧像是那个三年来还被钉在板凳上的嗜书少年，寡言而不合群。军训时认真操练，都是站在太阳底下暴晒的年轻身体，娇嫩也好，壮实也罢，曾有几次，就连我这个爱在户外撒野的孩子，也想偷懒喊声"报告"出列，却从未见他开口抱怨过任何苦累。难不成，这就叫作隐忍？在众人面前，隐藏着他们难以承受的秘密；忍耐着普通人甚至包括他自己也接受不了的郁闷。

这让我想起小时候曾经想象的忍者形象：腰处别一把长剑，额头系一条长巾，上面端端正正写着一个红色的"忍"字。这字如同咬破手指，郑重其事，一笔一画，血书上去。想必杨莲川比这隐者还强之一二。军训完毕，分发新书，都是初来乍到的新生，况且大多是独生子女。班级男生本就少得可怜，又不想喊那些叫苦不迭的女生添乱。谁知本是试探性地喊他帮忙，他便二话不说，像一头闷牛，一个人，上上下下，爬楼梯，清点书目，搬书，来回奔波。

今天再去端详，这两个月的皮肉之苦倒是让他消瘦不少。不知不觉，暑假隆起的小腹不见了，手臂上的赘肉也消失了，腿型更显修长。也是鹅蛋脸，颧骨突出，下巴方中带尖，下颌骨棱角更是分明。军训刻意剃短的小平头，竟也不知不觉随秋天长长。远远望去，一个轮廓鲜明的少年，穿着白色 T 恤，直筒仔裤，光着脚丫，盘腿坐在床上。只是最近越发关不住的心事，即使被任何一个粗线条的人（比如今天询问疑虑的布和）稍加洞察，也能发觉。我真的不禁要在心底问他：莲川啊，究竟在你的生活中，有什么难言之隐？

没事应该去恋爱

不知不觉，小寒已至。

因军训和十一长假，让大学首个学期仅有 3 个月时间。临近期末考试，大家都为摸不着头绪的考试担惊受怕。又是公共课又是专业课，十几本书，想用 3 个月时间就达到高中 3 年如背 5 本历史书的"记死背硬"水平，简直就是做梦。

老师们反反复复地说：只要做好笔记，上课认真听讲，不迟到不早退不旷课，一次通过考试还是没问题的。大家觉得这就是痴心妄想。女生拿出天生撒娇本领，一个个几乎都噘着嘴，嘟着脸，故作哭天喊地的可怜状。男生配合着推波助澜，以此动用心机让各科老师勾画复习范围。最终他们也哭笑不得，感慨生源真是一茬不如一茬，同时也为现在学生死缠烂打的本事束手就擒。

而我，自从踏入大学校门以来，对于学习这件事早就抱以稀松平常的态度。小时候看过一部电视剧，叫《十六岁的花季》。剧中那些满脸稚气的少男少女率性而言：60 分万岁，100 分浪费。如今，彼时的话与此时的心念不谋而合。什么"分分学生命根儿"，都滚蛋。

这学期有门选修课美学，是个男教师讲授。他外形清瘦、胡子拉碴、长发及肩，像极了山本耀司。年龄至今成谜，38—50 岁上下，我们在课下都有猜测过。他气质拔群，并非一般意义上简单粗暴的那种愤青，对现实社会问题有自己独到的见解。更重要的是他眼界开阔，思想新潮，丝毫没有毛立平那种传统老派之感。课堂上，经常口若悬河大谈特谈人性解放。我们听得如醉如痴，他讲得滔滔不绝，就像是一个在神坛前呼风唤雨的大祭司。引人入胜的课程设置与个人魅力，让课堂经常座无虚席，更引来一些慕名旁听的花痴女学生。如今想来，他应该就是引领当下风尚界的熟男大叔范儿。

作为爱起外号的我，给他起名——老美。

在我眼中，老美时而像个现世济人的活菩萨，时而又像个蛊惑人心的犯罪分子。动不动就宣扬人性解放，听得我那叫一个心里痒痒。

人性解放，说白了，就是性解放。

老美，如果你是大祭司，我便是你虔诚的信徒。请你用那圣洁的光，照亮，指引我。指引我，向前。让我再也不堕落。

冬日教室里温暖的大太阳照着我的后背，在这如火如荼的温室中，俨然使人忘记外面已是一个寒冷彻骨的冰冷世界。北方的冬季让人一蹴而就想起东北的 C 城。自始至终，我都不愿透露 C 城"姓甚名谁"。但那一个个对我来说独一无二的私人"地标"，却在前面的故事中一而再地提及。阳光之手，据说能让一个罹患间歇性抑郁症的病人感受到愉悦。哦，原来从小缺钙的我，被日光补充过如此多的能量。

"如果生活令你觉得索然无味，就去谈恋爱吧。"在紧张复习的节骨眼上，他还能在课堂上说出这样的话，也是让我佩服。

他有一张神经衰弱的脸。

不知为何，当所有人都沉浸在对他的一片欢呼与崇拜时（虽然我也未尝不是），但在那次说出"去谈恋爱吧"的课堂上，我突然就想起这句话。

那天，他关起教室门，一字一句，问我们：

"说，你们给我说，人生最美好的时光是什么时候？"

大家几乎异口同声，拖着长长的尾音喊道："青……春……"

"错！不是青春，就是你们现在这个时候！你们！此时此刻！老美激动异常，话音字字饱满，铿锵有力。

布和不时在一旁跟我嘀咕："这老家伙今天是咋的了？"

"别瞎说！嘘……继续听！"我说。老美继续振振有词："说，你们再给我说，大学生该不该谈恋爱？！"

问题刚一问出口，底下顿时一片骚乱，有的回答说"应该"，有的则回"不应该"，有的则干脆避而不答，像个傻子，呆坐在那。

可如今，这年头，有谁真傻呢？！那些认为别人是傻子的才是真傻呢。比如当时的我。没错。我当时可是真傻啊。

只见老美攥紧拳头，砰砰砰，在桌上连砸三下，瞪圆眼睛，大喊一声："都不对！你们……全都说错！"

教室又是一片哗然。

于是他解释道："大学生当然不该谈恋爱！这哪是谈恋爱的最好年龄？！这是'使用身体'的最好时光。"说完，我们几乎都大跌眼镜。之后被他接着蛊惑：

"谈恋爱……应该在你们最为单纯的十六七岁！花一样的年纪，个个比水清澈！光一样的耀眼！你们……你们大部分人都错过了谈恋爱的最佳时期！"

"老师！'水'那是形容女生的。我们男生咋整？"底下有男生起哄。

"你说你们咋整？谈恋爱呗！你们呀，你们是马上就要成熟的小牛犊。整天五脊六兽的，不知如何发泄……"老美这话说的，真是一语双关。

我听后，心意难平，不知哪上来的勇气，站起来，跟他对话：

"十六七岁？没错，风华正茂。可那是拼命学习，为那张通知书奋力一搏的关键时期。你怎么能教唆我们谈恋爱？那不该天下大乱了？就不怕学生家长找上门，跟你理论，学校把你开除？！"

"好！说得好！你叫什么名字？"

"章于子！"

"好，章于子！那我问你，16 岁，你在做什么？在学习，对不对？那我再问你，是那种全力以赴地学吗？……那天我看电视，有个刚参加完高考的孩子说，大概意思是，如果再给我一次重来的机会，我一定会用 300% 的努力去迎接 100% 的高考。言外之意，当时他并没把心思全部用在学业上。那他还用在哪了？你问问你自己，问问在座的每一位同学，答案自然就出来了吧。"说完，他停顿片刻，继续问："还有一些时间，是不是用在了这个班级的校花，那个班级的帅哥上？是不是用在了如何骗点家长的零花钱而给心仪的他（她）买礼物的心思上？是不是用在了因为镜子里的自己不够漂亮帅气而自暴自弃的沮丧上？是不是用在了想方设法逃课去录像厅看一会儿毛片的好奇心上？是不是用在了夜晚塞上随身听耳机伴着忧伤音乐入睡的辗转反侧中？之后第二天一到学校，欢天喜地的如同什么事都未曾发生。是不是？章于子，你说是不是？大家觉得呢？……"

老美这一串的"是不是"顿时把我给整蒙了。我无可辩驳，哑然站在座旁，开始装疯卖傻。其实我哪里不清楚，他句句说中要害，我岂能再去反抗。就连应一声"是"，也没有勇气。

说话是一件危险的事。小时候，觉得不开心，发发牢骚，抱怨抱怨。然而越长大，就越觉得根本不可能。我总会为不能精准地表达而懊恼。很像那句老生常谈：能说出来的悲伤都不算是真正的悲伤。

当有一天，我对自己说：要不试着去还原心里真正的那个自己吧。那个独处时根本就不是（也不喜欢）嘻嘻哈哈二逼常态的自己。后来我把这个想法搁置。一是找不到恰当的方式让外人感知到底怎样的你才是真实性格的自己；二来也是觉得这个想法本来就挺傻的关键是找不到承载它的载体。

于是在这个寒冷的季节，不知是为了取暖，还是驱赶内心的阴霾，我决定按照老美的箴言，去谈一场恋爱。否则到大学一个学期结束，我仍是孤身一人，无伴无侣，未免心生荒凉。

布和倒会接话，说："就你还'心生荒凉'？我看是'黄粱一梦'吧！"

黄粱一梦，三生浮屠。反正好梦终归转头成空。

冬日冰冷幻象

我开始翘课，开始把学业当副业，开始频繁流连学校那片在冬日里也发绿的草地。

凛冽的寒风吹过，我经常幻想着，春日快早些来临。以此好躺在那里的雪松树下，四仰八叉像是一只翻白肚皮的青蛙王子，让日子就此无忧无虑地过下去。晒太阳，听听歌，闭上双眼，心情满满都是美的。阳光、鲜花、青草、大树。伸伸懒腰，振振手臂，没准就能搂着身边觅食而不怕人的麻雀。要是从树上掉下蠕动的毛毛虫，也不觉得败兴，只会依旧握在手里，摊平在掌心，侧着身，用另外一只手把玩。

以前于红总是骗我，说毛毛虫身上的刺有毒，蝴蝶扑腾的翅膀抖下来的粉末会让人哑巴。又说从耳朵里掏出来的耳蚕也会让人变哑巴。吓得我信以为真，从不敢逮那些花花绿绿异常好看的蝴蝶。蛾子和毛毛虫就更别提了。见到它们，跟撞见鬼似的，捏着鼻子，紧闭嘴巴，气也不敢大喘，扭头就跑。

初中生物课，看见老师从广口瓶里捏出一只被乙醚麻醉的蝴蝶。我见此状，赶忙用手捂住口鼻，嗡嗡嗡一阵乱叫。老师见我埋头耸肩，瞪圆眼珠脖子直往后躲，被搞得莫名其妙，问我何出此举？我惊慌失措，生怕被随时苏醒的蝴蝶毒哑了嗓子，于是就一个劲发出憋闷的"嗯嗯嗯"

179

清嗓子的声音。她见我始终避而不答，气得号叫了一声后，撒开保持住镊子状的两根手指，照着被自己用双手全副武装的那张惊吓过度的脸，狠狠地掇来。只听我扑通一声，像被顽皮的孩子追赶的野鸭，终于望见前方有一池湖水，风驰电掣般，头也不回，仓皇跳入水中——我一个猛子扎进了身后的桌洞底下。

于是在冬日对于春天的美好幻想中，在过去忍俊不禁的种种回忆里，在对考试饱含抵触情绪又很在乎的堪忧中，我竟然躺在冰冷的大地，枕臂而眠。

长长的一觉醒来，我已躺在熟悉的病房。毛立平还在输液，鼾声四起。在头晕目眩、浑身乏力之际，我侧头盯着平躺的他，半白的大奔儿头，凸凹有序的立体五官，跟现实版的斯内普教授似的。

与毛立平成为病友，成为考试前一个始料未及的插曲。

还记得做完清理脑中瘀血手术的次日，麻醉药劲过去，他缓缓苏醒过来，试着开口讲话，但声音异常粘连不清，像是嗓子眼儿噎了只死耗子。想必自己也觉得咯应，于是见着熟人便用咿咿呀呀的拟声词代话；碰到生人干脆就眼一闭，嘴一合，一言不发。扭曲的面容，像是羊角风发作的表情。吓得前来探望的学生，妻子单位的同事以及柳园的好朋友们，以为他果真得了脑溢血后遗症。该悲伤的悲伤，该开导的忙着劝慰宽解。一副副嘘寒问暖、雪中送炭的嘴脸。估计老毛头也是按捺不住了，声音清亮，说了句："我还没死呢！"

在场的人全都怔住了。

做完手术后的他变得寡言少语。很多人以为他会不会真的有什么术后并发症。我作为病友，开导的工作，当仁不让。于是在一个他又失眠而瞅着黑夜的深夜，我开始对他絮絮叨叨。

"毛书记，你要是再不开口好好说人话，估计就有人打毛阿姨的主意了！"

"什么？！你说什么？"他惊诧道。

"什么'什么'……我说，毛阿姨就要跟人跑了！……你这老头儿，别怪我多嘴，外面都在传毛阿姨改嫁的事呢！"我也不知为何编了一个"改嫁"的谎屁溜子，有模有样地激他。

"果真如此？……看来真是人言可畏啊。说你毛阿姨改嫁，这样的谣言，信不得！……不过话说回来，我早就对这些子虚乌有的东西免疫了。你这个臭小子恐怕还不知道吧，先前对于我的那些诽谤还远不止这些。那群造谣的、妖言惑众的，那个教美学的老东西，拆台的，甚至想置于我死地的……不知用了多少你还闻所未闻的歹毒手腕整我。你该知道……"

还没等他把话说完，我就抢了他的话茬接道。

"毛书记，我懂。我怎么会不懂呢！……毛书记，我看您倒是一身正气。从咱爷俩第一次见面时就深有体会。您啊，还真是百毒不侵。照我看，就要修成正果，马上就能立地成佛了。徒儿真是佩服得五体投地！……厉害！厉害呀！"

说完，我伸出大拇指，嬉皮笑脸，上上下下来来回回晃了又晃。"你小子，还蹬鼻子上脸来劲了？这马屁拍的！"只见他大手一挥，做出让我收回赞的手势。

"可不咋的，佩服着呢！您是我的偶像！您是我的英雄！哈哈……"待我不着四六地说完，嘿嘿笑了两声，也已俨然不知是退烧药劲上来，还是别的什么，浑身一阵酥麻。

"说正经的。你小子到底有没有对我闺女图谋不轨？"他把话题一岔，转到这个事儿上来。

"啥？"整得我更蒙了。

"那晚你盯着她胸部看的事。总归得有个合理的解释吧！"他说。
"发呆。那晚我发呆。事情就是这样简单。您要是不信我也没辙！……"
我无所谓地回道。

"信啦！我信你。"他拖着长音，端起领导架子，义正词严地说道。

"不过现在这儿就咱爷俩，你老实交代，就果真对我闺女没动心思
吗？……嗯？"问完，歪着头，把口型定格在"嗯？"字上。我想也没
想，当即从嘴里蹦出响亮的两个字"没有！"他听完，伸伸懒腰，打着
哈欠，说了声"我困了"，便闭上眼睛睡觉。我反倒是睁着双眼，在高烧
39摄氏度的晕晕乎乎中，脑袋本就热成一锅粥的状况下，反复转着：

你确实对我闺女没那么点儿意思吗？

……

出院，考试，坐火车，跟杨莲川一起，回C城，过年。

于红见到我的第一句话是"黑了"。之后对我又搂又抱，摸着我的腹
部说："嗯，长点肉了。"

章大强故作深沉，一边准备火锅料——炸丸子、烧扣肉、切酸菜丝、
泡粉条——这些东西，一边忙活着酱牛肉，也因我回来，脸上遮掩不住
地高兴。

吃团圆饭，串亲戚，开始被问到"有没有对象"这样的话题。腊月
廿三小年前一日，跟章大强一起，给爷爷上坟。

大学的第一个学期，就这样，过去。

双子座是老戏骨

寒来暑往，大雪小雪又一年。转眼，已来到大二下半学期。

三月末的呼和浩特，封冻一整个冬季的大地，开始带着一股暖风，能够嗅到一丝丝湿漉漉的泥土气息。

整个人，从身体到心里，开始蠢蠢欲动。几次梦遗，尴尬得摸黑去厕所处理干净。几次心里起起伏伏的莫名伤感和火烧火燎的亢奋。我决定，将搬出去、租房，再次提到日程上来。

看房那天，是个周五的下午。房子位于呼市南郊。从学校出发骑自行车大约需要二十分钟。房东两口子是农业大学食堂的厨师。俩人自己住在学校筒子楼里的职工宿舍，把自己买的这套商品房租出去。

男的叫李刚，女的叫什么我现在倒是忘了。不过那死婆娘的模样，可是不容易忘记。

那天，她一见我在她眼里还是个乳臭未干的大男孩，便叽叽歪歪大呼小叫：

"你回吧。不租啦不租啦！这次我死活也不租给你们学生了！……上一个租户就是一对学生，可别提有多烦人！邻居隔三岔五就来找我，说他们动静太大，扰民！"听完，我寻思：既然你决定不租给学生，那你早干什么去了。今天见面说不租了，真是找抽。于是在房间立柜的大镜子前，看见里面熟悉又陌生的一具身形——戴着一副黑框大眼镜，裹着一件又黑又旧的羽绒服——把自己整得人不人、鬼不鬼，土不土、洋不洋的，心里特别不甘心就被这娘们数落。反抗的念头刚起，就被我理智的考虑压下去：我怎能在这个紧要关头乱了自己精心布置的阵局。这很像当时李树青所说：怎能不顾基础知识的记死背硬而只是一味地剑走偏锋、舍本逐末。见此阵势，我决定将自己放低，再放低。

瞬间，我活脱脱像个给主子请安的奴才，连轻声细语也不敢深喘一声，倍加小心谨慎地试探道：

"姐姐，好姐姐！您看我，像是那种不省油的灯吗？……再说，学生有坏学生，但更有好学生啊！姐姐瞅瞅我，看我是好学生还是坏学生？……姐姐……"我张口一个姐姐，闭口一个姐姐，没完没了地叫。说完，那娘们果真开始打量起我。我跟着她上下的眼神也转起圈来。"哎呀！转甚转。你这小后生转得我这叫一头晕！"只见她肩膀里揣着胳膊，阴阳怪气地对我怨道。

站在旁边跟小绵羊似的连咩咩叫一声也不敢的李刚，简直就是一受气的大草包，对我摇摇头，好像是说：你看我也没用，我做不了主。

即使这样，我还是把头转向他面前，嘴角微垂，眼神迷离，活像一只无家可归的梅花鹿，故作可怜，默默地注视他。

老美曾对我说过："知道吗章于子，我早就注意你了。你听我课总爱坐在第二排，而且还是我左手边。不知为何，总能从你的眼里读到一丝丝忧郁。无辜的眼神，简直就不像是人类所有，而是像极了受到惊吓的动物。如果非要找一只还算恰当的动物打比喻，那便是一头鹿，一只梅花鹿……""我忧郁吗？"这个问题就像问自己"我快乐吗？"一样，太令人发指了。梅花鹿，这个形容虽然与我在别人眼中的形象大相径庭，即便我也从来不认为自己是忧郁气质，但却不让我生厌。

早些时候，老美在课堂上对大家做过一个心理测试：当走进一片茂密的森林，你最想看到的三种动物分别是什么？

闭上眼睛，你也可以问问自己。可以是第一印象一闪而过的动物，也可以是深思熟虑后的答案。

当时，我扬起头望着阶梯教室的天花板，思考片刻后，在心底说出了——梅花鹿、狗以及考拉。

原来，这是一个有关性格测试的题目。第一种动物代表你自己认为自己是什么，第二种动物代表你在别人眼中的自己像什么，而第三种动物则表示你其实是什么。莫非，我真是一只自认为灵性十足、美丽孤傲的梅花鹿，但在别人眼中却只是一只唯命是从，乖顺听话的小狗……到头来，我其实只是一只渴望整天待在树上，不动声色，醒来睡去，偶尔动一动的考拉。原来，我是一只自命不凡的梅花鹿，同时又是一只喜欢独处的考拉。

至于在别人眼中的小狗形象，我根本就不在乎。你才能看到我百分之几的自己？你与我相处才多久？你怎么知道我貌似平静的一张脸背后藏着怎样的一片汪洋？……所以我们自己看到的自己，永远都是那么真实可信的吗？我们在心底映衬出自己的那片镜子，究竟是一片平整的平面镜？还是一面凹凸不平的哈哈镜。那份对于自己的丈量，也早就相差十万八千里了。我们并非有意对自己说谎，因为说谎总是在不经意之间发生。因此，我是一只梅花鹿与考拉的混合体。这再次说明，我是一个不折不扣的双子座。

而双子座，是老戏骨。不知李刚究竟是因看到我破衣烂衫的寒酸穿戴，还是见我低三下四与他老婆周旋，瞬间让他产生同病相怜的错觉。于是他转过身，把他媳妇拉到一边，窃窃私语。只见那女的一口一个"不"字，一个又一个抱着膀子、东躲西闪的动作，再瞅瞅李刚，就像是吸铁石附近的碎铁屑，紧密团结在以老婆大人为核心的家庭周围，开始放声夸赞我是如何的好。虽然我根本就听就不清楚他具体都在夸奖些什么，但见他蠕动着嘴皮子，真是让我心里直呼：苍天呀，大地啊！李哥啊，您真是老天爷派来帮我的一大救星！……

正当我沉浸在自我幻想时，只见这娘们不知何时出现在眼前，加大嗓门喊道："好吧。虽然看你这幅穷酸相让我很是怀疑你的经济能力，但姑且念你老实巴交的份上，再加上你也是为了考研渴望出人头地，本姑娘就权当积德送个顺水人情，成全你！"说完，她从兜里摸出一支香烟叼在嘴边，李刚上前，赶紧给她点着。

"妈呀！还'本姑娘'？！有这么老的姑娘吗？而且还这么丑！"我在心里忍不住取笑她。"喂！你小子倒是回句话啊！怎么样，350元一个月，能接受吧？"

"哦……中！真是谢谢姐啦！大好人一个！那我……"话刚说半截，突然反应过来她已经在开始说房租，于是赶紧反悔道："不中！不中！"

"怎么不中？"她皱着眉，脸色活像练功走火入魔的周芷若。"350，贵呗！"我说。

"就350！"她说。

"300！"我坚持。

"340！"她说。

"300！"我又坚持。

"330！"她回。

"300！"我再次坚持。"这个……嗯？……那个……"她哼哈的，真是叽歪得像只吉娃娃。

"300。300吧？！"我已经快要崩溃了。

"中！300就300。你不是东北人吗？我这人也是痛快人，就爱办这痛快事。我也不差这 50 块钱，就 300 吧。"

她话音刚落，我就跟穷人捡条驴似的，心里美美的，简直乐得合不拢嘴。口口声声，学着范伟演小品的腔调，忙说着："谢谢大姐！谢谢哦！……"

女人倒也一脸开心，像是刚服了中了毒的解药，青黑的脸色顿时缓过来，赔笑道："方便。出门在外，都是互相行个方便。你方便我，我方便你。哈哈哈……"

"也是。姐说得对。与人方便，与己方便。"虽然我口上说"方便"，其实心里早就快绷不住了，想：方便你个头。

此时，李刚已经携他媳妇坐在大屋桌旁，掏出装在包中塑料袋里的两块地瓜，旁若无人，剥开瓜皮，开始鼓囊鼓囊吃起来。

房间铺着老式的方形地板革，红白相间，大面积露出褪色磨损的旧痕。墙角旮旯早已被油垢和上面的毛屑渍住。我一边按照租赁合同写到的房间物品逐一清点，一边伸出手拽出搭在橱柜后面的窗帘，随着哗啦一声碎响，海藻般深绿色绒面窗帘抖出一团呛鼻的灰，我咳了几声，忙用手里的 A4 合同挡住了脸，只透过大黑镜框的两片玻璃，时断时续地怨道："好家伙！这房间不会是好几百年都没人住过了吧！咋这么多灰！……"

女人一听，砰的一下扔掉手里的地瓜，叉着腰就冲我过来。

"唉！真是睁着眼睛说瞎话。睁大眼睛好好瞧瞧，这墙围子可都是刚刷过的。"说完，低头瞥了一眼，也顿觉不妙，赶忙迈上一步，踩住前方那片茶色污迹，嘴里嘟哝："臭崽了！"

我好奇探过头一瞧，喔，一片土黄颜色的干块，上面沾满毛毛、头发丝和尘埃，旁边还立着一个 5 升装的饮料瓶，里面装着半瓶浅黄色的液体。看到这儿，我忍不住用合同掩面笑出声。

女人也不藏着掖着了，忙解释："那两个死崽子，可别提了！就是我们农大的学生。同居不说，还养了只狗。瞧这，屎拉得到处都是！咦……真是臭……"说完，掐着鼻子，挥手叫李刚过来赶紧收拾收拾。见到此状，我开始怀疑这对夫妻不会是一个唱红脸一个唱白脸，比我还是老戏骨——戴上一副与平日不同的面具，做做威，唬唬人，虚张声势一番——其实就是为了将房子赶紧租出去。这其中，可不会有什么蹊跷吧？

想到这，我赶快作罢。心想，我怎么能这么阴暗，把人想得这么坏。她说是狗屎就是狗屎吧。至于饮料瓶里那半瓶液体，我只能把它想象成是某天打雷的深夜，上个房客，男主人公胆小如鼠，因睡眼惺忪而懒于去厕所尿尿，于是摸到床头的空瓶子，对着瓶口一阵哗哗哗……也罢，也罢。

大约过了 10 分钟，房子审查完毕。于是一个叫二毛棉纺厂的家属楼，位于呼和浩特南郊二环路以南，一幢 11 号楼，东单元 5 楼东户，两室一厅楼房以月租 300 元、包暖、水电费自付的方式，从此以后，便属于我章于子所有。不对，是暂时居住。

我还真是满足。别看房子虽旧，但怎么说也比我家宽敞。于是我瞒着家人，开始了我在异乡的租房生活。

三人房

　　慢慢地，学习对于我来说，变得越来越不重要。我开始骑着从南茶坊旧货市场买来的一辆二手自行车，说白了就是从偷车人手中挑选的一辆车，待讨价还价一番付完钱后，骑上它，一屁股闪人，整日穿梭在青城的大街小巷，无论清晨白天，还是傍晚黑夜。与破旧的房屋一样，我并不贪心，对于人生拥有的第一辆自行车，也是别无更多奢求。这辆来历不明的车子花了我 50 块钱，7 成新。

　　还有一只带条纹的黄色狸猫，在楼道喵喵叫着流连时，我突然决定将它抱回家。

　　当晚我叫来布和、莲川，与小爷我一同庆祝这个值得庆贺的日子。

　　告别过去，新生活就要开始。

　　那几日，我一直在心底反复地问自己：我果真从学校宿舍里搬出来了吗？我果真有一处远离老师和同学的房子了吗？虽是简单甚至简陋，然而从此却可以深居简出，做自己想做的事。我果真睡在一个人的房间里了吗？……狂欢那晚，我抄起家伙事儿，在厨房里一阵忙活。我颠了两个热菜，鱼香肉丝和烧茄子，外加一个凉拌土豆丝。惊得杨莲川打破以往矜持的表情，止不住地喊："哦！我的天！"

　　我抡起铲子照着他的头就敲下去："嘎你个头！你不会是疯了吧！"

他边躲边喊："疯了！估计真是疯了！……哈哈……以后没处疯我就来这儿疯……"

"没问题！我这随时欢迎疯子！……对吗！你就该这样吗。咱仨相处，自然点。别总是端着、拿着。"我说道。

其实我是发自内心地开心。这么多年，第一次见他这般没心没肺。估计也是因我有了这处自在的小天地，他也能随时来撒欢儿而高兴吧。的确，这家伙确实爱自我压抑。

好学生，好学生。"好学生"的头衔估计就像紧箍咒一样勒得他喘不过气来吧。

什么三好学生，什么优秀干部，什么这个标兵那个能手……在高考录取通知书面前，在大学毕业找工作的应聘会上，那些空洞而迷茫的眼神，那如出一辙却令人生厌的梦想：找到一份好工作，挣大钱，买房，买车，结婚生子……在位于呼市南端的一所房间里，都见鬼去吧。

来吧！杨莲川。

我不要你过去的成绩，也不要你昔日的冷漠，我只要你现在如火如荼的热情。

是的。我只要你现在，此刻，当下的喜悦之情。杨莲川，请抛开所有的顾虑，放下所有未解的心事。敞开胸怀，放声地叫吧，嚷吧。起码在我租住的这个地方，始终会有你的一席之地，就真真正正做你自己。

杨莲川疯得越来越没边。一打啤酒下肚，三个人的小脸个个如猴屁股一样红。想必也是酒壮英雄胆，布和冷不丁冒出一个主意："我说这位大哥，你看把柳图那个死丫头片子叫过来，咋样？"

"行啊！我没意见！想叫你就去叫！是不是啊，川子？"

他听后，刚还欢快的小脸立马耷拉下来，垂头丧气，不再说话。

"喂！你小子说喝醉就醉了啊！哑巴了啊？！倒是说句话，也算给咱小布一个面子……"我一边说，一边上手去扒拉他的脑袋。

又是半年光景，不知不觉，这小子竟然又瘦了。再也见不到他穿那些只有 30 岁上下男人才会穿的老板裤——那些身材臃肿，挺着一个大肚腩，简直与怀孕的产妇无异的中年男人——那些不合时宜的衣装。

虽然在一个宿舍住着，天天一起上课下课，进出食堂，我竟浑然不知这小子在何时换上了一身仔裤 T 恤，帆布球鞋，走路的身影俨然就是电影镜头里的翩翩少年。就差给他配一些类似《关于莉莉周的一切》那样郁郁葱葱的麦田作为背影点缀，以好衬托出他的帅，他的酷，他的冷漠，他的沉默与寡言。

在小说和电影中，美少年不都是不善言辞，带些羞赧的神情，站在公车或是地铁的某个角落，望着窗外怔怔出神。有时低下头，有时又像书中所写的那样，仰望 45 度角，抬头看天上的云。然后在心底默默念道：大片大片的云朵，在心中飘过。如同刀子滑过我的心脏。我悲伤难耐，闭上双眼，一不小心，流出想你的眼泪……我鬼使神差地想完这些场景，再瞅瞅眼前的杨莲川，他醉红的双颊外加含情脉脉的眼眸，如同内心藏着一湾缠绵悱恻的秋水，看得我浑身起满鸡皮疙瘩。于是赶忙狂抖几下，怔了怔神，拍着那小子的头又问："喂！你倒是吱个声，表个态啊！"杨莲川一脸雾水，没精打采回道："哦……反正这是你的地盘，想咋就咋吧。主意你自己定，问我也是多余……"

这小子不知道抽了什么疯，整晚就跟哭闹无常的婴儿似的。真是 6 月的天，孩子的脸。

最终我站起身，右手撩起脑门上的刘海，高喊了声："大爷准奏！小布，去吧！骑上我那坐骑，把柳公主给俺接来！路上小心！速去速回！"

只听布和奸笑了两声后，回了句："喳！"于是接过我扔给他的车钥匙，一溜烟跑下楼。

夜影招摇

深夜 11 点，春风荡漾，树影招摇。海拉尔南路，一辆自行车的铃铛声一直绵延向南。街道栽种密集的白杨偶尔被风吹起，除了发出簌簌的声响，便一直悄无声息，在路灯的照射下，一同与车上两具瘦削的身影，投射在干燥而暗灰的马路上。

柳囡穿着件短款的修身白夹克，缩着肩膀，双手扳直，挂在后车架上，默不做响。从侧面看过去，披头散发遮住了大半张脸，活活像一个身形瘦长骨节突出，在大晚上游荡的孤魂女鬼。

此时，一辆深斗型的白色卡车，咔嚓咔嚓，打着铮亮的车灯尾随俩人身后。钝重的机械声摇摇欲坠，如同一辆开在战壕里缓慢爬坡的笨重坦克。上面的枪口直勾勾瞄准前方，仿佛一声令下，随时会从里面射出致命而灼热的炮弹，令前方蹬车的一对男女猝不及防，顷刻倒地暴毙。无形的恐惧像是在古老而神秘的深林里弥漫而出的一团雾气，搅得柳囡开始在车后坐立不安。逆风飘散的长发裹不住柳囡瘦小的身子。不经意间还是驼起背，紧扣牙齿，双臂环绕，瑟缩地抱住自己的上身。于是她忍不住打破只有风声和机械声主宰的这深夜马路产生的阴森气氛，微攥拳头，轻轻捅了捅布和的腰，问：

"我们不会就这样死在路上吧？"

"傻妞！说胡话呢？！"

两句简短的对话后，接踵而至的依旧是沉闷而繁琐的机械声。哐哐当当，像是继续往一支威猛的机枪中上膛装弹，无休止的撞击声和摩擦声搅得人愈加心神不宁。

柳囡数着数："123，345，567，789……不对！是123，456，789，9、10……"一遍又一遍，仿佛做着这个简单又刻板的小事，就能掩盖住心中的恐惧，让自己假装没事。

"布和，你今晚咋跟个雕像似的！平常不是挺能撇吗？"

"我这不是见到美女害羞嘛！"

"少来。贫嘴！你……给我唱首歌吧！"

"唱啥？"

"随便！"

"我五音不全。"

"没事。只要别把鬼招来就行！"话音刚落，柳囡捂住自己的嘴巴便后起悔来。上下左右飞快转着眼珠，用余光打量四周的风吹草动，顿时觉得毛骨悚然，于是抱紧膀子，哆哆嗦嗦连说了三声"呸呸呸！"之后忙改嘴道："没事！只要你敢唱，我就敢听。"说完，故作轻松，抬起手向后拢了拢头发。"盼星星，盼月亮，盼得小伙盼弯了腰。盼春天，盼秋天，盼得知了停止了叫。盼星星啊盼星星，盼月亮啊盼月亮……你说盼她他就盼，你说不盼他还盼……"布和鬼哭狼嚎，没正形地唱起歌来。

坐在身后的柳囡听得是一头雾水，原本紧闭的双唇忍不住喷出两句爽朗的笑声：

"这是谁的歌啊？我怎么从来没听过。你呀，真是人小鬼大。鬼我看是招不来了，恐怕倒是先把它吓跑了……"柳囡道。

"为啥？你不喜欢吗？"布和问。

"'喂'猪！哈哈，好了，开玩笑。你说为啥。走调走得这么厉害，谁听了不瘆得慌啊！"她说。

"莫非……莫非你怕了？"布和问。

"谁说我怕了！"她故作镇定。

"你怕了！"布和说。

"我没怕！"她回。

"你怕！"布和坚持道。

"我没有！"她再回道。

"那你不怕还怕我唱这首歌给你呀？！"布和说。"什么？你说什么？我完全蒙了……"她问。

"没什么！"布和回。

"不对！就是有什么！"她说。

"没有没有，就是没有！"布和有点急了，语无伦次，重复了好几次。说完，狂蹬了两脚，晃得柳囡连惊带喊："神经了啊你！"

暗无天日的沉默，就像妖魔出洞的末世。街灯下的白杨，早已被深夜微凉的春风吹打得一败涂地。星星寂寥，月亮被飘忽不定的云层遮挡又乍现。伴随着忽闪的路灯，并无他人的街道发出越发强烈的阴森之气。凝重的深夜，仿佛是森林中盛开的食人花，一株一株，彼此纠葛缠绕，却在悄无声息的暗夜互相吞噬。

叮零零……叮零零……"月亮啊还是那个月亮。星星唉它不是那个星星……咦？好像唱错了唉！"布和按响自行车铃，放缓蹬车速度，唱完这一句，停下来自顾说起话。"唉！老实交代，刚才是不是生气了？"柳囡问。

"什么？你说什么？"布和问。

"少装傻！生气就是生气，男子汉大丈夫得敢作敢当！"柳囡说。

"没生就是没生！我生气？我有病啊我！"布和回。

"我再问你？刚才你说什么'那你不怕还怕我唱这首歌'，这话到底什么意思？"柳囡问。

"人笨！听不懂拉倒！"布和故作生气，没好气地回道。"告诉你，你是那个盼星星的小伙我不管，就是一点，别把我扯上就行。听见了没？"柳囡突然来劲，挺当回事的样子，跟他拗上了。再看布和，闷声不响，活像一头任劳任怨载着主人到处跑的坐骑。

"你倒是听见没有？喂！蹬车子的，问你呢！"柳囡边说，边把手伸向布和的耳后。

"我说，你们女的是不是都属妖怪的！怎么动不动就掐人。而且你说掐就掐吧，还竟找耳朵啊胳膊大腿这些皮薄的地方，真是没创意！"布和疼得嗷嗷叫。

"你还真说对了！我就是没创意怎么地吧？皮薄的地方掐着顺手。而且就是这么掐，你们这帮男生还是死没记性！跟章于子一个臭德行！"她说。"章于子？"布和飞速转过头，疑惑的样子就像是一头中世纪喷火的巨龙。暂时屏住气，须子慎重而缓慢地颤动，然后瞪圆眼睛，凑近柳囡这个人类面前，使劲嗅了嗅，并无发出任何恐吓的信号，只有满眼的疑惑与无辜。

"怎么又扯上章于子了？为啥事事都跟他脱不开关系！"布和微微抱怨道。

柳囡顿觉说漏了话，戛然而止，摆正身子，低下头，又把手挂在车架上。一道闪电划亮夜空，南风袭来，随即一声闷雷震得从远处传来玻璃摔碎的咔嚓声。风驰电掣，以及将至的春雨，仿佛是夜行的旅人急于翻过眼前大山，赶往偏僻的山村，去看一场露天的默片电影。而那一声碎响，又像是谁家的孩子，一个人落寞地站在大敞的窗前，遥望着岌岌可危的草木，以及因电线短路而忽明忽暗的路灯。于是听着噼里啪啦砸向地面的雨滴，布和竟惆怅起来。

"喂！瓷住了？！还不快骑！没看就要来雨了！"柳囡见布和杵在灯下没动静，照着他麻秆一样的细腰又是一戳。

"哎哟喂！你要是属妖怪的，一定是一个心肠狠毒无恶不作像毒死白雪公主那样满脸褶子的老巫婆！"布和左手握把，右手护住被柳囡刚掐过的腰，一边抱怨一边又快步蹬起车子。

春末夏初的深夜马路，昏黄的路灯无精打采地亮着。晃晃悠悠的银灰色自行车，一男一女，一前一后。前者放声高歌，后者低头不语。树影招摇依旧，人心一落千丈。是谁哼着小曲，把歌唱得这般走调。

是谁？是谁……

四人同居

"你小子，半路撞邪了啊？接个人去了这么久！快两个小时了。照这速度，估计我要是趁你不在生个娃，现在都能打酱油了！"我说完，把脸凑过去，像只饥饿的狗围着布和嗅个不停。

"闻吧！可得看仔细了！"那小子也上来劲，边说边把脸贴过来，同时扯住自己右腮帮子上的肉。显然他在挑衅我。别小看抻腮帮子这个小动作，但这就像是一句潜台词。再瞅瞅那两只开始火冒三丈的眼珠子，仿佛在说："章于子，你是个什么东西！我死乞白赖给你接人，刚进家门，你就这样对我？！"

良久，我跟布和就这样对视着。直到那丫头问了句话，才打破俩人像单脚站在某个荒山野岭，准备决一死战的武林高手，因冷漠和无情而营造的尴尬气氛。

柳囡问："章于子同学，我说你这屋子收拾得这么干净，那我还用不用脱鞋？"

"随便！"我问。

"随便是什么意思？"

"随便就是随你便爱脱不脱。大学生听不懂话啊？！"

"行！既然你说随便，那我就随便了……"她一边嘟哝着，然后一脚迈进我用简易拼贴地板新铺好的房间。

"你这家伙倒真不客气，还真当自己家了？！"

"嚯！刚才也不知是哪个小子跟本姑娘说'随便'，怎么转眼就翻脸不认账了。翻脸跟翻书似的。"说完，抿了抿上下干涩的嘴唇，发出"叭"的一声，然后摊开抱着膀子的双手，耸了耸肩，对着我，狠狠翻了一个白眼。"还真拿自己当艺术家了？……不就是会跳个舞，身体比别人发育得养眼些，人长得多一丝灵光，就这样傲娇起来，真是给你爸丢人……"我瞅着她，把这些话在肚子里说了一遍，末了还是吞了回去。倒看她，像个女鬼一样，嗖的一下闪进屋里。二手电视机噼里啪啦的广告声，回荡在深夜酒气冲天的房间，俨然成了一个奢侈的陪衬。三个人都醉了，唯独杨莲川开始清醒。布和骂他，你连玩儿也放不开，喝酒也喝不尽兴，真是扫大家的兴。杨莲川不回他，头不动，抿起嘴，用眼睛斜斜瞥他。偶尔眉头微皱一下，仿佛若有所思，不一会，也便作罢放下。

"甭理他！你还不知道，这家伙天生就是这副德行！我之前跟他三年，要是照你这样气下去，都不知憋屈死几回了！"我说。

"哈哈，那倒是！还真别说，你这么一提倒是格外让人这么觉得。'跟他三年'……嗯，难怪有些人说……"布和把话刚说到半截，突然放了一个惊天动地的响屁，柳囡没憋住，第一个笑出声来。

他自己倒也不害臊，笑得声音最大。一边笑，嘴里还振振有词："屁……乃人间正气也。有道是，响屁不臭，臭屁不响！"只见杨莲川用手捂着嘴，睫毛长长的眼睛机灵地来回乱眨。我知道，被他用手紧紧捂住的薄嘴唇的嘴巴，也在向上咧着，只是不改笑不露齿的本色。看着他这些矫情的动作，我还真是懒得再去管了……

早已跨过子时的深夜，如一部写了许久也未完成的长篇小说，冗长而让人失去耐性。心里一阵空，借着酒精的眩晕，把头抵在茶几沿上。

嘴巴已经被木制的棱角挤压变形，露出肉嫩的牙花子，然后有气无力地睁开眼，试图用所剩无几的清醒意识，撑开紧紧合上不听使唤的眼睑。不知为何，心里一遍一遍重复着一句话：

每家都有一个败家子，每家都有一个败家的，每家都有……

我不知道，我跟突然出现在楼道而收养的猫，能够一起待多久。就像永远无法预知，突如其来的忧伤情绪，在慢慢吞噬我的快乐后，何时会抽身远离。为此，我花了大把时间，来填补心里那个突然决堤的窟窿。那个好像怎么也填不满的空洞，那道内心的缺口。我在等待它愈合。而不是等它在阴雨天再度出现时，把我推向万丈深渊。每个人都病得不轻。很少有人会站出来说自己是一个完全健康的人吧。从身体，到心里。我不想批判其实跟你我都一样的在灵魂深处那些道貌岸然、猥琐不堪与贪得无厌的家伙。那些临界在道德线边缘的人性弱点。情绪，好像是突然袭来的一场天崩地裂，犹如始料未及的大灾难，令遭受的人惊慌失措。维系了数年乖乖仔的形象，这副躯壳，顷刻坍塌。以白蚁群蛀的方式，经由快速啃噬，坍塌。随后，再一个惊涛骇浪打过。所有的积淀，瞬间化成乌烟瘴气的废墟，被这只突如其来的洪水猛兽淹没。从头到尾，不留下一丝一毫退守的余地。毁灭总是比伪装坚强轻而易举。也比苦心经营善良的那一面容易得多。所有道德和性格的软肋，都不是让旁观者观看的一个个陈列。因为从来就没有示众与看客这一说。所有的人都是演员，都是的。我们在这颗不知何时是终途的蓝色星球上演出。每个人都擅长披一袭写有"道德"二字的袍子，却在黑夜和无人能窥见的犄角旮旯，做着与此恰恰相反的龌龊之事。我管不了那么多，因我自己已压抑得太久。我担心久积成疾。我必须在自己病倒之前，将身体里的垃圾倾倒。我，自己，充其量只是暂时居住在一个唯我独享叫作"我"的这具肉身中的魂魄。我自己和我身体有一种寄生关系。虽然我知道当我身体消亡时，就是我自己跟着离散的时候，但我还是不愿过多提起我身体。我知道，它仅仅是一副小小肉身，并被很多人一生苦心经营：不让它生病发胖起皱老化下坠松弛。苦苦维系着它的保鲜期，能维系多久就多久。很多人只单纯顾及了我身体，而忘记了我自己。而这一夜，我只想做回我自己。让这个自己紧贴着房间的墙壁随心所欲地爬行，像无拘无束的壁虎，不畏惧潜伏着的随时会斩断我尾巴的持刀猎人。我要像一个自曝杀手身份，脱去夜行衣，摘掉面具，一丝不挂，伸展开四肢，被捆绑在绞刑架，却也会莞尔一笑的囚犯。善与恶，再次带着古老的东方训斥，企图在我内心辩论不休。我决定今晚要不管不顾，不再分晓。我，只想做回我自己。可做自己，又是多么轻巧却又艰难的矛盾之举。深夜，我只想闭上双眼，祈求在黑暗中，能够看见向后慢行的火车。它虽然倒退着，却因为良善与勇敢，其实一路向前。我牵着自己的手，穿过青春隧道与幽暗森林，过滤掉长大路上一切作呕之事与心灰意冷的伤痕，把曾经在列车行驶中不小心变得面目狰狞的我这名乘客，像接受洗礼般，努力领会神谕，用未曾唤醒的潜能，努力还原成一个内心执意并单纯的少年。如果我的本质确实是一个少年。如果少年一直像贴在我血管壁上的寄生虫一样。

……

酒的后劲开始显现。在脑中，控制不住地出现了上面那些奇怪的想法。

当晚，柳囡、布和、莲川还有我，便"同居"了。

少年、明月来相照

　　我们喝完酒，桌子一片狼藉。柳囡来之前买的一整只熏鸡此刻已剩下一副空鸡架。乱蹦的花生米飞散到每个人的碗碟四周。先前我炒的那两道菜再吃更是带有一股刺鼻的烟灰味。我们用酒盅碰杯，我们划拳说哥俩好，我们不停地讲着黄段子。

　　柳囡在一旁嘿嘿跟着傻笑，以一个陌生人的眼光放眼望去，跟酒吧里的三陪女相差无几。唯一不同之处，是她并不浓妆艳抹，让假睫毛在暧昧的光线中到处乱飞晃得人眼晕。她也跟我们喝酒，但她不会传统酒拳，便用小孩老虎枪这些女孩家爱玩的小把戏代替。

　　杨莲川慢慢地也渐入佳境，似乎又来了一个让他嗨起来的小高潮，除了自斟自饮外，还大方喝下布和歪着脑袋倒进他空饭碗里的衡水老白干。酒洒在碗外，溅在他干净的牛仔裤上也并不介意。倘若换做平时，准保会立即冲进卫生间，把衣服上的污渍洗净。我不知道那是不是他的一种洁癖，如同他始终放不开的身架，走路的姿势，吃饭时偶尔伸出的兰花指，以及羞涩难掩腼腆的慢声细语。

　　我觉得，有几类男人和男孩是碰不得的：说话阴阳怪气的，面色极其干净又不长胡须的，沉默寡言踌躇满志的。

　　这第一种男人是神经质型的。寒酸、分裂、喜怒无常，甚至尖酸刻薄、咄咄逼人；这第二类则是像女人家的，如同一生酷爱饰演旦角的戏子，举手投足，穿着打扮，都精致到阴柔有余；而后一种男人虽是男人中的极品，但却是情痴情种、懒散自由、深沉忧郁。即便你望穿秋水，人却如书。捉摸不透的天书虽吸引你一读再读，却不知让你神魂颠倒正是他自己也趟不过去的那条困惑之河。唯怕年少空等，花白了头发，只换来一句刺伤的情话，空留记忆在心头……这样的男人，不如从认识初始便快刀斩乱麻，免得日后生出孽缘，后患无穷。那一晚，没有什么迪厅吵闹的舞曲，也没有什么美酒佳肴，更没有群魔乱舞的狂欢，却有着我们的醉生梦死。

是的。人生苦短，对酒当歌。布和总爱重复这句老话。

"章于子，我想把闺女许配给你。你乐意不？"毛立平躺在黑暗的病房问我。

"啊！不是吧？！……"我一边被这突如其来的喜事惊讶，一边却又琢磨如何接下他的话。想着想着，我挣脱开身上不知何时被盖上的薄被，浑身上下已湿成一片。

原来是一场梦，可是把我吓坏了。

我擦去额头上密集的汗珠，抻开内裤往里一瞧，一股腥甜的味道夹杂着身上的汗臭味一起向我袭来。

我脱掉背心裤衩，一丝不挂裸着身体，小心掀起我所躺着的大半边床上的被单，屏住呼吸，轻轻往杨莲川那边叠了叠。正当我停手转过身要再次躺下时，突然一只手感鲜嫩的手紧紧抓住了我的手腕。我不知是被吓到了，还是因这只温暖而有质感的手竟让我浑身上下起满鸡皮疙瘩。我瞪圆眼睛，压低嗓音，向此刻正紧贴着墙壁的那具身体说道：

"莲川！你要干吗？大半夜要吓死我啊？"莲川听完不吱声，竖起食指放在嘴唇中央，轻声"嘘"了一声，之后微微把头从枕头上抬起，对着正酣睡在地铺上的布和示意我不要再说话。

我转过头，只听地上那位磨了磨牙，嘟嘟囔囔又不知说了些什么梦话，翻了个身，呼呼继续睡着。

这张稍大一些的单人床，斜对角摆有君子兰的窗台并未拉上窗帘。一轮圆月不偏不倚，此刻正挂在窗子中央，亮如微灯，投射在屋内，让房间里的人和物都蒙上了一层柔和的光晕。

我低下头，看见自己结实而凸起的胸膛被汗水和月光照得油光发亮。抬起头，那个蜷缩成长长一条而不好好睡觉的莲川仍旧微张着双目望着我的酮体。真是怪极了。当我再次低头时，看见脐下那个不听话的东西，心里瞬间涌上一股窘态。于是我头也不抬，起身走出房间。穿过一面墙上挂满镜子的方形门厅，走进卫生间，打开燃气热水器的阀门，一股冰凉的水流从头而下，途经身体中间，一直淋到我宽大而瘦长的脚掌上。慢慢地，花洒开始喷出温度适宜的水线。我闭上眼睛，抿紧嘴唇，抬起头，屏住呼吸，不让水线灌进我的鼻孔。我试图让自己已经熊熊灼烧的身体慢慢被水冷却。哗哗哗，哗哗哗……喷头里持续地喷射出水流，连同一墙之隔挂在厨房墙壁热水器燃火的呼呼声，让我立刻联想到自己仿佛一个人置身在海边，全身赤裸，在水温清凉的海滩，旁若无人地奔跑。

一副少年身形，也或许是一副青年模样，肌肉与骨骼都停留在人生最美好的阶段，健硕、有力，并且有型。最关键的是，看上去非常的美。长长的头发随海风飞扬。船只停靠在岸，三五成群的孩子正追逐打闹，声音时远时近。海水拍浪，不停冲刷着我的双脚。我低下头，看见从海滩上裸露的贝壳，以及挣扎翻滚的小虾小蟹。于是蹲下，用手把它们一一翻正，又盯着它们惊慌失措地逃进大海。我微笑，缓缓起身，插着腰，深深地呼出一口气。放眼望去，海天一线。蓝天，以及蓝天上的白云，果真像书中描绘的厚实岛屿，仿佛近在眼前，触手可及。于是我一步一步，朝着海浪轻滚的方向走去，头也不回。海水一层一层漫过我的脚踝、双膝、腰肢、肩膀、脖子。摇曳的身体就要在这层层的海水拍打中跌倒，于是我呛了口水，把头一缩，沉入海底……

当我再次缓缓睁开双眼，我看见粼粼碧波，鱼儿成群，太阳在头顶欢笑起舞。我开心极了，瞬间双脚成璞，退却周身肌肤，裹上了一层闪闪发光的金色鳞片。于是我劈开双腿，如在水中飞行的春燕，衔着水草，身体轻盈，开始在海中漫舞。

……

一阵急促的敲门声分割了脑海中的大海。我问门外是谁，听见有人回道："是我，莲川。"于是我合上淋浴阀门的把手，扯下挂在门后那块橘色大浴巾，身体也未擦，直接把它裹在腰上，光着脚把门打开。

"我说章小，你在里面冲凉有半个小时了！……我听见里面只有哗哗的流水声，但没听到其他动静，担心你出事……"

"废话，洗澡当然有水声……"说完这句，我又突然像是回过神儿来，继续说道：

"难不成，你就一直趴在门外，偷听我洗澡听了半个小时？"我除了吃惊之外，还带着一些说不出来的气愤。

"我以为你会出事！"莲川说完，穿着睡衣，轻飘飘走进了厨房外的阳台。阳台上摆有一把木椅，是那种老式的学生用椅。另外还有一只草绿色的塑料方凳，上面印有两只歪戴帽子的卡通小花熊。莲川背对着我，自己面向一整片涂刷象牙白的阳台墙壁，坐在那只绿色方凳上，低着头，双手交叉，紧紧抱住自己的小腿，将下巴抵在并拢的双膝上。我坐在略比他高一截的那把木椅上，两个人一前一后。

此时，我心里竟突然涌上一股久违的感动。

沉默的气氛僵持一阵后，终于被我的一声问话打断。我轻推他的后背，问道：

"川子，此时，有没有感觉像是回到了从前？"

他弓着背，深呼一口气，又是一段持久的沉默后，意味深长地回了一声："嗯……"

他的头抵在双膝中间，从后面看过去，如同一个蹲在地上玩泥巴的男孩，只是安静的双手和寂寞的姿势让人产生怜惜之情。你不得不怀疑低坐在你眼前的男孩是否刚经历完一场磨难，搅得他心情一时半会儿难以平复。因异常沮丧，就连说话的声音自然也是有气无力。

"可，我，并，不，像，你，那，般，怀，念。"他用缓慢的语速，逐字把这句话说出来。"我，并，不，怀，念……并不……"他用低喃的声音，又重复了两遍。

"为什么？"我问。

"没有为什么。就是觉得不快乐。因为不快乐，所以并不怀念。"他回。

"为什么不快乐？"我问。

"因为上学。"他说。

听到这个答案，我万分惊讶。于是带着开导又试探性的口吻道："你学习那么好，不该感到骄傲和满足吗？还有什么东西令你不快乐呢？难道你还在因没考上老师们所期望的北大而耿耿于怀？别这样，都过去多久了……你真是一个心重的孩子！"

"不。并非是你说的这样。"他说。

"那是哪样？拜托，说话别这么吞吞吐吐，有没有搞错，你不是真把自己当女孩了吧？——'我的身体住着两个我。一个是男孩，一个是女孩。一个我让我成为他们期望成为的样子，而另一个我让我感到那个真正的自己。'……"话说到这,我才意识到自己真是多话了,于是立马止住,赶忙用"今晚的月亮好圆啊"岔开话题,谁知已经来不及了。只见莲川立刻调过头,歪着脖子质问我:"章子,你咋知道这句话的?并且还一字不差。"

"我……我……"平时灵光的我此刻顿时锈住,在脑中死活搜不到接他话的借口。当时,我真想马上变成一只狼,狂奔到那轮又大又圆的黄色月亮上,嗷嗷嗷,好好地号叫一番,以此舒缓一下我的心虚。

"是。其实我一直偷看你的日记。"话到嘴边,却又吞了下去。

莲川一脸无辜的样子看我是无地自容。于是站起来,绕到他面前,橘色的浴巾被这仍旧微凉的春风吹出一股清幽的芦荟香气。我挺直胸膛,把手背到腰后,正当我鼓足勇气又要老实交代的时候,只听柳囡打开她所睡的小房间门。

她披散着长发,揉着眼睛,正要推开卫生间的门进去时,已经摘下隐形眼镜睡了一觉的她忽然见到阳台上一高一矮立着两个模模糊糊的东西,吓得她赶紧躲进了卫生间。

我示意莲川赶快回房。他倒是听话,配合我用手拎起拖鞋,蹑手蹑脚,以麻利的动作快速闪过卫生间,然后又轻轻地,迈过鼾声四起的布和,躺回到床上。

当我尾随其后,裹着浴巾,屁股刚贴到床垫时,只听卫生间的房门缓缓打开。杨莲川躺在我背后,故意用手指戳我的腰,试图让我笑出声来。我转过头,张开嘴,冲他做了一个老虎吓唬小孩的鬼脸。他捂着嘴,无声的笑脸乐得眼睛眯成了一条细长的缝。

只听房间外的柳囡,虽然蹑手蹑脚穿过厨房,但拖鞋摩擦地面的声音,也被屏住呼吸的我俩听在耳边。估计此时已经走到了阳台,待半分钟鸦雀无声后,好像终于如释重负,噼里啪啦,踩着拖鞋,大模大样又走回房间。末了，喊嚓喀嚓，发出最后一响急速的插门声。

事情并没有就此完结，就像夜晚还在继续。

我转过身，用气声对他说道："真刺激！她一定以为自己睡毛愣了出现了幻觉。"

莲川不吱声，只是笑，唯一不同之处是这回并没有捂住嘴。我这才发现，他的牙齿又白又齐。

房间被月光照得通亮。堆放的物品和人都不自觉被镀上了一层银边：拼图地板上一捆捆的书和CD，光着膀子穿着大裤衩像翻白的乌龟一样四仰八叉酣睡的布和，我挺拔胸膛上的两颗小匣匣，莲川洁白而好看的牙齿，以及黄小巾在不久前寄给我的生日礼物——一枚一掌多高钢化材质的熟褐色烛台。

小小的告别

看到系办记事板上有我名字的包裹通知，真是让我喜出望外。我本以为是于红和章大强两位同志给我寄来了什么好东西，但当我调转过包裹，盯着单据上熟悉而遥远的字迹一看，"黄小巾"这三个字让我的心不知所以。果真是她吗？为何在"消失"了两年时间后再度出现？

一路上，脑中不停转着这些疑问，待回到房间，连下雨踩得到处是泥的鞋子也没脱，直接扑在床上，急切地拆开被废报纸填充的纸盒。里面静静躺着一只烛台。

这是一枚可以分解成五部分的烛台。是，我习惯用"枚"来形容那些让我内心瞬间产生轻巧且温暖的事物。比如：一枚信件，一枚小书，一枚唱片，一枚巧克力，一枚我喜欢的 DJ 和一枚为之疯狂崇拜的歌手。烛台最底层是占去近三分之一高度的一个梯形宽底座。面与面相交的四个棱，是突出的四片羽毛，但与最底层下每个棱上两个圆点一起组装看，会惊奇地发现，羽毛可以看作是凤凰的羽毛，或是一尊令箭。你甚至可以感觉那是四头张开嘴巴而略显凶神恶煞的守护神鸟。而底座四面则雕刻着同样造型的花饰，或许是抽象变形的雏菊，也或许是印象画派的莲花。倒数第二部分是起到一个过渡效果的台钮。这个不用多说，是很鲜明的佛教法器莲花台的造型。于是就在它上面很自然隆起一个莲藕，占去很大比重，这是第三部分。接下来往上，又陡然把口收小，是一圈四个带有爱奥尼亚式风格的神殿柱头。而最顶端的烛台托盘，你可以理解成是压扁了的莲花台。但我怎么看，都感觉像是章大强与于红经常烙给我吃的韭菜馅合子。我就静静端详着这枚有些刻意做旧的熟褐色烛台，把它放在床头紧挨墙角的一侧。黄小巾真是有心，难道她果真能洞察出我急欲寻找一枚蜡烛而后想要点燃它的心理：我在纸箱里发现了一封没有被装进信封的信，一枚像鸡尾酒分成红黄相间一共是四层的杯烛。我拉上窗帘，翻出抽屉里柳图去美国交流演出时带给我的一盒长形火柴，只听"唰"的一声摩擦声响，火柴梗迸发出微微撩人的柠檬香气。装在玻璃杯中的鸡尾酒般蜡烛点着了，是薰衣草的味道。火柴杆的柠檬香气还未完全消散，与杯蜡的香味混合在一起。整个铺着绿色拼贴泡沫地板的房间与蜡烛的微光交相辉映，而窗外又是细雨蒙蒙，真是令人感到无比奇妙与惬意。我闭上双眼，陶醉地闻了一会，这才拾起那封没有信封而折成橄榄枝状的信，借着平稳而幽香的杯烛，逐行逐句慢慢读起来⋯⋯

黄小巾自从上了大学后，在学校可谓是风光无限。人长得虽说不上是特别精致美丽，但一个不到二十岁水灵灵的大学生往街上一站，穿着打扮稍微与那些梳着马尾身穿运动服或是牛仔裤的普通学生有所区别，在人群中就会出挑。

举手投足间，再加上先前20年肚子里慢慢灌进去的各种花色墨水，仿佛多年的积淀就等着在对的时间对的地方对的事情中发生对的蜕变。

可就是这个在高中学习上呱呱叫的好苗子，为了我的一个鬼笑话而失声大喊"受惊"，之后赌气把长发剪成寸头的小姑娘，却在日后突然失踪。

我本以为，在大学刚一入学时的失去联系，会像是两个经常吵吵闹闹——白天拌嘴晚上又和好如初的那种小孩子不计前嫌，谁知彼此赌气却一直持续了两年。我真的不知道，到底是她变了，还是我变了，或是我们两个都变了。而这些像空气一样令我们悄然改变而丝毫未察觉的风声，又是谁在不经意间吹进了我们本以为还单纯如白纸的心？

是生活本身那接踵而至的一摊又一摊有的没的好的坏的烂事？是张口闭口女孩子家家长大了就要坐有坐相站有站相的父母？是每天与数不清擦肩而过不小心瞥见了他们用怀疑和嘲笑眼神看你的路人？还是当感觉一天天真的在长大成人时想不通太多问题而逐渐纠结起来的自己？或许我妈说的没错，上大学后，每逢寒暑假回家，她经常数落我大男子主义越来越重，就跟你那个臭爹一样。我不知何为大男子主义。不知我出点子而让柳图或是杨莲川代笔帮我写学期论文算不算？不知因觉得太费时间而有那工夫不如看看武侠小说或是干脆蒙头大睡而把一堆脏衣服塞到杨莲川床底下那个大空盆算不算？甚至不知当我一觉醒来觉得心情空落莫名惆怅郁闷至极而要抓狂至死所以打个电话你们必须立刻出现在我面前陪着我嘻嘻哈哈算不算？……这些都是什么呢？是臭脾气、坏情绪、不良性格？做人不该有的道理？还是人性共有的软肋。我都忘记跟她是因何事而断交的了。是，我不记得了。我想这就像很多摔盘子砸碗闹的你死我活伤痕累累而不得不分手的恋人，多年以后再问彼此为啥分开，你想：是啊，为啥分开呢？或许你想了半天也想不明白。只记得那些破破碎碎的玻璃碴子，搅得心里咯咯棱棱，而当时仿佛不可收拾的愤怒早就在人间蒸发了。那又是为啥呢？还不是因为当时心里觉得憋得慌，赌气呗。可就是为了争这口可争可不争的烂气，原本是一句玩笑般试探性的分手，却搞的自己下不来台，于是干脆就这样将错就错吧。是，那就，分了吧。我，认命了。说起失踪近两年的黄小巾其实也不是什么真的失踪。我知道她肯定在地球的某个地方，而且还知道是那个人潮汹涌的北京，在那所中国传媒教育 No.1 的高等学府里。

"失踪"在一定意义上只是意味着彼此不再联系，在现实中不能见到真实的那张脸，消失在各自的交际圈；还有一种情况，是对方主动与你切断联系。这种单方面的不再相见稍有些复杂，准确说心里会有些疼，也不是三言两语能够讲清。执意要切断关系的那方，可能过得并不好，失意、沮丧、觉得自己特别麻烦，于是不想再给别人添堵了，干脆就酱吧，消失在人海。可能对方就是要暂时与世隔绝，怀有一颗闭关修炼重新做人等待脱胎换骨的决心。但还有另外一种可能是我生你的气，所以我不联系你。然而生气恰恰说明我是那么在乎你。倘若一个人的失踪代表对对方漠不关心、不再打探、相忘于江湖，那么两年前我也不会在黄小巾一家悄无声息搬走后依然让我妈在那个闭塞的小城搜寻关于她的一切消息。两年前的初秋，当章大强和于红把我送上大学，算是完成俩人作为父母角色的其中一个任务后，在我军训时，一不做二不休，在小城买了一套七十多平方米的商品房。

　　以至于在那一场因"冬日幻象"而引发的重感冒，放寒假回家过年，在火车站接站的章大强拉上我的行李杆，大步流星，喊上一辆出租车，推着我就让我赶紧上车。吓得我还以为是不是于红的腰间盘又犯了而住进了医院。自从那年夏天我俩在"大下坡"被撞后，她便落下了这个腰部慢性病。

　　出租车一路驶过小城那条唯一繁华的主干道，向右拐了一个大弯，之后停在又是小城唯一繁华的街区即市中心时，我透过后视镜，看见章大强脸上竭力掩藏的喜悦之情。

　　"下车！臭小子。家到了。"当他告诉我搬家的事时，我愣到一时半会竟没缓过神儿。

　　俩人走进电梯，章大强按下"7"这个按钮。

　　从下了火车一路上相对两无言的父子，竟同时有了想要扔掉手中行李拥抱彼此的冲动。是，你是知道的，儿子跟老子的关系总不如儿子跟娘亲来得直接而热烈。尤其是儿子越大，老子越老，这从小就鲜少像西方人有事没事就爱拥抱贴脸说声我爱你的举动，就更别想在章大强和章于子之间上演。然而那一天却非同寻常。虽然我们最终依旧未拥抱，但相互间瞅着对方彼此脸上乐得像鲜花一样，俨然已胜似拥抱。还有一迈出车厢门，他夺过我手中的行李。长这么大头一回出了近四个月时间的远门，他第一次主动到站台迎接我归来……所有这些未曾发生的细枝末节仿佛都预示了一个崭新生活的开始。

于红对我说，自从要搬家的消息不胫而走，几乎全"12栋"的人都跟看耍猴似的，围在楼下看热闹。他们纳闷，一辆小小的半截子车能拉走全部家当吗？他们可真是瞎操心啊。他们当然不知道，那些破破旧旧早就过了时的橱子柜子床神马的，都不要了。更何况家里哪有床。从小到大睡得都是火炕。

是的，几乎所有的旧家具都留在了那个鬼地方。为何称它为鬼地方？"12栋"三层小楼的地基都是打在以前古代诸次战争的坟堆上。我忘记是不是告诉过你，我们这个小城曾经是辽代的一个县城，当时这里住着很多达官贵人，他们死后不知往坟墓里扔了多少珠光宝气的陪葬品。时间久了，即便那些不起眼的寻常百姓人家的碗碟都可以说成是今日的文物，就更别提那些做工考究的首饰铜器陶瓷制品和散发出古韵与墨香的字画。所以盗墓者颇多，加之数不胜数的大小战争，地下的尸体经年代的腐蚀后早已剩下一堆瓦解得一片糊涂而又支离破碎的白骨，估计就连这白骨在地表之中也像地球经历的无数次冰霜雨雪，早已不知翻滚了多少层，断裂了多少代。那些形形色色的脑瓜壳子和条条白骨，也早已经历过埋了挖、挖了再埋……这样反反复复的循环历史，如同画圆为零的生命。

所有生命中已然的未然的偶然的必然的，所有尘世间争夺的抢占的贪恋的抛弃的，所有心情上快乐的悲伤的挺过去的挺不过去的，势必都像《传道书》中所说的那样"岂有一件事人能指着说这是新的？"就这样，我们终于告别了火炕，告别了两间挪不开步子的房间，告别了如此有人情味的"12栋"，告别了那个死热荒天的夏日——一大家子只顾吃饸饹面而忙坏了章同志和于女士带有鼓风机的灶台。同时我也告别了撞断左腿至今让我缺钙疼痛的"大下坡"。告别了只要醒着就能随时听见的火车声。告别了那些很爱在楼下打扑克家长里短而我其实挺讨厌的大娘大婶们。当然，我也告别了住在"12栋"老邻居陆爷爷的孙女黄小巾。

……

"小巾家早就不住'12栋'了！"我妈说。

"啥？"

"搬了。早搬了。好像就在你刚入学不久后搬的。"于红说。

"难不成搬家也能传染。"说完，我故作一脸无所谓的表情。

"你这么说不会是想说因为她家搬而我们学人家也搬吧？"于红又说。

"我可没说。不过搬了好！搬了好！……"几个字我一连说了好几遍。

"搬了真的没啥？难道你不心疼？"我妈歪着脑袋，撂下手中的擀面杖问我。

"心疼她？妈，说啥呢？搬了多清净！……'谁把她的长发盘起，谁把她丢在风中'……"说着说着，我竟不自觉哼起了这首《同桌的你》。

我妈没再往下问，她见我煞有心事的样子，真是知儿莫若母。她们家到底搬往何处，两年来对我一直是个谜。有时，我竟会暗自揣度，并十分有把握地确信，她搬家一定是为了刻意忘记我。想到这些，不免觉得自己有老孔雀之嫌。但人活着不就是为一口气吗。这口气还是得要争的。不然生命既然是一场虚空，无论做什么，都是先前世代多少人早已做过的，那还不如坐着等死。我可不是一个悲观主义者。

噩梦般生不如死

　　一个叫董凤双的男人给黄小巾写信（即她给我写信寄烛台的一个多月前），让她去广州参加一个暑期媒体高校联盟的夏令营。此人是她初中同学。念完初中就没再继续上学，最初跟着自己的老叔在小城学修汽车，第二年就独自一人去了北京，又在那混了两年后，南下飞往广州闯荡。

　　从小就争强好胜的黄小巾，入学后一直保持她风风火火的个性。大二即将结束时，执意不回去过暑假了。其实她完全可以通过老师介绍，在北京找个与专业对口的媒体实习，比如报社、杂志社、出版社、电台、电视台、网站之类的。谁知她偏不。非要坐火车，千里迢迢南下，赶往人生地不熟的广州。任何一个以赴死的心情抵达某处去做未知之事的人，不是具有初生牛犊不怕虎的勇气，便是那个地方有人让你魂梦萦绕。

　　董凤双这小子比黄小巾大 3 岁，可想而知留了几次级。拉帮结派、打架、斗殴、早恋这些已然都不算是个事了。最厉害的还属钻进停靠在铁轨上的货运车，与几个有名的小混混，偷能搬得动的钢铁卖钱，早已是少年看守所的常客。这家伙，鬼主意多着呢。而且是你上有政策，他下有对策。这就是一个人的能耐所在。什么样的人成就什么样的事业。胆大的吓死胆小的，胆小的活活被饿死，要么抑郁而终。就这么一个地痞流氓，当初竟吸引了我们家虽然泼辣却还算端庄的黄小巾。真是纳闷她后来对杨莲川的好感，难以琢磨的口味啊：一会儿喜欢小痞子型，一会儿又喜欢文弱的书生。要不怎么说，女人可真是善变的动物。

抵达那个格外有些语言障碍的广州，从下火车伊始便爱恨交织起来。一个穿黑风衣戴橘色蛙镜留寸头的瘦男人，丢掉夹在左手指里的香烟，吐了口痰，向黄小巾使了个眼神，傻姑娘还没寻思明白，就鬼使神差跟着对方上了一辆金杯。去之前，她心怀团聚再见的热烈期盼之情，根本不知道已然掉进传销的狼窝。

车上算她一共有 7 人。三男四女。司机是个胖子，操东北口音，喜得那丫头片子忙寒暄不止，好像天生就是一副自来熟的性格。热切地投石问路竟换来对方的不屑。胖子依旧伸着脖子，用略显高傲的姿态歪着头从车前的窥视镜对她投以诡异的冷笑。顿觉不妙，吓得她浑身起满鸡皮疙瘩，上下叩着牙齿，哆哆嗦嗦，紧紧搂住抱在胸前的书包。与她并排坐在一排的女人，穿着一条金光闪闪像鳞片一般的迷你裙，不顾小腹上隆起的一层层不堪入目的赘肉，跟随金杯面包车的颠簸，在座椅上扭动着圆滚滚的屁股，试图总是在寻找一个最舒服的姿势，然后双手不时揉搓着老是从大腿根滑落到膝盖处的黑丝袜。

这次，黄小巾可算是大开眼界。双脚还未在这个南方城市站稳，就被眼前这个如同金鱼而且还是一条肥硕金鱼的老女人给吓到了。不止，绝对不止。看看脚底下像苔藓与稀泥丛生揉成一团的黏糊糊卫生纸，从里面发出熟悉而恶臭的荷尔蒙味。还有一个女孩，坐在副驾驶，一直摆弄着接她上车那个男人的头发。长长的尖指甲涂着黑色指甲油，想必比深山老林里的妖怪还锋利。

噩梦，绝对是噩梦。乌烟瘴气的车厢，随着一段呼呼嗙嗙颠簸的石土路，晃得车里散在地上的啤酒瓶子东倒西歪互相乱撞。此刻，黄小巾的脑袋里只想到四个字——虚无缥缈。倘若真是这样也好，她一定是被烟气、车里难闻的精液味熏得产生了幻觉。而窗外已经开始暗下来的天空，更加重了她的错乱感。

她难过极了，觉得自己的双脚正在这座南方城市瞬间陷落。当时执意要从北方千里迢迢来到这儿，跟中了邪似的。如今，却只想回家。她迷路了，像在一个终日不见阳光而苔藓遍地散发出古老幽暗气息的湿漉漉森林。突然，她眼前一片漆黑，不知是惊恐过度，还是身体不适，竟昏了过去。

……

妈妈，我们端坐在莲花上，随便摆着舒服的姿势，像孩子一样对着天空发呆。可以发很长时间，直到感觉困了，钻进被窝安然入睡。妈妈，我们捧着一本厚厚的大书，那本书醒目地写着两个大字——社会。妈妈，请你告诉我，为何我会感觉如此紧张，像丢了心爱的娃娃和小汽车。妈妈，我们能不能合上那本书，丢在一边。只跟你说：哦，好，我们觉得安全了。此刻，终于觉得心也踏实了。妈妈，我感到害怕。而你，还爱我吗？

……

在交错着幻觉与心悸的梦境中，不知过了多久，她终于醒过来。

一间暗无天日的房间，她绻着身子躺在脏兮兮的地板上。行李早就不翼而飞。头发已经散开，衣服被解开，歪歪扭扭的乳罩上有几道明显的抓痕。她看见丢在远处自己的那条牛仔裤，心里也没有悲伤了，拖着沉重的身子，惊慌失措地爬过去。她伸出长长的手臂，短短的距离却感觉长如数年。她就一边爬，一边挪动着隐隐坠胀的卜体，双手突儿的骨节曝出狰狞的青筋。每爬一下，指甲都划在粗糙的木板上，发出沉闷而尖锐的声音，与窗外噼里啪啦的大雨一起，交叉出复杂的感受。

妈妈，是你说过，下雨时，就是天空在哭。妈妈，我不想天空跟着我下雨。它是不是见我难受，所以决定要跟着我一起哭。

那个穿风衣接站的瘦男人就是多年失去联系的董凤双。俩人是在网上重新接上头的。新旧世纪交替，网络带着不可遏制的趋势，如滔滔江水，席卷了全国上下对新鲜事物抱有好奇心的男男女女。那些经历过 10 年寒窗苦读的学子，像终年生活在混浊江底下的鱼儿一样，如今钻出书本和作业成灾的这条大江，还来不及换一口接地气的新鲜空气，便纵身一跳，投入到闪烁着新奇、暧昧与刺激无比的互联网。这片汪洋江水，在那四个颇具挑逗字眼的"网上冲浪"口号的感召下，还真就诞生了数不清的网络符号与表情。从东北小城考出来的黄小巾，怎能错过这场几乎当时所有在校大学生都积极参与的科技革命。100 年，物质社会与科技水平竟发生如此翻天覆地的变化。没人会想到，我可以在这边对着远在天涯海角的你，饱含深情地用指尖轻轻敲出一声又一声问候：

"你好吗？小巾"

"我很好！凤双。你呢！"

于是就隔着两台笨重而冰冷的显示器，对方用同样意味深长的手势与语气敲下"我很好"这三个字。然后，旧情复燃。

是的。我很好。无论是谁，当你我消失了若干年，甚至已有在这个世界绝迹的幻觉，却突然冒出来问你一声："章子，现在好吗？"……不是透过电话，也不是用纸和笔，更不是实实在在出现于你眼前，只看到屏幕上闪烁的那几个干巴巴的字，你说我该怎样回复？

于是，我也忍不住地回道："我还好。就像你也很好一样。可是这些都不是三言两语能够一笔带过的啊。"

这是高中毕业以来第一次亲切而友好的对话，就像是转瞬即逝的流星，自此，便仿佛真的相忘于江湖，各自散落天涯。至于后来的事，她的那些男主角们，都与我无关。董凤双自然是她昔日的男主角之一。

这个送过报纸，卖过性保健产品，做过房地产销售的帅男人，带着一颗坚硬而决绝的心，毅然对抗着命运的流离，不顾路途遥远，趟破重重困境，独自走南闯北后，跻身于那个他刚去时还异常不安的广州。

时间是带我们去未来的。会把人变得更好，也会把人变得更糟。董凤双显然属于后者。

黄小巾被他唆使着参加传销培训，她不肯。二十几层的高楼，门窗被锁得严严实实。两天半，她用绝食对抗着董凤双三番五次的虐逼。她把放在地板托盘里的碗碟摔成破片，干脆的碎裂声如同一支话筒靠近音箱而发出一声声尖锐刺耳的啸叫，对他和传销团伙的其他人发出义正词严的抗拒。

"不。绝不。即便我死。我也不从。"她瞅着恶狠狠的昔日恋人，这个把她骗来让她干着只有魔鬼才会做的工作的臭男人，嘴角带血，眼神犀利，早已没了先前那副受了惊吓而苍白的面孔。她靠在房间黑暗潮湿的角落，眼睛像猫一样投射出置人于死地的仇光。他继续相劝，直至默不作声，在伸手不见五指的阴冷房间，一件一件脱去她的衣服。他一把抱住她，如一头猛虎擒住一只早已千疮百孔的梅花鹿，上前搜寻她瘦削的脸颊和几近失去血色的薄唇。这是她下了火车，与他断了若干年的线之后，两个人第一次正式而热烈的亲昵。于是她没有发出一丝一毫的反抗。他尝到自己嘴中咸咸的味道，像从大海里被太阳强烈炙烤后析出来的海盐。颗粒粗大，异常咸涩。"鱼，你在哭……"

鱼，以及鱼儿，是曾经的董凤双给她起的小名。

一个始料未的动作，黄小巾紧紧搂住近在咫尺内心却相隔万里的董凤双。她们彼此之间并不能看到，只能闻到对方的体味，以及握住对方的手臂，双双感受着如冰的血管里流淌着即将冻结的红色液体。只听一声撕心裂肺的惨叫，男人躲闪不及，撞到了旁边的柜角上。黄小巾狠狠地咬了一口董凤双的嘴唇。她舔着来自于他口腔中的腥涩味，咀嚼着这个狼心狗肺利欲熏心畜生的黑血，不忘把口里的那些带有血的唾液直接吐到他脸上。

黑夜中，在黑暗的房间里，他躲闪与否都不重要。那一张帅气的脸和结实的身体，无数次生理欲望上的明灭和事业上投机倒把的野心，都被这些带有鄙夷与愤恨的唾液淹没。

……

那年冬天，黄小巾端着一杯速溶热咖啡，站在北京火车站古老的大钟下，等待即将出现的那个朝思暮想的旧情人。那一晚，北京出奇的冷。来自西伯利亚的冷空气，带着这边鲜少出现的7级大风，吹得她忍不住颠起脚尖，不停在原地上蹦圈。清浅的人中上凝结着薄薄的一层冰碴，远处的过街天桥和上面川流不息的行人，以及跟随在旅人身边那些大大小小的行李，都清晰而模糊地飘进她的视线。躲闪不及的风声和人世间走走停停的脚步声，地铁站那副散发出冰冷蓝光的站牌，都被这个披头散发的女孩吸纳到自己的骨头里。冷。真的是冷极了。是否地轴顷刻调转，地球从此进入冰河世纪，不然她怎会被这寒冷冻得失去了耐心。

时间像进出车站的公交车，载着一群等待而又离开的乘客奔赴各自的归宿。此刻，她想到的只是宿舍里的暖气和温暖的被窝。而在异地渡过的首个冬天，都令她深深感觉自己的被窝能足够抵挡一个人温暖的体温，以及清除体内长时间流淌的沮丧情绪。她在等谁？等谁呢？就像，她在爱谁？即便那个人是一个爱你的人，你也爱他，可是这又说明什么呢？等待，等待。恋人无时无刻不在等待。等待互相理解，等待付出后的回报，等待身心俱疲，然后等待彼此说一声——拜拜。于是黄小巾撒腿就跑。啪的一声，丢掉手上的咖啡，顾不上什么环保与丢人现眼的道德和颜面就跑了。洒了一地的咖啡在寒风中冒了几秒钟热气，之后瞬间凝结成一层微薄的褐色冰面。是的，她逃了。像候鸟遭遇暴风雪，但仍旧不顾一切南飞过冬一样地逃了。跑着跑着，下坠的漩涡，逆时针飞速旋转，令她陡然感到眼前一片黑暗。

不知过了多久，她终于醒过来，眼前聚拢着尽是女人围观的双眼。原来再美丽的眼睛倒着看，都会令人如此恐惧。她以为这只是一场噩梦，于是她说服自己不听话的神经赶紧苏醒，但终被腰间袭来的阵痛而知道这就是残酷现实。女人堆里开始有人惊叫：血！血！只见一摊殷红的液体从她的双腿及中间慢慢向四周渗出。人群早已慌成一团，她却出奇地镇定。倒像自己是看客，而人群是当事人一样。慢慢地，这个因小便一时用力而晕厥的女生，在众人尖叫的围观声中再度昏迷过去。不知过了多久，一个理着平头的瘦高男人，把她在一片红色的冰面上抱走。黄小巾在男人抱她的走路颠簸中，微微睁眼。她微扬着嘴角，用虚弱的声音低喃了一句：凤双，你终于来了……于是又闭上了眼睛。

……

然而今非昔比，房间暗如大海。漩涡与飓风，海啸与暴雨，尖叫了却无声。像是杳无音讯的女儿，突遇灭顶之灾，只能静等命运的齿轮转向生死未卜的刻度。

三天三夜，无畏的挣扎与持续的绝食，让黄小巾瘦了一大圈。大约上午 10 点和晚上 7 点，会有两个个子不高身形微胖的妇人轮流打开房门，送饭倒水端出滴粒未进的餐盘。通常早上来的那个女人一句话也不说，或许她患有很严重的鼻炎或咽喉炎，总感觉她呼吸不畅似的。她阴沉着脸，眉骨突出，颧骨塌陷，下颌骨宽大，脖子上系着一条发出一道道油光锃亮的脏丝巾。

又经过一晚上的折磨，昼夜对黄小巾来说早已失去了意义。房间散发出一股浓烈的霉味，她靠在一个带豁口的墙角上，身体几乎没挪开过半步。她彻夜不眠，要么就把头埋在胸前，带着无助与沮丧的心情，躲避无处可逃的不安，在一整片黑暗混沌的白昼永夜中，昏睡。昨晚，董凤双再度试着近距离接触曾经对他恶狠狠唾弃的黄小巾，但她已不允许任何人再靠近。昏睡，一直昏睡。醒过来，用身体保存的那点微弱力量，竭尽全力睁开双眼。黑暗，暗无天日的黑暗，像一口巨大的洞穴，带着一种不可预测的毁灭倾向，慢慢将她早已弱不禁风的身体吸进去。

"我看不到希望了……如果这个世间真有神灵，那它会看到此刻我所遭遇的一切吗？是的，它看不到。就像我看不到自己一样。"她一遍遍在心里对自己说话，慢慢的，微弱的，像墙壁上那盏只闻其声不见其形即将停摆的老式挂钟。

死亡的念头第一次在她脑中闪现。"求求你，放了我！……"她开始对那个戴丝巾的妇女发出低贱的求饶。

妇女起初并不回话，只是发出一声意味深长的叹息。"姑娘，还是吃饭吧！如果你希望有朝一日能够有尊严地活下去……"她的话瞬间点醒了她。就像多年前，她迷恋过一个歌手，日日夜夜盼望与她见上一面。她就在无法相见的日子里鼓励自己："保持最好的姿态，无论是身体的还是心理的，等待我的偶像站在面前的那一刻。"于是黄小巾在黑暗中摸索着地板上冰凉的饭菜，筷子和勺子被手指碰落在地板发出的碎响打破了房间里持久的死寂。醒悟的求生欲让她用手抓起饭菜直接就送入嘴中。妇人终于撩开窗帘一角，监视摄像头的红光点跟着投进来的阳光也暗淡下去。只见房间里真是一片措手不及的狼藉。地板上的尘埃，窗台玻璃上被一层厚厚灰尘覆盖着。黄小巾止不住的咳嗽，挥手驱赶着扬起来的尘土。

摇摇欲坠的钟摆在这一刻停摆，指针指向 11 点。时间就此停留。焦虑不安的情绪慢慢隐去，许多悬而未决的谜团开始一个个释放，像等待多时准备抓住时机迅速绽放的一朵朵花苞，即便开放时带有剧毒，那也要接连次第地盛开。次日，黄小巾穿上一身淡青色的制服，胸前佩戴一枚标有30069编号的长方形小胸章，坐在一间人满为患空气污浊的大礼堂，与数不清的一大片人，整齐地坐在一条掉了漆的红色长木凳上。一排排长长的木凳带着弧度将大礼堂填充得水泄不通，四周的窗子被投影幕布包裹得密实不透光。房顶只零星亮着几只污浊昏暗的白炽灯泡，映衬出那张蜡黄的明显带有惊吓过度而余悸未平的小脸。休息时，成百上千穿戴整齐而刻板的男女老少，如虔诚但又失魂落魄的教徒，带着一种逆来顺受的无能为力，屈就于这个不知不觉早就洗人心脑的巨型传销组织。没人敢喧哗，也没人敢提出任何质疑，只有镶嵌在墙壁四周发出沙沙震颤声的破喇叭，一句句用方言煽动人心的讲话录音回响在耳边。

这时，戴脏丝巾的女人又经过她坐旁，手里握着笤帚，俯身挪着倒退的碎步，清扫木凳之间的垃圾。

"好妈妈，请等等！"黄小巾用余光确保旁边环境万无一失后，张开嘴叫住她。

妇人在她面前止住脚步，但依旧猫着腰，并未用眼睛直视她。

"什么事？"妇人压低嗓音，嘴唇几乎用腹语蠕动道，竭尽全力不让外人瞥见俩人私密的对话。

"给！这个……把它像倒垃圾一样只要丢在外面就行。妈妈，求你了！……"说完，小巾松开紧攥的右手，把不知何时从制服上抴下的胸章，迅速扔在地上。女人不理不睬，没再说话，像一只贴在沙滩缓慢爬走的螃蟹，继续挪动着身子打扫卫生。大约十秒钟停顿的工夫，女人握住笤帚最上端的细木柄，弯腰弓背，压低手柄幅度，用尽全力把笤帚伸向小巾脚前，"哧"一声撩人心弦的扫痕，把那枚并不起眼的胸章收罗于自己脚底，之后赶忙俯身，假装用系鞋带的动作，把胸章紧紧攥到自己

223

手中。女人冲她飞快半闭了一只眼睛，调转过头，提着笤帚晃动着趔趄的身体快步向狭窄的出口走去。董凤双跷着二郎腿坐在监视器旁，目睹了俩人所有细枝末节的交易。旁边另一个略显沧桑的中年男人，一言不发坐在他身边。董凤双看看他，把食指放在嘴唇中央长嘘了一声。男人心领神会，拿起桌上的报纸，举过头顶假装看起来。董凤双按动旁边一台机器的开关，房间和大厅里瞬间倾泻出一支舒缓的钢琴曲。黄小巾盯着远去妇人的背影，听着破败的音响里响起肖邦的《夜曲》，眼泪瞬间夺眶而出。为了避人眼目，于是她低下头，坐在长凳上，深深倒吸一口气，试图把流出来的眼泪吸回去。什么时候，竟然连流泪这样简单的事也要藏着掖着？什么时候，自由正在渐渐失去。一周后，董凤双与黄小巾俩人再一次也是最后一次的独处，仍是在那间曾关了她三天三夜的房间里。

三天三夜，仿佛带着一种维系生命底限不可逾越的暗指，让所有爱恨情愁、执着欲念都在某一个时间的阈值上消解。这就如同悬浮在真空宇宙的蓝色星球，被强大引力紧紧吸附的大气层，丧失某种力量后瞬间逃逸到真空中去。小巾知道，时间衰减了她强大的力量，同时也更加感受到时间壮大了自己的求生欲。她说，我闭上眼，在黑暗中与死神慢慢照面的那刻起，有生之年，渴望唯一能再见的那个人，就是你。小巾被快步走在前面而使劲拽着她手的董凤双狠狠地推进了房间。哐的一声关门声后，她被重重地摔倒在地板上，头发挡住了整张脸，过了好一会儿，才用双手竭力撑住低垂的身子，一句话也不说。嘀嗒，嘀嗒，滴嗒……墙壁上的挂钟已换，石英钟清晰而有力地走动声响，是唯一在此刻能够打破这僵持局面的外物。

"你倒是给我跑，你倒是给我跑啊！起来！你不是要逃命吗？！快起来逃！"董凤双活脱脱像只疯狗，冲着黄小巾一阵狂吼。

终于，她被他咄咄逼人的吼声吓得向后挪了挪身子。那一刻，身体就像是一具尸体，被眼前这个失控的施虐狂如此没有人性地拖拽，完全丧失了作为人的尊严。黄小巾被他挥霍的身体还远不止这些。接着，董凤双像一只丧心病狂的恶魔，开始在有些微微亮光的房间中脱去衣服。他迫不及待地抽掉腰带，掀开掖在裤子里的衬衣，扣子开始噼里啪啦地脱落，掉在地板上，急促的声音像是小时候不小心撒手散落一地的弹球。终于，她开始发出一声声持续而撕心裂肺的求饶：不……不……不……

　　一个脱得一丝不挂的男人，带着他本应在女人面前炫耀的健硕酮体，如今却带着某种无以挽回的毁灭性，一下子扑向了缩成如一只鸟一般的黄小巾。顷刻，房间里回荡着不堪入耳的惨叫声。而那个攥着黄小巾胸章怀揣一丝逃生希望的中年妇女，在她走出大厅后不久，便被董凤双堵在大厦的楼道里。他问她，这么慌慌张张要去做什么？飘忽不定的眼神，早已被掩饰不住的恐惧出卖。她低头吃力地说出了"倒垃圾"这三个字后，活像一只逃命的老鼠，提着黑色垃圾袋跌跌撞撞地跑下楼。刚跑了半层，一枚金属片从另外一只紧攥的手中滑出，董凤双站在高处，冰冷地问，那是什么。她回，硬币。于是猫腰赶忙捡起它。无以复加的恐惧再次袭击了这个胖胖矮矮的妇人，于是忍不住抬头观望这个高高立在几米远楼梯之上男人的反应，吓得她额头渗出汗珠，一滴一滴，都能听见滑落掉在地上的声音。当她猥琐着身子急欲再次跑下楼时，再瞅那个穿一身西装但袖口有些抓痕的高个子男人，已经像一只豹子猛扑过来。妇人丢掉手上的所有东西，转身迈向楼梯，谁知竟一脚踩空，伴随着一声凄惨的叫声和钝重的挣扎，笨重的身躯像一只瓷实的圆球一直蜷缩着滚下楼。最后，砰的一声钝响，妇人的头磕在了墙上凸出来的一条金属板上。过了很长时间，她终于再次睁开眼，看着远处手揣在兜里稳稳站立的董凤双，视线模糊。她不知道，此刻以及刚才，脑后渗出了一片殷红的鲜血。她鼓足勇气，向远处那个男人招手，带着一种求生的欲念。

清脆的皮鞋声一步一步回荡在空旷无人的楼道里，董凤双俯身靠近这个呼吸微弱的妇人，张开手掌抚摸她受了惊吓的脸，当宽大的手掌顺着滴血的脖子伸到脑后时，他竟然用那枚夹在指间的轻巧铁片，悄无声息又异常用力地刺进了妇人滴血的伤口。本是一张慢慢平息的脸顷刻间从喉咙中发出一声急促而嘶哑的喘息，妇人仰头挣扎片刻，董凤双托着她挽着发髻的头，带着一张狰狞的面孔，倒在越流越浓的血泊中。而楼道中响起的最后一声，是那枚薄薄的金属片被董凤双抛弃后坠入楼道底层的震颤声。此时，整日沉浸在阴雨天的广州终于迎来了一个风和日丽的大晴天。太阳升起，很大，很暖。

　　当黄小巾摘掉胸牌，把逃生希望寄托于那张小铁片和妇人对此的处置时，王喜顺却在北京迟迟联络不到她。于是他顺藤摸瓜，查到黄小巾失踪前总是与一名男子通电话，而且一通就是数小时。俗话讲，人在做天在看，法网恢恢疏而不漏，善恶相报终归到。正当顺子没头没绪在人生地不熟的一个偌大广州城搜寻小巾的下落时，当地媒体几乎都在同一时间报道着一个巨大传销团伙被端窝的消息。报纸上电视上到处是那些触目惊心的照片和画面。其中一家报纸醒目的照片下配有这段文字：董凤双，男，27 岁，系此传销团伙重要人物。此人患有"躁郁症"，三年来，共杀害 9 人，最后受害者系一四川籍妇女。该女系此团伙一保洁人员，犯罪嫌疑人用一个金属片行凶，致使该妇女失血过多死亡。经法医初步鉴定，死前，死者与犯罪嫌疑人曾有过激烈争执，身体有明显伤痕。死后，罪犯又对其进行奸尸。警方怀疑这是多起情杀后的又一宗命案。据悉，犯罪嫌疑人可能与数年前轰动一时的"偷窥狂案件"为同一人。以下是近十年媒体通过各种渠道搜集的资料：某大学 5 楼宿舍一男生，近日被人举报，说其长期用手机摄像头拍摄蹲便池两侧拉屎的学生，校方勒令其退学。事后，经有关医务部门诊断，该生患有严重"偷窥心理障碍"。所查影像，多为岁数相当学生蹲下手淫的场景。数量之多，无不让校方和社会有关部门震惊。事后，据说一名女保安对着这些龌龊影像也情不自禁聊以自慰，被推门进来的同事撞个正着。女保安尴尬万分，即日后不辞而别，与这名退学男生不知所踪……顺子一边捂着胃，用即将作呕的神情强忍着把这段话看完。心里想："妈呀，这世界真是无奇不有，咋啥样人都有啊！"其实他最想不通的只有一件事：为什么那么多学生蹲在厕所不好好方便，竟做那些有的没的坏事呢？！想想，他又觉得：这些事果真都是没用的吗？不过想也是白想，何况想通了又能怎样？难不成要把它们说成是人性的弱点、污秽、任何道德标准下一些见不得光的暗面，自己对自己的某种背叛、迷惑，甚至是战栗的惊恐……是的。不要大惊小怪了。活在这个世上，肯定有一些你没发现其实早已存在上千年的东西，你把它们称作约定俗成的潜规则也好，或是掩耳盗铃般的谎言也罢。总之，是一些陈年旧事，旧得都让一些人打不起精神再去追究。真的，其实有什么好追究的呢？于是顺子也不再想，倒是瞬间被报纸题图那张大照片右上角一个侧脸的女生吸引。这不就是黄小巾嘛！

董凤双被判以无期徒刑，至于你问为什么他杀了那么多人也不执以死刑，这还得仰仗他先天患有的精神分裂症帮了他。然而惊魂未定的广州之行，却成为黄小巾日后久久难以驱散的噩梦。但上天总是会在另一方面补偿你。

回京的火车上，出行淡季，空荡荡的软卧车厢里只有稀疏的几个乘客。黄小巾裹着毯子，支起双腿靠在窗头，惊恐未定，表情长时间处于呆滞状态。王喜顺连聊带哄，说一些话，让她分分心。

"什么时候，你成了个演说家？"

"演说家？我一直都是。难不成你没发现？"

"以前没。今天倒算发现了。印象中你不是一个挺随和的人。比章于子强多了！他那才是一个不折不扣的话痨。"

"你没听过这样一句话吗：现实生活总是变来变去，一些事由不得自己做主。一成不变的人是不存在的。我不是神，只是一个每天与无数琐事掰扯来掰扯去的俗人。"

"你当然不是神。你是富二代嘛。好了好了，我明白你的意思了。别再解释了。话多了，倒要成愤青了。"

"做愤青不好吗？这社会需要愤青。没有愤青的社会是可怕的！"

"可你不觉得当愤青有点过时吗？就像那些 60 年代甚至 70 年代的作家和知识分子，现在回头看，好像带有一种恍若隔世的力不从心。"

"你怎么会这样想？！看来你这么多年的学算是白上了！他们才是思想界的精英和精神文明建设的领军人物！"

"怎么说？"

"算了。想必你们女生真正在乎的就只是穿戴——有没有嫁一个好老公，能否搬进一幢宽敞明亮的大房子，车够不够抢眼……"

"顺子！你怎么变得跟章于子一样有男权主义倾向。"

"我刚不是承认，我是一名演说家嘛！演说家就有一种愤世嫉俗的煽动力。"

"没你这样的演说家！演说家都是激励人奋斗拼搏积极向上的。你这是让人走下坡路，有怂恿人犯罪的迹象。"

"你说我怂恿别人犯罪？天呐！这是哪儿得出来的结论。完了完了，这棵著名大学的好苗子算是毁了。你这是咋的啦小巾？"

"我……我也不知咋了？或许真的是毁了吧。"说完，她把头夹在两腿间的薄毯上，神情又忧郁起来。

王喜顺见势不妙，赶忙补救道："没毁没毁，你可没毁！我跟你开玩笑，你可别当真啊！你呀，就权当是遇见孬种碰到烂事了。咱们出了这城，就忘了这事。不，现在就忘。再也不去想。日子肯定会越来越好的。你瞧，此刻的大太阳，金光灿灿的，照得浑身上下多舒服。"

顺子一边笑着把这些话说完，一边跟随晃动的火车摇摆着身子，抬起胳膊，把手指向小巾脑勺后一轮刺眼的大太阳。

"呜……往事……真是不堪回首……"死丫头装出无助的哭声，咒骂着噩梦一般的遭遇，尤其对那个丧尽天良的董凤双，口口声声直指他变态。

"变态！就是一变态狂！"

"哈，这就叫吃一堑长一智。不过人生经历些磨难未必是坏事。我想遇个变态还碰不着呢！哈哈……"

"王！喜！顺！你取笑我。既然你真想遇见变态，那我就把他让给你吧。"

"怎么让？"

"你瞧你，还自称是聪明的演说家呢？！……立马下车，回广州去监狱找他不就得了。"

"你忍心让我跳车？"

"别说……你要想跳，我还真不拦你！"

"你……你……真是最毒不过妇人心！我服了你了！"

"哈哈，这叫以牙还牙！谁怕谁！"

王喜顺看见黄小巾可以笑谈往事，紧张不安的心才暂时踏实些。他知道，她在广州所遭受的痛苦，一时半会甚至在很长时间都不会全然忘记。但他始终相信，时间这把手，终究会把痛苦的记忆抹去。

突然变老

以上，当我手捧着黄小巾写给我的这封长信，一口气读完后，竟瘫坐在床上，久久缓不过神来。每一个再平常不过的普通人，都有着属于自己不平凡的故事。还好信的结尾是大团圆，通过信的结尾口气，也能够感觉到她深受创伤的心，正逐渐好起来。我的内心，也总算有了一丝丝慰藉。慢慢地，王喜顺与我有了往来，但我们都心照不宣，避开谈论有关黄小巾的任何事情。

人生旅途看似无限漫漫长路，却都被看似永无止境的读书生活占去了大半。其实青春转眼一晃而过。人不等着老，还在等什么。而我租住的这套房子，就差给门口挂上一具牌匾，写上"淡雅居"了。来串门的同学少之又少。据布和说，他们都很怕我，觉得我是一个在外表上有压迫感的家伙。

如此看来，自己在别人眼中的形象还真是一次又一次被误读。这种感受就像是有天凌晨突然醒来，我抓住摆放在床头的一沓稿纸，摸起一支笔，打开台灯，就在上面随心所欲乱写一通。然而任凭我按照心脏跳动的声音和血流直接流淌的方向，终觉自己只是做了一次又一次无望地梳理。眼前晃过那么多转瞬即逝的场景，从小到大，这么些年来一路积累的生命旅程，谁知当想要写在纸上汇聚成文字时，竟觉得自己是那么的苍白。我没有那个能力，那个叫作写作天赋的东西。我转而闭上双眼，却又真真实实看到一个又一个画面，但我只能看着它们一个又一个悄无声息地溜走。这种对于记录能力的难以掌控，深深加剧了我与日俱增的沮丧情绪与自卑感。于是我开始渴望拥有一把吉他。我想，既然写作这扇大门向我关闭，那我还是另辟蹊径，寻找另外一种平息自己心里那条不停流淌大河的方式。然而渴望终归是渴望，我租房吃饭买碟买书的花销，几乎已经占去每月于红寄给我生活费的大半。直到毕业前那年寒假，大年除夕，章大强实在是因为太困，等不及看完春节联欢晚会就钻进被窝呼呼大睡。我跟于红站在新家宽敞的阳台上，她煮着饺子，我把头抵在擦了又擦而总是挂满哈气的玻璃上，看着窗外明灭的烟花，听着不绝如缕的鞭炮声，心里终于裂开了一道开始苍老的痕迹。我和于红对坐在餐桌两侧，干净的盘子装满冒着热气的饺子。她张开那口少了一颗门牙的嘴，慢慢把饺子送进去。那时，我才终于发现，在我原本以为有资格感叹自己衰老的同时，我那美丽的妈妈已然悄悄变老。变老是一个事实，但这仿佛是忽然之间的老去竟让我难以接受。所以我感觉胸口顿时横着一块石头堵在那，挺重也挺难受。我越是看她，就越是心疼。而我心疼，就再次证明我已经开始变老。这种悄无声息相互之间的印证，其实只单独发生在我越来越变得敏感的心里。待波动的情绪稍微平息后，我张嘴的第一句话就是：

“妈，等初八医院正式上班，我带你镶牙去吧！”

“傻儿子。你带我去？……和我自己去有什么两样。”

“嗯？不懂。”

“还不是妈妈自己花钱补牙呀！”

“哦，也是。可是妈，咱家钱都哪儿去了？我咋觉得咱家这日子过得这么紧巴巴。”

"哪儿去了？哪儿去了？你说哪儿去了！"她轻描淡写地重复着这几句话，之后说道："还不都是给你花了！"

　　"我？"听完我挺惊讶。

　　"学费、房租……越要越多的生活费……"

　　听她数落着一项又一项的开支，我这才意识到自己原来是一个彻彻底底的败家子。我越听越难过，瞅着她露着一个豁口的嘴心又疼起来。于是我对自己说，我真的是开始变老了。原来，当人衰老时，会真真正正感觉到一种罪恶感和无力感。衰老如同能量由强到弱逐次衰减的过程，一旦达到某个峰值，便自然而然开始走下坡路。你必须要相信，而且不得不相信，宇宙中万事万物都有属于它的期限，这是一个无须再求证的真理。青春一过，衰老就此开始，只是有些人慢，有些人快。爱情、亲情，与他人的关系，甚至难以说清的情绪，都有它自己的寿命。你肯定感受过爱情转化为亲情的时候，也品尝过与亲人之间突然由热变冷的滋味，更是对与外人间那种忽冷忽热的利益关系而厌倦，就更别说自己难以对付就像是天气一样反复无常的情绪了。

好好聊聊

年一过，学一开，我带着一颗激变的心回到了自己在另一座城市的家。与此同时，我意识到身体里像有一个四季分明的季节，开始产生像动物蜕皮或是冬眠蛰伏的微妙变化。这样的感觉真是不妙。于是，我三番五次不时感到心里有一条奔腾不息的大河在不可测量的深处流淌。有时它会流的特别温顺，慢慢地，让你以为它变成了一弯细流，少了先前那种万马奔腾的恢宏气势；或者以为它蒸发了，干涸了，不在了。谁知，它一直都是在的。像是一个终日垂头丧气的家伙突然获得某种新生，鼓足勇气朝着烂事一堆的生活奔腾而去。于是就又汇聚成了一条波澜壮阔的大河。我被这种喜怒无常的心潮搞得很害怕，于是带着一种试试看的心理去找毛立平聊天。此时的毛立平感觉就像是一位退离大学岗位、在家静养安度晚年的老教授。柳囡去年毕业已经去往北京一所艺术研究院工作。毛立平自知舞蹈专业好就业但不好发展，如果技艺不精，趁早就别做什么当一辈子舞蹈家的美梦了，还是实打实，好好找个像样的工作要紧。他的确看到太多跟女儿岁数相仿的孩子，毕业后签约到某个文工团或是演艺公司专事演出，其实就是靠着短暂的青春和越来越折腾不起的身体谋生——要么拼死拼活地乱跳，像供人娱乐的骰子；要么在演出淡季，无所事事的在生活的空隙里游荡。他不知道一些人算不算是机灵，早早找到一个大款傍住，慢慢囤积金钱与高档物品；有些人过一天算一天，逛街看电影实在不行生个孩子养着玩。那些在大城市演艺公司人的生活他更不敢多想。于是索性找到知青下乡时分在一个大队的战友，托关系把柳图弄进了艺术研究院的舞蹈研究所。还记得临毕业那会儿，平时主意颇多的柳图一时也失去了方向，就像夏日夜晚嗡嗡作响的蚊子，不停向我征求她的就业方向，她的未来，她的前途。当时我印象深刻写了一封长长的 Email 丢给她，让她自己去想个明白。这封电子邮件的主体内容如下：

　　我哪经历过什么对于工作的选择！再说，我又不是跳舞的，我能知道你应该怎样蹦跶自己的人生嘛？你以为我是跳蚤。不过其实我还真是跳蚤。你是也。没听过王菲唱的那首林夕写的《单行道》："每个人都是单行道上的跳蚤，每个人皈依自己的宗教，每个人都在单行道上寻找，每个人相信其实不用找"。你知道啥意思吗？林夕是说，不要向根本不了解你的外人征求意见，最好就连稍微了解你的人也不要问。你就过自己的人生，自己选择自己的人生才是真理。外人，其实根本没人真正懂你。亲人，帮也是乱帮、瞎帮。他们果真了解你吗？是不是长大了你有一些事情不向他们老实交代了？你把一些相当重要的细枝末节给过滤了？要明白，人得自知，因为只有自己才会真正明白自己。可是我们真能自己明白自己吗？这个你也不要问我。所以你得皈依自己的宗教。你自己的宗教不是指佛教道教基督教伊斯兰教。你的那个宗教可能是宗教以外的一种信仰。十之八九，就是那种让你心有所属的一种寄托，而且是在不对他人和社会造成危害前提下的一种寄托。不然，你弄个什么邪教或是信奉着某种东西而走火入魔，还不如不信。我真担心你明不明白我的意思，其实我只想告诉你，真正的宗教是一种让你自然而然从内而外散发出来的由衷幸福感。其他的，即便你靠念经打坐冥想，靠苦行来换取某种幸福，都有悖于人生。人生不是靠外力来拯救前世的罪孽。林夕概括的多精辟——单行道上的跳蚤。单行道，不是双行道，意思是说人生不可能擦除重来。而跳蚤你见过吗？其实我也没见过。但你该知道它们最大的习性就是瞎跳，我不知道你跳舞时是不是也瞎跳。瞎跳就带有一种随机性，而随机就是一种概率，概率又分好的概率和不好的概率，所以我不知道你这颗跳蚤会蹦跶成怎样的一个概率。这样的话想必你早就听过，那句张爱玲最经典的话。也罢，我还是不多说了。不管是张爱玲还是林夕，一个写书的一个写词的，其实都是悟到了相同的人生境况。这个世界上无时无刻没有人不在面临着选择，而世界上每时每刻所发生的事又都是重复来重复去的旧事。比如出生死亡吃饭睡觉伤心高兴，因一件衣服一个吻一场性爱觉得幸福，又因一件棘手的工作一个电话一场谈的死去活来的恋爱而痛不欲生。真是翻云覆雨，滚滚红尘浪滔天……

我并没有收到她的任何回信。当她穿着黑色学士服混迹在毕业照相的人群中，我把她拽进了自己生平第一次踏进的咖啡馆，问了她许多萦绕我心中的谜团。我问：毛书记这么一个开明的人，怎么会如此干预自己闺女的未来？她回：我没主见。其实从小到大，都是我爸替我做主。我问：你没主见，谁信？你看上去精力那么旺盛，活脱脱一个母老虎，根本就看不到没主见人应该有的那种胆小如鼠？她回：那个能用肉眼看见吗？如果能看见，为啥你的同学觉得你不好相处？那么怕你，躲着你？我说：也是。外人眼中的自己，永远都不是真正的自己。那你为啥姓柳，不姓毛？你是汉族，你爸是蒙古族，你妈又是汉族？她回：你真笨，我跟我妈姓。我问：毛书记是你后爹？她回：你真是病得不轻。告诉你，我妈没离过婚，我也不是什么继女。你的明白？我回：明白了。

于是我又说，我听过你爸讲的课，他真有才学，我被他感染了。她说：给你20年时间，只讲一门课，估计你也得心应手了。我说：不。不一定。那么多老教师，一教几十年，不一定人人都像你爸那样妙语连珠。她回：可能就像做饭吧。有人做得好吃，有人做得不好吃。但都可以吃，都能给身体带来营养。我说：你爸就像是得道的高僧，肚子里有自己的东西。她说：我怎么没发现。从小到大，只觉得他是我爸，没像你觉得有什么神乎的地方。我说：可能这就是距离美。白瞎就白瞎你了。她问：什么意思？我回：你学习那么不好，你没继承你爸的光荣传统呗！她回：没听说过，老师的子女，一般学习都不好吗。这才叫烛光里的爸爸——照亮了别人的孩子，反倒融化了自己的骨肉。想想，其实挺狠心的。我说：小样，还挺会咒人。你爸挺不容易的。她说：我知道，用不着你教我。我说：你看看，来小姐脾气了不是。她说：怎么着，来了又如何？我回：一巴掌扇过去，看你日后还猖狂不。她说：来啊，来啊，你倒是扇。我说：真是人各有贱。她说：贱有什么不好。其实人人都很贱。我没发现有谁不贱的。

　　我回：的确。所以今天你毕业了，马上就要离开这儿了，我还挺舍不得你的。所以我很贱，是吧？她说：那你的意思是说我是你发贱的源泉呗？看你是贱到家了。找打。我说：打吧。反正以后也没什么机会让你打了。今天就让你打个够。她说：我可不敢，怕你家莲川生我闷气，一扭到底。我问：什么意思？什么我家莲川？你话里有话。她说：听不明白拉到。我问：你把话说清楚，到底咋回事？她说：不可说。女人的直觉。我说：都是瞎直觉。她说：爱信不信。我说：无聊。她说：随便。我说：喝饱了吗？她说：哎！竟光顾着跟你说话了，我还一口没喝呢！我说：那你还不喝。她说：我没点，你让我喝什么？我说：别点了，干脆把桌上的烟灰缸嚼碎了吃吧。她说：你够狠。我说：再狠也没你狠。看看，想喝啥？她说：不知道喔。第一次进咖啡馆。没见过场面。我说：

不会吧。你们跳舞的不是鸡就是鸭吗？怎么连这种有情调的地方都没来过。她说：怎么说话呢！什么鸡鸭。我看你倒是男女通吃的鸭。快点！本姑娘渴了。我说：你没来过，我更没来过。她说：那就瞎点吧。这个怎么样，冰摩卡，听上去不错的名字。我说：不好，卡布奇诺好像很有名，干脆来这个吧。她说：我怎么感觉咱俩就像是两个农村人。我说：哎！你这话说得不对呀！农村人碍你啥事了，请不要瞧不起农村人！柳囡同学。她说：知道了。章于子同学。我忘记了，你也是一农村人。我说：搞搞清楚好不好。我可是来自东北小城既淳朴又善良的小伙儿。她说：什么小城，和农村无异了。我说：再说我抽你。她说：看，看，说到要害了吧。我说：行了，快点。冰摩卡还是卡布奇诺？

她说：服务员，来，点单。服务员：小姐，请问您要什么？她回：一壶菊花。谢谢！服务员：知道了。您还需要别的吗？她回：不了。服务员：那您稍等，小姐。她说：哎，哎。服务员！服务员：您还有什么需要？她说：记得加冰糖！服务员：小姐。那自然。请稍等！我说：你真丢人！她说：你也比我强不到哪去。我说：强多了！她说：看不出来！我说：看不出来就对了，这叫真人不露相。知者弗言。她说：屁！我说：看吧，没文化就是没文化。她说：你说谁？我回：没说谁。对了，你真跟你妈姓柳而不怀疑是抱来的？她说：你呀，是不是脑子真进水了？！我回：我就是再问问，好奇心。他回：好奇心个脑袋。服务员：小姐，先生，打扰一下，这是您要的一壶杭州白菊。我说：喂，你应该先喊先生，然后再说小姐。你这叫没礼貌，不懂规矩。服务员：对不起，先生！她说：甭理他。我弟弟。精神有点不正常。我说：谁不正常？谁不正常？服务员：二位慢用。我说：切！无聊。她说：切！喝吧！我说：不喝，胃口没了。她说：管你喝不喝！我说：那你喝吧。我先走了。她说：随便。我说：拜拜。她说：再见……不对！回来！你这个贱人。埋完单再走！

解开梦想未成的心结

　　柳囡是 7 月 30 号开始在北京上班的。我一直在想，如今她走了，离开这个几乎未曾踏出过家门半步的故乡，只身一人前往人潮汹涌的北京，那种惆怅紧张焦虑期待的复杂心情，是否与我当初考上大学离家来到远在千里之外的呼和浩特一样。这些心情，除了当事人自己知道以外，应该很少有人能够真正体会。每个人的人生都是不可复制的。该经历的终归要经历：磨难，分别，痛不欲生的煎熬，在攫取机遇甚至等待奇迹来临前独自穿越那些幽暗隧道。我蜗居在呼和浩特郊区的这所房间里，坐在昏黄的台灯下，又开始感觉到心里涌动的那条大河，于是又再次产生了渴望拥有一把吉他的冲动。这种无以名状的手痒，就像是沾染一种未曾开发的瘾，像是作家坐在那里，手指情不自禁地乱动，渴望在纸上或是打字机上，像泄恨一样，写下或是敲下几个得以释放自己欲念的字符。而干净的作曲家最简单的方法就是抱着一把吉他自弹自唱。其实我明白，即使我拥有一把吉他，顶多也是自娱自乐。然而我清楚地意识到，这份或许短暂而真实的乐趣，是我必须马上服下的一粒药丸，不然我很可能会像毛立平所说的那样，因心中一时的苦闷久久不能疏导，随时会有发疯的可能。

　　那天我不是特意去找毛立平，带着试试看的心理想让他帮我点拨点拔。这些问题有我过年回家突然感受到的衰老，有我经常莫名其妙的胸闷，以及心里总是流淌的那条大河。

当毛立平耐心听完我的一番描述，竟语重心长煞有心思为我在家中讲起了课。

他分析，我的这些奇妙体验源于我独一无二的个性心理，这是一种创作型人格所具备的心理机制。他分析后说我具备一种兴奋型（不可遏止型）气质主导的潜在创作心理。他鼓励我尝试创作，不管是写文章还是填歌词。

他说："你应该听说过艺术世界种目繁多的各种'主义'吧。什么现实主义、批判现实主义、社会主义现实主义、浪漫主义、积极浪漫主义、消极浪漫主义、革命的现实主义与浪漫主义相结合、自然主义、形式主义、古典主义、感伤主义、印象主义、颓废主义、象征主义、神秘主义、唯美主义、超现实主义、表现主义、抽象主义，等等，其实这些'主义'都是由一些带有特定'气质'的艺术家，按照他们创作倾向的相似，而归结在一起总结的一个类别。有点物以类聚，人以群分的意思。其实，在人类中大体有四种气质类型，抑郁质、多血质、黏液质、胆汁质。如果它们与上面那些琳琅满目的各种'主义'关联，那么抑郁质也就是抑郁型与古典主义相对、多血质也就是灵活型与浪漫主义相对、黏液型也就是不灵活型与现实主义相对、胆汁质即不可遏止型与现代主义有关。根据我大一教完你后的整体感觉，你是一个以兴奋性占主导因素的人，所以你时常觉得体内有一条不停流淌的大河，正说明你的内心越来越亢奋。亢奋在外人眼中或许是一种病，但对于艺术创作却是一笔宝贵的精神财富，更不是谁想有就能拥有的。"

"兴奋型，不一定对吧？那我内心感受到的衰老又作何解释呢？"我问。

"这很好解释。因为你越来越感受到常人听不到的声音，常人看不见的色彩，那么多意味深沉的风景附加到你有限的心脏，它一定消化不掉，所以你觉得心累。是不是？"

"是感觉累心。"我回。

"这就对了。其实万事万物都得讲究个度。过了度就会不正常。可正是这些不正常才促就了一些伟大的事业。如果把'兴奋型'放在'度'的两侧，就会有'极端的抑制'和'极端的不可遏止'之分。或许你能感受到，一极端，就带有偏激色彩，一偏激，就不正常了。不正常就意味着疯狂与痴迷。"

"难道疯狂与痴迷不对吗？"我问。

"对。我觉得对。可一般人不一定这样认为。因为疯狂在某种程度上就意味着疯子，就是精神病患者。"毛立平说。

"现代主义文学的开山鼻祖陀思妥耶夫斯基，就是个疯子作家，由于极端的抑制导致了极端的不可遏止。凡·高更是个精神病患者，他固执、多疑、情感不稳、心胸狭窄，对挫折和外界的反应过分敏感，属于偏执型病态人格。"

"毛书记，你说了这么多质啊、血啊的，又说这些几乎是带有精神分裂的意味，那岂不是说我哪天估计也会疯？！如果那样，我宁愿用所有的外力阻止那条正在翻滚汹涌的大河，把它在还没成气候的最初就扼杀在摇篮中。你看怎么样？"

"哈哈哈……你小子，活学活用，还够快，马上就以艺术家身份自诩起来了。其实也没那么严重，我觉得你是疯不了的。至于你问我为啥感觉疯不了，具体我说不上来。我觉得那些艺术家之所以疯，是因为他们缺少一种像你这样的灵性。这倒不是说他们没有灵性，他们一定有灵性的啊，而且还是大大的有灵性。我的意思是说，他们缺少一种变通，而你因为从小长在城市，而且正好处在科技这么发达的时代，今天还奔4呢，明天就双核了，什么网络多媒体，黑客闪客博客，经历的诱惑简直是太多太多了。就是你不想主动接受，它们也会马不停蹄闯进你的视线，想必这就是现代文明的干扰。而干扰一出现，怎么能让你专心致志为一件事情撞南墙也死不回头，瞎子摸黑非要过河，具备一条路走到底、死钻牛角尖的执着劲儿呢？"

"但我觉得人应该执着。"我说。

"不是你自己说怕疯了吗？你小子！"他说。

"没错，是怕疯。但是我喜欢执着。学习爱情亲情事业善良等等，都需要拥有一颗执着的心。"

"说得好。但是执着过头了别人就会觉得你怪。而且你执着的对象必须是他们觉得应该执着的东西。那你觉得为了写作而丢掉工作执着下去值得吗？为了作曲等待灵感而颠倒黑白的生活值得吗？还有，为了饱含艺术创作的激情，而放弃正常的恋爱和婚姻，这样的执着你觉得值吗？"

"我……我还不知道。"

"卡夫卡三次订婚又三次解除婚约，他说他害怕婚姻会带给他创作激情的泯灭。他曾在日记中写到'我经常想，我最理想的生活方式是带着纸笔和一盏灯待在一个宽敞的闭门掩户的地窖最里面的一间，饭由人来送，饭放在离我这间地窖很远的第二道门后。穿着睡衣，穿过地窖所有的房间去取饭，将是我唯一的散步……那样我将写出什么样的作品啊！我将从什么样的深处把它挖掘出来啊！'……"

毛立平微闭双眼，就像在阶梯教室给学生讲课一样，已然进入到自我陶醉状态。我看在心里，又记下那些话，觉得此刻的毛立平不也是教师队伍中的一个疯子吗？于是我打断他的疯癫，小心翼翼问了句：

"书记，是不是您有过作家梦，但是因为种种原因没能实现？"

"你小子，说你有灵气还真不假。这你都看出来了？！"他异常兴奋地说道。

"能看不出来吗？一会一个卡夫卡，一会一个陀思妥耶夫斯基，讲了半天，举的例子几乎都是大作家，所以你肯定对写作这件事存有心结。"

"不瞒你说，还真是啊！"说完，他仰起头，语气中带有一丝遗憾与惆怅的味道。

"我之所以没从事写作，是因为我害怕它。写作包括其他创作性的艺术活动，都是很残酷的。对于创作者，只有经历别人没有经历过的苦难，才能获得别人获得不了的成就。甚至只有放弃正常人的生活，才能创造出超常的艺术世界。"

……

就这样，说着、聊着。我和毛立平围绕我心里流淌的那条大河谈了许多话。临走前，他借给我一本厚厚的传记——《孤独的猎手：卡森·麦卡勒斯传》。书脊和扉页的一角，都印有卡森那张最经典的照片。深绿色的封面，在经由装帧师的设计后，让我感受到了阅读这部大块头传记作品时经常出现的某种压抑性隐喻。我也说不出这种具体感受。是担心？还是敬畏。就像是面对一部书稿，改来改去，最终想要彻底放弃它。或是在修订的当下，有一种无法正视的面对，反而带着一种逃避和期待的矛盾心理。

照片上，卡森手里夹着一支烟，一双深邃而孤独的眼神总是一直望着我。我被她深深吸引。难以说清道明的致命吸引。于是在我拿到这本书不几天，无法停止对她的崇拜，索性跑到照相馆让摄影师把扉页上的那张小照片翻拍下来，然后直接冲印，夹在书里当书签。此后，我自己也无法料到，她的坎坷经历以及这本深绿色的厚书，在阅读她和它的那些日夜，让整个身心都处于一种紧绷而欲罢不能的状态。深夜，我经常从梦中醒来，清浅的睡眠让我变得异常敏感。于是，我开始让心里不停涌动不停澎湃的那条大河开始从嘴里冒出来。无须发出声音的言语，只需那些大段大段无由来的句子和只言片语：

（一）生命是一个谜语，一个寓言，一场梦境，一滴眼泪，一个玩笑，一次等待，一回睡眠，一场苦痛，一辈子的任性。

（二）生命是以气的形式，呼吸出来，得以维系，进行感官体验、心灵体验，以致有欢乐、苦痛与忧愁的情绪形式，进而度过作为普遍意义上人的寿命年轮。

（三）有生之年的往后和先前，你无法知晓你的存在，所以生命是随机的细胞组合。意识的存在是感受生命的收音机，但是收音机终有磨损与期限。生命的在与不在，生命的苦痛与否，都是带有随机性的分裂意味。其本质是不可知的，只能就繁复的被罗列的表象加以研磨。而研磨是没有用的，就像面对一个伪命题，陈述本身就是错的，其结果还有什么意义？或许你认为有，既然你认为有，那就有吧。就像我们做很多事情，都会意气风发义正词严地宣告：我们要的就是在过程里享受，不管这过程是悲是喜，我们不在乎结果。然而，这个世界上又有多少真正不在乎结果的事和人呢？就像这个世界上又有多少不以貌取人的人。一切都没有什么规矩，一切都是虚伪，一切都是人前一套背后一套，一切都是疯疯癫癫，一切都是装神弄鬼。

（四）生命是绝对精神给出你一段时间，让你轮回成一只能够思维的高级动物，在世间折腾一下。这个过程是不可思议的，疯的，它与睡眠相互交织，与苦难并行。生命在人类成年后，趋于受罪。这个罪的肇事者，是生命的衍生物——思维意识中的伦理道德。

……

我开始一个人长时间待在空荡荡的房间，除了读读英语，塞上耳机听听音乐，便只与自己相处。安静而死寂的作息一直维系到 4 月初。有一天阳光明媚的午后，我拉开一连几天都未曾拉开的窗帘。推开窗，当外面的空气夹着一股青草被修剪的草水味，我知道初春带着把大地重新翻滚的力量，已经不可阻挡地来到了这个迟到的城市郊野。我看着天空飞翔的鸽群和偶尔掠过的几只春燕，心想：窗那边的大山后会有怎样的风景？而那边的那边呢？再那边……更远的远方呢？

　　于是不经意间，我蠕动着嘴唇，轻轻念下了两个字：大海。

　　接着又是四个字：天涯海角。我回想起从小到大，除了童年时经常跟着章大强到北京出差，除此之外我几乎鲜少到其他地方旅行。我从未见过海，也未曾抵达过南方的任何一座城市。没见过梧桐，没留意过桑树叶长成什么形状，不知道月季与玫瑰在外表上看到底有何不同。记不住一株植物，就如同记不住擦身而过那些陌生人的一张张脸。而记不住，终归是因为不用心。所有生活上细微而温暖的片段都未曾在我心里留下过深刻的痕迹。我是一棵彻彻底底根植于北方两座城市的大树。在我这棵即将树死根枯的大树即将被他人雕刻成他们所期望的根雕作品前，我决定用一场出逃来让这棵树重新汲取养分，重新枝繁叶茂，重新进行属于我自己的光合作用。于是我带着那本厚厚的卡森·麦卡勒斯传记，与莲川、布和一起，先坐火车到了北京，然后又转乘大巴，前往了依旧属于北方的海滨城市秦皇岛。我就这样，在毕业前夕的 4 月，终于见到了朝朝暮暮的大海。

　　是的，大海。而大海，就是天涯。而我们，都是沦落于天涯的浪子。

就让成长的代价把我们掠夺

阔别 3 年，我与顺子再相见，是在呼和浩特的 F1 酒吧。大三暑假，他开着他爸的奥迪，从北京一路奔来探望我。

接通手机的瞬间，他沉稳而谦和的语气，让我怎么也看不到几年前那个举止拙笨、一口粗话的小男孩。我们都在迅速长大，就像那天午后我嗅到那股甘之如饴的青草味，带着修剪后某种不可遏止的狰狞草腥，向泥土和空气的周围四散。虽然那时我强烈感觉到有一种被引诱的危险，但我还是甘拜下风愿赌服输，让成长的代价把我掠夺。他穿着黑衬衣黑西裤，我穿着牛仔裤 T 恤，坐在旁边副驾驶的位置，两个人彼此沉默不语。车子开得很慢，他说他想吃正宗的内蒙古手把羊肉。我说我没吃过，那我们就慢慢开车找好了。除此之外，我们便没再讲其他话。反而张靓颖《G 大调的悲伤》很合时宜地飘荡在车厢中。

在饭店落座时已是午后 1 点半，一个涮肉火锅店，而非是什么吃手把肉的地方。他点了很多盘肉，其中有一份是生的鲜牛肉片，说曾在北京吃过，很好吃，非要让我尝尝。他知道我吃饭很挑剔，不吃生猛海鲜，不吃带翅膀的家禽，更不吃动物的内脏。我不知道这些做作的饮食结构是不是因从小吃它们的机会太少而导致的一种口味失调和惯性，所以我点的最多的就是蔬菜和薯类。我爱吃豆角和土豆，可以连续吃它们泛滥成灾的一夏。顺子说,如果不试图改变自己,永远都不知道这个世界有多大。

我说:"喜顺,你变了。"

他说:"人不可能不变。只有那些唯美小说中的主人公才会一成不变。哥,我不是那些家产万贯无聊时谈情说爱用以打发时间的公子哥。我不是,你也不是。"

"是,我知道。我更没那个资本。可是你有,难道不是吗?"我说。

"你是指我跟小巾的恋爱?……你还是心存芥蒂,是吗?"他问。

"芥蒂。你是否形容错了。我干吗要芥蒂你们。你看看你俩,一个是我的好哥们,一个是和我摽着劲儿学习的好战友,如此熟悉的两个人,有什么好芥蒂的。不过,也对。什么好哥们好战友,那都是过去式了。"

"树哥,看你说的。什么曾经、过去,不管到什么时候,我们——你、我,还有小巾,都是出生入死的战友,一辈子的好朋友!我们可是名副其实患难与共的发小……"他说。服务员端上一盘带冰片的生肉片,我俩的谈话就此告一段落,待各自低头不语吃了一气后,话题转到他把黄小巾从被骗的广州接回北京的事上。

"小巾回来后休学半年,我给他租了一间房,在海淀靠近昌平的一个小区。那里很安静,旁边是一个自考学校,学校深处还有一个废弃的空军军械厂。起初,她总是在房间里昏睡。那时正值夏天,蚊子猖狂,我便到阜成门的天意商场给她买来那种带支架的整体蚊帐。谁知安上后,她便更是一发不可收拾的长时间睡眠。"

"我能理解她为什么总是睡觉。她那是在逃避。"我说。

"兴许吧。"他说。

"不是兴许,而是就是。人一睡着了,就什么都不想了。我有时也这样,心口难受时,就靠睡眠来缓解它。"我说。

"怎么了哥？身体没啥事吧？生病了？"他关心地问。

"没病。起码身体没病。只是经常感觉身体醒来了，但心还没醒。脑子浑浊，神志不清，打不起精神来，只能躺下再睡。你没有过这样的感受？"我问他。

"没。"他回。

"嗯……后来呢？她就一直那样昏睡？"我问。

"因为我白天得上学，晚上有时还要去打工，于是就给她买了一只猫。总觉得有只可爱的小动物陪着她，或许能让她的心情暖起来。"他说。

"你可真有心。"我说。

"只要看她笑，让我做什么都行。有天晚上，她拿着一张报纸的文化副刊，跑到我跟前，席地坐在地板上，借着房间里并不明亮的台灯，就给我读起了一段话：'凌晨时分，她听到房间里的细微声响。仿佛是同室陌生男子在黑暗中起身，摸索着穿上衣服……'一直到现在，我还能把这段话一字不差地背下来。原来她咧着嘴告诉我的，正是她最喜欢的作家安妮宝贝的新小说《莲花》登在报纸上的开篇首段。于是第二天我想都没想，翘了课去西单图书大厦给她买来这本书。当晚她捧着那本装帧异常精美的书，止不住地用手抚摸着白布纹封面上那两个赭色古隶体的'莲花'二字，微扬的嘴角在寂静的房间中翻起，我竟然情不自禁吻了她……"

"……接吻就不用跟我说了。所以……你给他租房以来，算是俩人一直同居？"我问。

"算是，但也不算。没你想的那样龌龊。我俩相敬如宾。就如同小说中主人公期望得到的爱情那样：清淡、实际，但互不干涉对方，有各自独立的房间，做彼此喜欢的事。感觉寂寞了，可以相互拥抱。想喝酒了，去深夜的小酒馆里小酌……"他说。

"听不懂。也不想去懂。看来，你真的是变了不少，变得越来越细致了。"我说。

"是变了。细致说不上，但能设身处地为自己所爱的人着想了。如果真是心思变细腻了，只能说明我想尽力满足小巾的所有愿望，把她的感受放在第一位吧。"

听完这些话，不知为何我心里涌上一股特别难受的情绪。午饭吃了一个多小时，他开车送我到学校，我去上了下午的后两节课。分别前，我说陪我去听课吧，感受一下淳朴但学识几乎与北京那些教授相差无几的老师们的课。他说；"不了。我想开着车在校园里转一转。"我说："内大很小，用不了5分钟你就能转完。如果想转，还是把车停好，在校园里散散步吧。"他说也好。于是我去上课，他开始在校园里散步等我下课。

……

傍晚，莲川、布和我们仨下了秦皇岛的汽车站，等不及吃饭和稍做休息，打车直奔海边。出租车司机看我们还是学生模样，便开始跟我们搭讪。她说，每年这个季节，总能拉到几个像我们这么大的学生。她问，你们都是旷课瞒着学校和家人出来旅行的大学生吧。我们仨默认地坐在车里傻笑。她说，大学生偶尔旷课没什么不好，只要不是那种不管不顾非常决绝像小孩子耍着任性脾气而发泄火气的旷课就好。那种旷课是没有责任心的旷课。是一种即便旷了课也不知道干啥的旷课。那种旷课是浪费时间的。我们听着她的奇怪理论，在心里好奇地寻思，难不成旷课还有不浪费时间的？当然，她肯定是想说，其实在大学里有些东西是不用像对待高考那样死乞白赖学的，若是那样为了一本日后或许并不实用的书浪费时间，莫不如走出校园，到真切的大山大水中走走看看，兴许你会发现不一样的风景，在路途上徒然改变你的世界观，而后回到学校目标明确立意坚定更加实在地读书学习。女司机把我们拉到一处转盘后就不再拉了。她说，你们既然千里迢迢过来看海，还是步行去追寻大海的浪声吧。她在免收我们车费的同时，还为我们指引了一条通往海边的捷径。她再三嘱咐，如果能碰见可以租自行车的人家，一定要租车骑行去海边。

我们谢过了这位好心肠的大姐，带着此时已经能够闻到的海水腥味，步履轻盈，奔向了那条弯弯曲曲通往海边的小路。路面崎岖不平，两侧有普通人行道宽窄的护栏。养蜂人在路旁搭起了简易帐篷，莲川看着那些密密麻麻黑做一团的蜂箱就喃喃自语："此时恰逢何种花季？此花为何？此花香否？此花何时开又会何时谢呢？……"听得布和摸着身上起的鸡皮疙瘩直从胃里冒酸水："行了！我们的大书生，你不张嘴，没人会介意你不合群。这里又不是学校，我们又不是外人，你就不用没话找话说了。我们早已习惯你的冷场……"谁知莲川一反羞赧的常态直呼："啊！春花，蜜蜂，还有我的大海！我来了。我愿用我微薄的身体，与你为伴，与你相依。大海，大海。我的身体和心里都是属于你的……""神经病！抽风啦？"说完，我上前捂住莲川的嘴巴让他住口。他竟然像只挣脱开锁链的疯狗，咬我个措手不及。我捂着手上的牙印，嘴里响着哎哟哎哟的余声，死追着他不放。布和也从身后蹿上来大喊："老大，我来助你！孽畜，休想逃走！看招……"不知不觉，我们被耳边传来的一声声沉闷而撩人的声音止住了打闹。"海！海声！是大海！"杨莲川疯了一样又疯叫起来。是的，大海。当我们拐了一个弯，从一排排废弃的土房绕过后，一望无际的大海像一面铺整干净的蓝色画布，带着规律而神奇的连续纹样，发出持久而不停地轰鸣，像一位从出生起就等待再次会面的前世老友，跃于我有些湿润的眼帘。

……

快下课时，我收到喜顺发来的一条短信：我已不在学校，出去办事。自己好好吃饭。晚上等我电话，再联络。

在食堂吃过晚饭后，我决定先不回郊区的房子，学校宿舍还有我的床铺，为了等顺子，就先决定回那坐坐等他电话。走出食堂，门口围着一群人。我靠近，扒开人挤人的肩膀一看，一个染着栗子色头发的男生正低头在书上的扉页上签下自己的名字，末了还有模有样握着一枚鱼形篆刻章蘸上印泥印下自己的名字。与此同时，细细长长的桌子上堆满了同样一本书。我挤到前面挡住那个男生身体的大展板前一看——暗夜，疏离，自省，清淡：长篇小说《两生花》签售会。整块两米多宽扎眼绿色的矩形海报上印着书的封面，一朵朵不知名字的花，绽放在以土黄和赭石色为基调的封面上。我注意到海报上有一排小字，上面写着：本书适合 16—30 岁内心素净之人阅读。读完后，再瞅瞅忙着低头签名的作者，真觉得是个装算做作的家伙。我心里嘀咕："还什么'内心素净'，这年头，素净你个脑袋！瞅你忙得不亦乐乎，谁知道葫芦里卖什么药。顶多也就是骗人骗钱，尤其是那些闲来无事只知道读些言情小说的女生。我才不上这个当呢！

我带着一种人群中唯我聪明的窃喜心情，离开那里回到了宿舍。谁知一进宿舍，此时已经住着大一新生的昔日房间，几乎人人都在谈论这本书。坐下后不久我听出了名堂。原来作者也是我们学校的，大约两年前写了本书，他天真地以为只要书一完成就能出版，谁知被七八家出版社拒绝碰了一鼻子灰。他本打算放弃出版，不外乎就是将十几万字当成蚂蚁一样用脚把它们碾死，估计还是年轻气盛，抱负不成总觉心意难平吧，便与书商联手通过合作的方式把书给出了。这个家伙还挺逗，因为深受中国台湾独立音乐的影响，也非要让自己的书跟上"独立发行"这股风潮，还真是够无聊的。正当我把这些心里话对着这些大一的毛孩子们说出来时，谁知却遭到了他们的集体嘲笑："哎呀，章哥，你不知道现在的年轻人最讲究的就是独立与原创吗？人家作者可是从排版到设计封面再到印刷全程都盯了下来，就连这首印的 2000 册也是他大老远从北京托运回来的！这可不是听说，而是事实。我们觉得这样挺好的，虽然一些人觉得作者挺无趣的，这不就是费力不讨好吗，劳神伤财，但就像作者在后记中说的'有些事如果趁年轻不做，估计这辈子也不会做了'。冲着年轻敢闯的年龄和机会，就应该多试试，所以没什么好不好的。想必只有作者本人才最清楚，心里到底有哪些苦，又有哪些永远也分享不了的快乐。我们这些外人，只能给作者个祝福，而不是泼冷水，你说呢章哥？""嗨……这帮小孩，人不大，倒挺会说话，直接把球踢给我，你说让我怎么接？难不成说'不，给什么祝福，让作者为了这独立发行的 2000 本书去死！'这不是存心跟我作对吗？"我心里想着这些话，但还是口是心非地说了几句："是，是，是。祝福，祝福，祝福啊！祝作者越来越好，祝他第二本书还是独立发行，祝他继续坚持他的作家梦！"当我把最后一句话说出来时，我竟然觉得浑身上下难受极了。"作家梦？！人家起码还有那个梦，我的梦在哪呢？此刻已经在梦了吗？酝酿了吗？……"想到这，我不敢再接着往下想了。正好，王喜顺的电话也打了进来。奥迪停靠在 F1 酒吧门口正在装修的停车场上，喜顺俨然是一个大忙人，连接了 3 个电话后才勾肩搭背跟我下了车。

我问："兄弟，你不会是来内蒙古倒卖毒品的吧？"

"有那心也没那胆啊！再说我现在有小巾了，怎么说也是有半个家室的人，怎么能干让家人担心何况还是犯法的事。"说完，他得意地嘿嘿直笑。

"笑！笑！从小到大，唯一没变的就是眯起小眼睛笑的这副傻样！倒是人变得有城府了，心里能装下事了。"我说。

"哥，那不叫城府。起码我在你面前，说话办事，还是从前的那个顺子。只是有些事，不是逢人就说。尤其是悲伤的事，说多了，会让人烦。"他说。

　　"难不成你把我当外人了。跟我也说不得了！"我有些生气，脸色突然变了。

　　"说！说！当然会跟你说。你看，我这不是大老远开车从北京来，不就是特意跑来跟你说。走，咱哥俩有的是时间，先进去再说。"说完，俩人一前一后进了酒吧。酒吧这种地方，我鲜少光顾。更何况 F1 是一家带有俱乐部性质的慢摇吧。说实话，我挺佩服喜顺的，他住在北京，从没来过呼和浩特，就对这里有什么娱乐场所和夜店了如指掌。到底是在大城市熏陶的人，脑子转得就是比我们快了，而且临危不惧和从容不迫的社交，让我这个自以为是无所不能的树哥倒有些山炮和 Out 的感觉了。乌烟瘴气的酒吧，简直是人满为患。里面很大，大得出乎我意料。我们走过长长的通道，两边是坐在高脚凳上的男女。中间的舞池正在表演着俗不可耐的节目。我们在靠近调音台最近的一个光线暗淡的包厢坐下来。他的两个朋友早已坐在里面等候，看见我们来了，一个穿着枣红色格子衬衫的胖子迎着我伸出手就要握，倒是让人高马大的顺子给推了回去，扯着脖子尽量盖过音乐，笑着说："有没有搞错，都是自家兄弟，搞什么这些客套的飞机。"我说："是啊，客套在兄弟面前是应该免，但是顺子这就是你的不是了，你说不给我好好介绍介绍这两位背景不凡的兄弟也就罢了，但起码得告诉哥一声咱这两位哥们都姓甚名谁吧？！"

　　"的确。客套免了，名字得知道。树哥，这位是刘老板，矿上的钻石王老五！"他指着刚才要跟我握手的胖子介绍道。"而这位，一表人才的有为青年，是荀老板，也是矿上的股东之一。"

　　"二位好！二位好！敝人章大强，还是一名大三学生。今天承蒙哥们顺子的介绍，能与二位大哥相识，真是幸会，幸会啊！"

"哎！哪里的话！兄弟没开口说话就觉得气质不凡，我和你荀弟都是没念过书的粗人，倒是你别嫌弃我们才是！"

"怎么会？！倒是小弟我前面大半辈子一直待在学校，今天算是被顺子领出来见见世面。初出茅庐，如果少年不经事多有得罪，还请两位兄台海涵！"

"看吧！说兄弟有气质就是有气质！行了，咱们也别从这你一句我一句的客套了。兄弟之间就免了！"

说完，四个人围成一个弧形面对着舞池坐下来看节目。舞池里正上演反串。我第一次看，以前也只是听说，初来乍到，倒是让我惊叹不已。啥叫反串？就是男人扮女人，女人扮男人。而扮女人的男人倒让我大开眼界。肌肤水嫩，五官秀气，装扮精致，举手投足与在电视上看到的男扮女装迥然有别。我盯着那"男人"隆起的巨乳看得出神，旁边的刘老板挥着手晃在我眼前。

"咋了兄弟？是不是雌雄难辨，陷进去，渐入佳境了？"他问。

我微张着合不上的嘴，过了半天回道："还真是长了见识，这端庄秀气的男子，真是让小弟惊叹。刘老板，这不会只是身材高挑的女人吧。小弟实在不信。你看她骨架，俨然就是一副女人模样嘛！这……这……也太神奇了！"

"怎么？心动了？要不要哥一会把他给你叫过来，陪你喝两盅？"

"谢了老哥！挺知足了。小弟就是好奇，说说，随便说说！"

"哈哈哈……看，学生就是学生，倒难为情了！哈哈哈"。姓刘的和姓荀的一起乐个没完。

顺子看我糗在那，忙过来救场："哈哈，我带我哥谢过二位老板。你们也看到了，学生到底是学生，单纯得很。爱玩是爱玩，但可没有刘老板男女通吃的本事。哈哈……来，喝酒，喝酒！"喜顺说完，拿起桌上的科罗娜呼啷哐啷几次碰瓶后，人手握着一支啤酒直灌下去。

我一边看，一边眯起眼睛再次细细打量这个有90%女子气的男人，竟然让我大跌眼镜，气得差点没背过气去。节目结束，"女人"在杖刑了爽得"她"奇妙的那二十大板后，带着一丝丝妩媚的笑脸谢幕下台。随后，舞池以及酒吧的各个角落到处充满节奏强劲的电子乐。两个老板纵身跳进舞池，随着那些浓妆艳抹的年轻女孩和袒胸露背的男人一起摇头晃脑。此刻，酒吧的声音异常嘈杂，我把顺子拽到跟前，凑在耳边喊话问他："你不是有话要跟我说吗？什么事？是不是还跟黄小巾有关？"

他大喊一声"是！但现在还有比这更重要的事。哥，你刚才觉得那个'女'的面熟不？"

"怎么了，难不成你认识他？"

"什么我认识，恐怕你比我更熟！"

"嗯？……"

没等我发出那一声长长的迟疑，喜顺拽着我的胳膊就往卫生间奔。

眼前的这一幕简直让我惊呆了。当那个低头俯身正在水槽卸妆的"女人"，裹着一身金光闪闪鱼鳞亮片的紧身裙，盘起的发髻上别着一朵白色的大月季花，转过头要走时，我靠上前一个响亮的耳光就打过去。"女人"也惊恐万分，掩面跑出去。

顺子追在后面，一声声叫着：

"莲川，别跑。没事！莲川……莲川……"

……

夜深人静。布和、莲川我们仨找了一户海边人家的小屋过夜。

先前两个小时，三个人一直在无人的海滩漫步，谁也不跟谁说话，但彼此又清楚地感觉到一直都在对话与诉说。滚滚退潮的海浪拍打在岸边，带来螃蟹小虾和五颜六色的贝壳，三个人的心事在近处的海水中无声串联。

大海。其实只是大海。该如何形容呢：海天一色，一望无际，波澜壮阔。确实是，但又并不是。初春的北方大海，与夏天的南方大海、秋天的大海、冬天的大海，肯定不同。如何不同？海水的颜色，海盐的浓度，海洋生物的多寡，海边渔夫说话的口音，船只的造型，甚至海浪涛声刺进你心口的瞬间……

大海，原来只是大海。就像时间，慢慢发现，其实只是时间而已。那些小时候带我们去未来的时间，那些青春期谈了初恋的时间，那些工作后妥协于生计的时间，那些幻想着有朝一日可以不再上班的时间，那些感到惆怅沮丧伤心难过的时间。那些空洞的时间，虚无的时间，向苍天祷告的时间，以及哭泣的时间。布和抱着枕头早就去梦里找周公了。莲川和我坐在床旁的圆桌前，点着一盏异常昏暗的小灯静坐着休息，彼此之间一句话也不说。

突然间，灯灭了。我起身探头望了望活动板房的窗外，周围黑漆漆一片。

"停电了。"莲川轻声说。

于是摸黑，我从包里翻出两根蜡烛。莲川划着火柴，将它们点燃。海浪声一浪一浪。远的，近了。近的，远了。世间，宇宙，其实就应该像深海一样宁静。如同被真空包裹带有大气层的地球，而真空宇宙之外又会是什么模样？它的外面呢？外面的外面呢？……我自己也觉得奇怪，听着海浪，首先想到的竟不是各种各样的感情，而是真心在这停电的海边小屋，虔诚地祷告。我祷告这个世间没有战争，人们心存善念，感恩幸福，无欲无求，不争不抢，从容安稳地度过属于自己的一生一世。于是静听屋外唰唰而过的海浪，我塞上耳机，听起了一张名叫《回声》的唱片。

1985年，中国台湾滚石唱片发行了首张华语CD介质唱片，就是这张由歌手齐豫、潘越云和作家三毛共同录制完成的《回声》。这是一张属于作家三毛的音乐自传，她在几首歌中间诉说自己的心事，此刻我塞上耳机听到的正是其中两段：

（一）故事，还是得从我的少年时候说起。

（二）许多个夜晚，我躺在床上，住在一栋海边的房子里，总是听见晚上的风带着一种无言的声音，刮过我的窗口。我坐在那个地方突然发觉，我原来已经没有家了，是一个人。每一个晚上，我坐在那里，等待黎明。那时候，我总以为，这样的日子，是过不下去了。

三毛的声音就像是飘在空气中的幽灵，有一句没一句，弱不禁风，在向能够漂洋过海的彼岸诉说。诉说着真真正正只属于前世的乡愁。她的好朋友，那个俨然是天使在歌唱的齐豫唱道：

谁家的孩子不上学，只有你自己最了解自己。啊……出轨的日子，没有圣诞节，没有儿童节，小小的手，有一个永远也解不开的死结。

我听着听着，竟然落下眼泪。三毛死了，带着她自己此世永远也抵达不到的乡愁自杀了。她是一个任性的女生，光脚走在海滩与沙漠。她说她是去流浪，穿着拖鞋去流浪，追寻像空气一样的自由。于是她走了。

列夫·托尔斯泰也走了，一个老叟义无反顾走出自己的房间，离开自己的家乡，走向远方。顾城也走了。他走到海边，带上妻子和儿子，走到彼岸自由的远方。海明威走了，本雅明走了，老舍走了，以及卡夫卡走了。装在我包里那个29岁瘫痪的卡森·麦卡勒斯也走了。他们用自由的灵魂赎回了前世抵达不了的乡愁和一个又一个带有神谕性质的彼岸。

于是我听见自己的声音，它在自己问自己：海究竟有多深？

于是他回答：管它有多深。如果你爱大海，就可以一步一步向它走去，让它从脚背没过你的头顶。你不是一直想，想要去看看深海的样子吗？你不是一直想要离开城市吗？……

烛光摇曳，海潮滚滚。莲川已经上床去睡，我依旧坐在桌前，心中默念：人生多劫难，事事难求圆。但愿忘俗尘，心中依恋眷。人生多劫难，事事难求圆……念着念着，一个响雷劈过天空，紧接着，哗哗如豆的大雨下起来。我站在窗前，凝视外面看不到任何痕迹的海面，只有耳边持续不断的海声雷声和雨声，偶尔划过夜空的闪电像短暂现身的长龙。我带着一丝丝难以平复的惆怅躺在床上。

"下吧。下吧。一直下下去。别停。一直下下去……"侧身看着窗外的闪电，戴着耳机听着掩盖不住的雨声，于是我微微闭上眼睛，念着这些话，不知不觉进入了梦乡……

在F1酒吧灯光昏暗的盥洗室掩面而逃的杨莲川，从大二起便辗转于呼和浩特一些商业店铺开始打零工，做烧烤店收银员、音像店导购、快餐店服务生，去F1还算是一种机缘。

那时他正在做去F1前的最后一份工作——茶楼引领，从傍晚6点半一直十到深夜1点多。冬天，外面大风呼啸，他站在密封并不严实的门口里，穿着看上去并不合身的洋红色衬衣和黑色西裤，一站就是数小时。工作装套在他身上之所以不合身，并不是因为衣服号码的问题，其实无论穿何种款式的男装，很少有能让人看上去顺眼的时候，总觉得像是哪里的裁剪出了问题。

大一快结束时，学校进行全面体检，当他面对一屋子光着身子只穿着三角裤衩的男生，露出焦虑与忐忑的心思，但也只能一点一点慢慢脱去衣裤而只剩下腰上的一条四角短裤时，几乎所有的男生都对他投以仰头大笑的嘲讽：

"二椅子！二椅子！二椅子！……"一个操着东北口音的学生旁若无人地取笑他，其他人跟着前拥后合。当时我正在隔壁教室做肺活量测试，听见查身高和体重的教室起哄炸成一锅粥，于是带着看热闹的好奇心去凑凑热闹时，眼前的场景让我此刻闭上眼睛就觉得寒心。只见莲川紧紧低着头，像一具四肢僵硬的木乃伊，老老实实站在体重秤上一动不动。屋里的同学还在起哄，他低垂的脸看上去就要让血流加速的血管涨裂。我想也没想，从身旁衣架上扯下一条白大褂跑过去就裹住他赤裸而颤抖的身体，然后掉转过头向所有嘲笑的人吼叫：

"谁要是再唧歪，马上滚蛋，别从这不要脸！"

"也不知道是谁不要脸？！哈哈哈……一个大男生竟然长了一副女人的骨架！哈哈哈……"一个尖嘴猴腮的瘦子在我身后狂笑。我背对着他，脸气得通红，低垂的双拳紧紧攥住发出几声嘎吱嘎吱骨节扳动的清脆声，还没等那小子笑完，我把拳头用力向后一挥，正好抡到他直挺挺的鼻梁骨上。只听他"哇"的一声，捂着鼻子蹲在地上就开始打滚。我嗷唠一嗓子"行了！闹什么闹！"顿时，教室里鸦雀无声，校医也吓得抖着双手轻轻走过来，扶着莲川走进不远处用白布帘搭成的简易医诊室。哑然无声的寂静一直持续到莲川穿好衣服再次低着头缓慢地走出来，我像安慰一只受了惊吓的猫，如亲兄弟般搂住他窄窄的肩膀走出教室。日记本里的秘密，像被时光机抛在远古而刻意尘封的伤痕，在众人取笑的体检教室昭然若揭。我终于明白莲川为何总是不愿和我们一起到公共浴池洗澡，为何我总觉得他有时把一件好端端的衣服穿得别别扭扭。为何总是趴在床铺上那些带密码锁的日记本写了又写。直到有一天，当我好奇心发作，又偷偷打开，看到空白纸页上那些轻轻浅浅的泪痕，我竟也泪湿了双眼。

有多少男生，会明了另一个男生的苦衷？有多少还处在贪玩阶段的同龄少年，会对着另一个装作若无其事的少年问一声：你好吗？真的很好吗？或者，你快乐吗？真的很快乐吗？你有什么烦恼？让你觉得挺不过去的烦恼？甚至想要在青春期结束掉自己的烦恼？

嘘……别说。都别说。我懂。我都懂。

那些，是属于一个人在青春期穿过的幽暗隧道。列车驶进那个有苦痛和快乐的洞穴，我们闭上眼睛对坐在车上，谁也不看谁的脸。我们面无表情，却内心激荡，压抑着一个又一个被青春卷起的狂澜，独自在一条叫做青春期的大河上乘一叶扁舟向前。那些自卑的事，惊喜的事，沮丧的事，憧憬的事，恋爱的事，分手的事，学习的事，发呆的事……一直像一列在地下穿行的列车，面对玻璃窗能够映射出自己模糊的一张脸，用伴随着哭泣的微笑，独自一人，等待它慢慢开到人生的正轨。于是莲川慢慢接受了自己骨架长得像女孩的事实，比较能够旁若无人地正常走路读书和打工。就当他站在寒冷的北风钻进门缝的大门口，一个喝得烂醉如泥的中年男人推开红色木门撞在他身上，莲川搀着他坐到一楼靠近电暖气的软沙发上，没料到男人坐下的惯性竟把莲川也一并拽下，坐在他腿上，窘得莲川赶忙站起身道歉，男人挥着手，酒气冲天地说没事没事。正在这时，门又开了，四五个青年男女身上带着逼仄的寒气一直流窜到这个昏暗的角落。他们对喝醉酒的男人喊的第一句话竟让莲川小小颤抖了一番。这个被他们口口声声喊着"东哥"的男人，在这条呼和浩特唯一充斥着夜生活的一条娱乐街上，有谁没听说过这个让人有些战栗的大名。

东哥贩过冰毒，入狱 8 年，出来后在这条当时还一片荒凉的街上开了第一家洗浴城。慢慢地，烧烤店、农家菜馆、音像行，他都有过投资。茶楼斜对角正在进行后期装修即将开业的 F1 酒吧，就是东哥砸进大笔资金的俱乐部项目。熟悉东哥的人都知道，他这个人最讲义气，黑白两道都有人。坐牢出来后，也算是金盆洗手，不再掺和任何违法犯规的烂事。

此时莲川站在他面前，又惊又喜的神情掩饰不住地外露出来，阅人无数的东哥竟睁着一双藏起平日凶神恶煞的眼睛，歪着头盯着莲川看得出神。

"喔……你们看，这眼神，像是世人的眼神吗？"他一边说一边询问身旁站着的手下。

"不像！不像！真是干净！……"众人一起说道。

"可不是！真是干干净净的眼神呐！哈哈……"说完，又爽朗笑了两声。

"你叫什么名字？"

"莲……川。杨……莲川。"

"还是学生吧？"

"嗯。"

"打工挣钱，苦不苦？"

"不苦。"

"站在门口，冷不冷？"

"不冷。"

"来……别站在那。坐，你坐我旁边。"

莲川听完，仍旧像根木头一样杵在那。

"东哥让你坐你就坐，怕啥啊？！"身边的手下边说边按着莲川让他坐下。

"住手！你们这是干啥！别吓着人家孩子！"东哥对他们斥道。这时，在二楼招待朋友的茶楼老板闻讯而来，看见沙发上坐着的东哥，喜出望外。这两天他恰巧有事要找他帮忙。此刻他见自己伙计站在大哥面前犹豫不决，误以为是做错了事得罪了大哥，于是赶忙小跑过去，把莲川拽到一边当着东哥面训斥起来。

"呦！你这个人是怎么搞的？怎么呵斥起自己人来！"东哥窝在沙发里，头也不抬点着一根中华烟说道。

茶楼老板一听什么"自己人"，吓得马上停住喊叫，猥猥琐琐，像个低三下四的佣人，支支吾吾忙问是咋回事。

"自己人！就是自己人！问你个狗屎！我弟弟，知道不？"

"弟弟？……弟弟！哎呦喂！瞧我，东哥的亲弟弟在我这儿打工，小的真是三生有幸。不过大哥，您放心，您绝对放心，小弟从没亏待过咱弟！"

"这不叫亏待，还啥叫亏待？！让你站在钻风的门口一晚上试试，看不冻得你鼻涕哈喇子到处流才怪！"

"是！是！小弟知错了！大哥您别生气，我今晚就给咱弟涨 500 块钱工资！……不！不！直接提升成领班。你看咋样？"

"领班个屁！行了！我看算了。打今儿个起，他就不在你这干了。下周我 F1 开张，他就去我那了！就这么定了！"

"中！中！东哥怎么说都成！咱自家弟弟去哪都是人才！"

深夜 3 点，杨莲川与东哥一起坐在小轿车后面的座位上，莲川紧张地攥着自己出汗的拳头，扑扑乱跳的心脏跟着一路向前的小汽车驶向不知何处。

东哥小心翼翼，试探性的把手轻轻搭在莲川的肩上，起初莲川相当不自在，可慢慢地，厚实而温暖的大手竟慢慢融化了堆积在心里冰冻多年的积雪。他不由自主把头微微靠向东哥穿的那件黑呢子大衣的垫肩上，缩着脑袋。

透过身边这个环绕他肩膀的魁梧男人的胳膊，盯着开着暖风而让车窗凝结了冰碴的玻璃，今冬的第一场雪，带着扑朔迷离的小冰晶，缓缓飘落，粘在了温暖的车窗上。与此同时，也飘进了像冰川迅速融化的杨莲川心里。

……

大半夜，我被突然来电而未关的灯泡刺眼光亮弄醒。我轻轻起身，生怕惊扰在旁边酣睡的莲川和布和。当我揉开睡眼惺忪的双目转头把视线投在活动板房的门口时，莲川背着双手安静地站在那一动不动凝视外面的大雨。于是我轻轻躺下，假装又睡，眯着双眼偷看他的一举一动。不一会儿，他抬起右手够到墙上的灯绳，轻轻拽了一下，关掉了亮着的电灯。

雨越下越大。天色已经不再像深夜一样漆黑。我知道清晨就要来临，天就快亮了。只有雷声，轰隆隆，轰隆隆，一声又一声回荡在耳边。

……

原来，顺子开车从北京来呼和浩特找我，是想告诉我一个令人痛心的消息：黄小巾这辈子都不可能再生育了。

自广州那一场浩劫逃脱，王喜顺带着受了打击的黄小巾回到北京后，首先是带她去医院做了全面的妇科检查。他怕董凤双的强暴对她的身体造成伤害，谁知检查结果却让任何一个与黄小巾有过瓜葛的人大为震惊。她终生不能生育，不是因为之前在广州所遭受的身体玷污，也不是其他疾病所致，这个让人崩溃的消息是：

黄小巾天生是一个石女。她是石女，是石女。

......

于是我又塞上耳机，听见陈建年唱片《大海》里那首带有海浪声与萨克斯风的离歌，我不知道唱片里那个说话的男人是不是歌手本人。那个男人仿佛在对一个少女时便离家，而今终于可以衣锦还乡的一位年迈的老妇说：不要哭了，我们没时间了。不要哭了，到家了，你还哭什么呢？随后，哗哗的海声一直响个不停。我不知道，那声音是唱片做出的音效，还是隔音不好的房间之外真实的海浪声。但我执意相信，那声音应该是前世的声音。那一片带有乡愁的海洋，像是透过一张宣纸，太阳用它迟到 8 分钟的画笔，用光与泪作在海面上的一副人生图。那充满泪痕与天光的人生图，是属于人世间任何一个普普通通的风尘女子，也属于任何一个倔强而坚毅的男子。于是情不自禁，我在心里写下了一首没有标点符号的诗：

　　　　是谁的号角在响啊又是谁的萨克斯风在吹吹跑了音就像儿时揉搓的杨树枝去掉里面柔嫩的果肉做成一支软绵绵的哨子吹一声滴滴嗒嗒再吹一声嘟嘟嘟一直响彻整座大山响彻整个独自一人的青春

听着，想着，我从梦中彻底醒来。天色已大亮，雨也停了。三个人收拾好行囊，决定继续上路。不管前方的路途是无人的沙滩，还是人声鼎沸的这个喧嚣人世。

第四章

北漂 | 再见，那少不更事的少年

此时此刻

7月10号，大学毕业典礼的次日，我带着花费自己4年时间修来的那两张证书，坐上了去往北京找工作的火车。依旧是夜行的列车，依旧是硬座车厢。其实谁也不知道，我喜欢把头抵在冰冷的玻璃窗上，在昏昏欲睡而又随时能睁开双眼的瞬间，喜欢瞥见镜中那张熟悉又陌生的脸。还在念书坐车往返于学校与家之间，每次透过车窗凝视外面的北京，看见高耸入云的写字楼和立交桥上密密麻麻排着队缓慢行驶的车辆，我总会在心里莫名涌起一阵感动，然后不停追问着自己："什么时候，也能够站在这里的任何一座桥上，对着这个城市大喊——喂！北京，我来了！……"

想必那时，我一定很傻，的的确确是一个不经事的小毛孩。当然，现在的我也不精。说出来或许你不信，我对北京的幻想，就像渴望得到神的庇护一样虔诚。初三暑假那年，电视里播放一部名叫《阿尔卑斯山的少女》的动画片，给小女孩"哈伊姬"配音的是至今仍活跃在少儿节目中那个嫩声嫩气的"金龟子"刘纯燕。片中哈伊姬特别喜欢站在木屋子后，侧棱着耳朵煞有心思听着大风刮过大树发出的籁籁声响。

动画片里的小女孩安静地站立在大树前，有时叉腰，有时背手，眼睛里闪烁着晶莹剔透的光点。我到现在也想不明白那是泪光还是天上的星星映衬在她双眸里的投影。

我为现实生活中并不存在的哈伊姬那份单纯的快乐而感动得一塌糊涂。她对于树声的喜悦，以及我因为她单纯的行为而引发的快乐，都像不久前去往秦皇岛所听见的海声，无言的感动在我心中流连。此刻，我异常偏执地认为，那个天不怕地不怕的小哈伊姬，就是教会我敢于幻想的启蒙老师。我想，当她在认真倾听风吹过大树而发出的声音时，一定是在与大树窃窃私语。而她听到了，我也听到了，并且听懂了。

此时此刻，火车离那个叫"北京"的城市越来越近。为何当我即将抵达它的时候，内心竟然忐忑不安？

我怅然若失，感到心中升起了一丝无名的焦虑。就像喝酒没喝尽兴一样，让高兴的指数总像是缺斤少两的秤，不温不火的天气，阴云密布又下不起雨的天空。带着并不白里透红的脸蛋，彻底扫兴而归。

你有多久没感到幸福了？

幸福，高兴，从容而踏实的快乐。其实应该像是上了发条的钟，要一直不停地走下去。滴答滴答，还要让别人也听到这声响。喂，为何你心中快乐的钟表走得不那么起劲？反而你的垂头丧气要多一些？此刻糟糕的状态，你都知道吗？而你又想过造成它们的罪魁祸首吗？而我，像哈伊姬一样天不怕地不怕的章于子，总是沉湎于童话世界的编织中。对酒当歌，人生几何？玩世不恭，视而不见。在北京这个人流如蚂蚁般的大都市，随时用震得即将要穿孔的耳膜，听闻马路上呼呼而过的车声，地铁进站急促的声音，街头巷尾再熟悉不过的京片子声，那些热心而百无聊赖的老头老太太们没完没了闲扯家常的声音。

其实这些都算不上是什么真正让人受不了的声音，因为还有比这更让人发疯的事——那就是在这个城市每天上下班匆匆踱步而无时无刻不在忙碌的你、我。我们，就像是急于要找个好人家投胎的游魂野鬼。你可以称我们是路人甲，也可以说是路人乙，当然叫路人丙我也没意见。而我，此时此刻的我，这个刚刚大学毕业的章于子同学，作为千千万万甲乙丙丁……路人大军中的一员，微不足道的一员，淹没在茫茫人海。

你问我为啥还喊自己是同学？因为同学这个名字听着就让人舒服。多显小呀！不就装嫩吗？谁不会。这年头，男的女的老的少的，一窝蜂似的，美美容、整整形，穿衣购物，有时装扮明显与自己年龄不符，但走起路来还真是矫健。不仔细看，还真是看不出实际年龄。这可真是一个妖精辈出的年代啊！

职场初涉，我那无处安放的……

在网上狂投简历两周后，我被一家香港人开的传媒公司录取。

公司打卡上下班。每天清晨推开公司的旋转门后，适中的冷气温度立刻让自己清爽，心情也随之变得大好。公司 Logo 醒目地挂在墙上，玫瑰红的倒角英文大字——PUBtv。鬼才知道这个标识的设计者，为何要把"tv"两个字母弄成小写，看上去就像是一颗干瘪受气的桃核，被挤压在饱满的大红桃旁，真是极其不 Match。

请不要误会，公司不是"酒吧电视台"之意。它是传媒公司没错，但也就是三四流的样子吧。因为你一看节目的质量与品位就知道，它是骗人掏钱买东西的电视购物公司。其实也不能算是骗人啦。这年头，一个愿打，一个愿挨，都是两相情愿嘛。只是在我这个刚走出校园书生气还未脱的大男孩看来，这简直就是一场骗局啦。

还记得那天去宜家，在打折区一个沙发后面，坐在我后脑勺的一个女人噼里啪啦地说："我啥也不买，我才不上当呢！我啥都有！买回去摆在家，那才叫浪费呢……"

其实，这个世界的组成不就是一场又一场的"骗局"吗。我的才智被公司骗走，公司把骗我的才智转化为怂恿大众的购买欲，消费者欺骗了自己理智的判断力，被狂轰滥炸的广告词狠狠忽悠了一把，买了东西感觉上当了的人心里因不平衡要出气就转而再骗别人购买。这俨然成了一场连环欺骗。但就是这样，我也深表感谢。公司可是我的衣食父母！来公司的第一天，我誓言要把自己青春热血男儿的第一把血汗挥洒在这儿，带着不可磨灭的激情与使不完的劲，奋争到底。看这玄乎的，我不知有没有把你搞晕。其实，我的意思是说：这是我人生第一份正式工作，内心怎能不对我的东家肃然起敬。你要相信，我是百分之一百零一地对它心存敬意！

通常，每天上午 9 点整，我准时出现在三楼属于我的一方"鸽子笼"。刚上班那会儿，我还像是个刚转学的新生一样，起早贪黑，拼死拼活地忙里忙外。慢慢地我发现对于一个外企并不需要这些刻意的表现与讨好。

来到座位的第一件事，就是按下电脑 Power 键，然后拿着仿版的乐扣杯子去饮水间接水。我是一个名副其实的水桶，每天得喝十来杯水才饱。所以我频繁地上厕所也就成了稀松平常的事。拜托！我没有患神马前列腺疾病。旁边同事看我在隔板间和卫生间进进出出，总是用疑惑的眼神小心翼翼地打量我。你说他们看就看吧，还总是斜着眼珠子，一看见我在看他们，就嗖的一下赶紧把斜眼收回去，装得跟没事一样。看网页的看网页，打字的打字，这速战速决的姿态，还真像在地铁上与对面乘客的眼神碰触，你是躲也不成，看也不是，那个难受劲啊，真苦了我那无处安放的眼神。我不就是多喝几杯水，多跑几趟厕所，你们至于那么大惊小怪吗？！

这不，今天早上，我正好去接水，穿粉色工作服的保洁阿姨恰巧经过我身旁，一见是我，又露出了极其复杂的微笑。其实我也是理解她的，想必倘若换成是我，看见一个刚上班的小屁孩，动不动就站在饮水机前，而且还是同一时间，你会做何感想？每次，我几乎都是咕咚咕咚地大喝几口，有时还会情不自禁发出一声"啊哈"的感叹，像品尝甘之如饴的山泉一样感受到美滋滋的幸福。

其实，阿姨或许是想不通当我推开不远处的卫生间大门，进去后左等右等，死等干等，就是不知道要啥时候出来。不知道我在里面捣什么鬼。我真想对这个胖乎乎，烫了一头像是电影《功夫》包租婆卷发，慈眉善目的阿姨解释：我真的是喝了太多的水，你别胡思乱想就 OK，以为我在里面搞什么"飞机"。其实啊，不出来的时候，我多半都是坐在马桶上背诗：

> 方丈浑连水，天台总映云。人间长见画，老去恨空闻。范蠡舟偏小，王乔鹤不群。此生随万物，何路出尘氛。

说实话，我还真是愿意在马桶上想东想西。多半的时候，心里那叫一个纠结。但总不至于方便的时候，你也管我吧。更何况，人家刚毕业，怀才不遇的心情总归要疏解一番。其实我是害怕，害怕像诗里所云"此生随万物"，我这一辈子就只能随着万物来沉浮了。刚毕业，愁啊！

一天早上，上班没多久，我隔壁的同事董超蹑手蹑脚来到我座旁，让我点开他在 QQ 发给我的网址链接。我一看，原来这不是上周五他曾发给我的 Google 地球吗。我说，兄弟，这个我玩过了。你知道，我已经非常立体地搜到了我家的三维俯瞰图。他听完，说，这次跟上次不一样，功能可强大了。于是他手指停在搜索栏半天，本想敲上纽约 New York 这个英文，谁知当敲"York"时，他不好意思扭过头看了我半天。我目光惘然，安慰他道，没事，谁没有提笔忘字的时候，虽然你是一个从上大学后又读了 10 年书刚刚毕业的博士。我俩一直僵在电脑的对话框里，显然我俩都忘记了那个字母该如何拼。最后实在没辙，他红着脸，说，算了。其实董超只是想告诉我，卫星地图让世界变得是多么不可思议。他一边给我演示，一边还在不停地感叹："看，美国多厉害啊！可以抓拍到街道上的实时路况，而且还是360度，可以任意视角旋转，想看哪个方位就看哪。可以继续向前，或者后退……"看着他的演示，我靠！真是让我大跌眼镜。除了在快照上的小汽车、马路、临街的店铺，竟然连手举油漆的美国佬是个油光锃亮的秃脑丸都显示得那么清晰。看到这儿，我立马问董超："搜中国也能这样么？抓取路况信息？"他吭哧瘪肚地答道："不……只有美国。中国还……不行……"

我再次端详屏幕上像是从飞机俯瞰的景象：那些凸凹不平的墨绿色山脉与深红色峡谷，在电影中看到过的像甲壳虫一样在密密麻麻街道上爬行的汽车，以及高楼，压抑至极的高楼……其实，我在北京并不应感到孤独才对。这里有上学时就出生入死的王喜顺，曾经喜怒无常的黄小巾，在舞蹈研究所过着比我还朝九晚五生活的柳囡。甚至没参加毕业典礼提前抵达这里毅然决定从事造型师职业的杨莲川……然而我孤独的情绪却一天天与日俱增。4个月后，我终于从左安门一处阴冷潮湿的地下室二层，搬到了安定门地坛附近的一处住宅楼。入住新家入睡的当晚，我失眠了。想着4个月重复而惊慌失措的每一天，感叹着那些莫名其妙的焦虑情绪从何而来。但是我想不通，并且越想越纠结。即便当我深感想通而决定次日不再去上什么狗屁班的时候，等第二天一早我被闹铃叫醒，睡眼惺忪眼屎乱飞的双眼看见压在床头柜那些大大小小的煤气卡、电卡，以及下月开支就要往里面充钱的信用卡，却还是顶着发麻的头皮，颓丧着脸蹲在坐便器旁刷牙。不要让我在路上看见报纸上写有"售楼"的任何广告。买房，在北京，对于我就是一个大难题。房子问题，是一个沉重的话题。请不要向我提它。

我未曾与任何来北京的那些故友联系。周末双休日，我也赶了一回时髦，彻底宅在家。但我也并非每周都宅着。我上班，偷偷加了若干个北漂一族的 QQ 群。什么"文学青年读诗会""北京公园暴走族""文艺青年的装逼生活"，等等。

我不会写诗，但我总觉得和那些知识分子待在一起比较安心。慢慢的我发现，那些也是一帮伪知识分子，根本就不是什么诗人。顶多是一些乱蹦乱跳，渴望在聚会中认识美女帅哥胡乱舞文弄墨的疯子。有美女，那叫扯。帅哥倒是一名。谁啊？我呗！QQ 群里的诗人是假，但公司工作 QQ 里还真是藏龙卧虎，隐居着三两个不显山露水的诗人。我的主管，那个叫"洪七公"的唐山胖男人，就是一个爱写打油诗的中年诗人。"刁小虫"，和我并肩作战、每天从早忙到晚、也来自东北的小姑娘，就是一个不折不扣的诗人。她就像生活在魏晋时代的古人，举手投足，浑身上下散发出一股无人知晓的归隐情怀。她最喜欢的诗人是嵇康。她喜欢研究星座塔罗牌这些具有神秘主义色彩的占星术。我亲切地称她"小巫婆"。其实她一点都不巫，你要一直明白，外人眼中的自己，永远都不是真实的自己。她是那么善良，善良得让我情不自禁想起了一年多未见的柳图。

相逢的人会再相逢

和柳囡同学重逢，是在去北京的次年 4 月，我参加 QQ 群里组织的一次玉渊潭公园赏樱活动。

我一下公车，找到二十多人的组织后，打远看见梳着一头干净直发的女生，清新亮丽，又不失婉转含蓄之态，落落大方地站在近视已不成样子的我面前。

"好久不见，章同学！"

"哇哦！这……这不是柳女女吗？"

"哈！还这么贫！"

"江山易改本性难移！你好你好！真是好久不见！"

"可不是。你好吗？"

"我？……你是想听真话还是假话？"

"废话！当然是真话啦！"

"你呀，也还是没变！看吧，没说几句就急了！"

"你小子！到底说不说！"

"说！我说！……"于是我俩脱离开"组织"，悄无声息竟越走越偏，气得群主直在背后朝我叫嚣："真是心急如焚啊，见到美女就走不动道了！"原来柳囡早就被群主看上了，但他哪里知道我俩这理不清道不明的关系。

借着飘飘洒洒的樱花雨，和围在石板路里盛开的一朵朵鲜红的郁金香，我突然觉得，那些离我越来越远的快乐时光，一下子又重新回来了。我马不停蹄地开始和柳囡回忆着一段段只有我俩才能听懂的话术和暗号，那些发生在并不遥远的曾经——作为男女主角的酸甜苦辣。

"你老了，章同学！"

"那老了还喊我同学？"

"喊喊呗！现在不喊，再过几年就更没得喊了！"

"也是！"

"其实你外表一点都没变。只是因为你开始不停地回忆，倒让我觉得你的心老了。"

"是。老了。心早就老了。谁说的来？说开始回忆的人是内心开始衰老的标志。噢……想起来了，好像是安妮宝贝！"

"哈。你也读她的书。"

"当然。那个女人可不简单。淡定地写作，像个古代文人一样与世无争。我最喜欢她的《莲花》。听说她最近怀孕了，就要当妈了……"

"呀！没看出来，你还挺八卦！"

"哈哈。八卦！或许吧。都是职业给闹的。整天和一些妖里妖气的男男女女待在一起，能变得好到哪里去！"

"行啊！现在倒是把自己看得挺清楚！"

"不会吧。这样就把自己看清了！我怎么觉得每天都糊里糊涂的，总是昏昏欲睡，真是腻歪人！"

"看吧。说你贫还真是又贫上了！"

"你正经点！回答刚才的问题，你过得好不好？"

"我……过得不好……过得好！"

“你看看，又来了！”

“过的好与不好，有差别吗？”

“差别大了！”

“那我过得不好！”

“怎么个不好法？”

“那个……嗯……就是……其实……我……行了！我过得忒好了！”

“你看你，又犯驴了不是？！”

“囡囡，好与不好，我都不可能三言两语一句话就说清。是不是？”

“也是。那好吧，我不问了。等你想说再跟我慢慢说。我随时洗耳恭听！”

“那，谢谢！”

“谢个屁！先还钱！”

“还钱？”

“对！还钱！毕业前你请我喝的那一壶菊花茶。当时也不知道是哪位大爷，驴脾气上来，拍桌子走人了！”

“哈！当然是本大爷我喽！”

“你还觍脸敢认！”

“这又咋了！我一不偷、二不抢，不就是请你这个老姑娘喝壶茶，忘了埋单嘛！”

“谁是老姑娘？怎么说话呢！”

“你呗！老姑娘！就说你呢……老姑娘！”

“去死，老男人！”

“老男人就老男人！爷不怕！男人四十还一朵花呢。可女人四十就是豆腐渣。哈哈哈……”

柳囡看我说得正欢，也不再接话。她知道我，闹起来，别人要是不买我账，我一会就自动闭嘴了。

"说正经的。章于子，你有对象了吗？"

"没！光杆司令一枚！你呢？老女人，找到婆家了吗？"

"没，你先答应做我的伴郎，我再慢慢找，不急！"

"还不急呢！老姑娘！"

"你再喊我老姑娘我可真生气了啊！"

"不是我说你，你别不着急。黄小巾你知道吧？就是上学时我经常跟你提起的那个高中同学，人家都已经结仁月了。"

"黄小巾！……哦，想起来了。不就是你那个旧情人。"

"什么旧情人！不许胡说。她现在可是我好朋友王喜顺的老婆！"

原来，你那么爱她

3个月前，正值隆冬腊月，我瑟缩着身子走在西单君太百货附近的街上，突然钻进的一条短信着实把我搞得措手不及。是顺子，上面清清楚楚的几个方块字：

我亲爱的树哥哥：1月12日，欢迎参加我与小巾的婚礼，地点×××

我合上手机，对着天空的一轮残月，长叹一口气。

12号那天，我在家对着镜子捯饬来捯饬去，一会换上一件紫色的帽衫，一会套上褐色漆皮休闲西服，紧张的架势丝毫不亚于自己就是新郎官。

于是我坐公车倒地铁，走在西单大街五光十色的霓虹灯中，与身边无数漂亮的丑陋的乞讨的等待一夜情的男男女女擦肩而过。

擦肩而过。你懂什么叫擦肩而过吗？好吧，那我告诉你：一个人与另一个人一眼的照面，都是十世修来的缘分。比如，在公车上，你因为不知道如何换乘，而问售票员：去西单商场怎么走？或者询问任何乘客：您好，请问现在是几点了等等诸如此类的问题，都是你与那个人投胎十

278

次修来的因缘。大四刚开学那会儿，是我和顺子在高中毕业后的第一次相见。当我从他口中得知黄小巾在广州凄惨的遭遇和因石女终生不能生育的坏消息时，如今再次去见他，以及她，却是在俩人的婚礼上。

只一年半的工夫，这小子就开始谢顶了，脑门油光锃亮。我一进门就取笑道：这下停电的夜晚小巾算是有不插电的免费灯泡来照明了。喜顺回我话时挤眉弄眼，暗示我这是大家失联后第一次相见，至于大三他开车去呼市找我更是瞒着黄小巾。既然木已成舟，如今俩人好事成双，我干吗要在这个幸福的场合非要捅破都是为了爱（即使是自私的爱）的这层纸。于是我也跟着他逢场作戏，我们俩心知肚明，无论是俩人中的谁，最终的目的，无非是要她好。让黄小巾过得幸福，在这个多事的现实世界，心里没有过多的烦恼与伤心。这，是最终极的初衷。什么广州，什么石女，甚至什么爱……就让它随风去吧。看事糊涂一些，才能够把这个无常的一辈子安全地度过去吧。

于是王喜顺接过我的话茬，回道："你小子，还以为你去火星了。消失多久了，才舰脸来见本大爷！"黄小巾穿着一身古香古色的旗袍，冰雪动人，又温婉羞涩，露出少女般的青涩眼神，跟在顺子身后，用红色手帕掩住嘴唇微微笑着。许久未见，如今再见，话不知从何说起。就这样淡淡地相看，是时间带给彼此最好的礼物。

突然间，我竟然一下子如释重负，浑身上下，倍感轻松。

"行啊！你小子，几年不见，说话功夫渐长啊！开始调侃起你树哥来了。主要是娶了这么一个貌美如花的好媳妇！"我回道。

他回："哪里哪里，还不是托树哥的福，让我这个初出茅庐的小牛犊还算混得开。凑合，凑合，都是瞎混。"

"行了，我可不吃这一套。你就吹吧，小心把你媳妇吹跑！"

"会跑吗，老婆大人？"顺子说完，回头问了一嘴身后的黄小巾。

小巾带着撒娇的姿态，娇滴滴地回道："顺子，瞧你……"

我见这对恩爱的小两口，也忍不住笑出声来，于是又说道："行了，你俩啊，就别在我面前卿卿我我了。日后可有的是时间呢。顺子，今天你最大，升官了！"

"升官？"

"是啊，不是升官是啥！新郎官呗！"

"哈哈，在理！在理！来，小的敬老大一杯。"

"爽快！一口闷？"

"闷！闷！必须的！"

"我说……都不是外人，你俩悠着点啊！"小巾拽着顺子的衣袖低声嘱咐。

"小巾啊，不是我说你。今儿啊，你就别管了！这辈子，没有啥事儿比结婚更大的了。一辈子就一次。为你俩高兴，我更高兴。还非要喝它个一醉方休！来……再倒！再倒！"

说完，我跟顺子又哐哐撞了两杯。三杯酒下肚后，竟突然涌上醉意。婚礼我是最后一个走的。不知是不是喝得又快又急，加之回去时走夜路吹了风，到家就病倒了。

此时，我竟想起柳囡。那年，她说："冬天该喝温过的酒，不然凉酒下肚，都是靠脏器把它们捂热，岂不伤身子。"那时正捧着《红楼梦》在读的她，看到书中薛宝钗对贾宝玉说了这话，便也来对我说。真是"良辰美景奈何天"……如今，仿佛命运的大势已定，干脆就听命于它，看它再带我去往何处。

改变，已悄无声息地发生

我请了一个星期的病假。难以预料，如果没与柳囡重逢，又将如何熬过高烧三天不退的漫长昼夜。

生病时的脆弱，是最能惜福的时刻。虽然拖着这身残躯，但终于知道自己并不是坚不可摧的。肉身，终归是肉身。会生病，会因酸疼而失眠难耐。这时，才能跳出来，以旁观者的视角，感受另外一种作为人存在的姿态，觉得自己是一个人。而非仅仅是一个只知工作的机器人。

柳囡看我躺在床上哎哟呼哟的发出痛苦的呻吟，而我却在幻觉丛生的高温中看到因醉酒躺在床上，对着他的妻儿寻死觅活的章大强。那还是不远的小时候，任性的章大强，发出的一声又一声带有撒娇呼唤成分的："小……爸死了……小……爸死了……"

那一刻，我终于体会到作为一名父亲的他，作为一个顶天立地男子汉的他，风风雨雨，所走过来的每一段泥泞的路途。是的，那一晚，在我自己的酒醉中，我只身一人，在北京的租住房，从没有像曾经的任何时刻，那样理解过他。

喝得烂醉，并非只是因为王喜顺与黄小巾两个人结婚了。心痛吗？不痛是骗自己的假话。但新郎不是我，这样的打击也不是唯一的心疼。而是多年前，章大强在洗浴中心被打得鼻青脸肿，那场至今仍未侦破的案子，却在多年后的婚宴上，水落石出。

王喜顺借着酒劲，跟我说了实情：

"章……于……子"王喜顺喝得东倒西歪，说话嘴都飘了。"你知道不？你这人，跟你老子一个毛病……太自以为事。实话……实话跟你说吧……你爸……你爸是我爸找人打的……"

"不是你爸扔给他请柬，说有事去不了？"

当我在问这句话时，心中早已有数。甚至那时当我和我妈在派出所，见到王国辉和杨利民俩人喊喊喳喳，那种先天预感不妙的直觉，就一直横在我心里。只要谁都不挑明，那就带有任何一丝"希望"。

"我们都知道。整个事都是设计好的。唯一蒙在鼓里的，就是你们一家……"

"你，王喜顺，说完了吗？！要是说完，我走了。这一杯，我先干为敬。从此以后，各人过好个人日子。祝福你俩……"说完，我搁下整杯白酒，一饮而尽。

……

柳囡一遍一遍在我耳边放着齐豫的《大悲咒》。我烧得不省人事。她从社区门诊找来大夫瞧我，说，是由炎症引发的高烧，但不知是不是病人受了什么急火攻心的刺激，肝火、肺火都相当旺，脓痰糊在嗓子眼儿，炎症不下，烧也退不了。

我问：囡囡，你放得是什么？我怎么感觉这么熟悉？

她回：是《大悲咒》。齐豫唱的《大悲咒》。

"我说呢：感觉心里好受多了。好像如有神助。小时候，我爸每次喝醉，他就对着我妈和我嚷嚷——小，爸死了爸死了——你看，如今我也这样了。不知咋的，我现在特别想我爸我妈。囡囡，如果我明天就死了，你会给我送终吗？……"

柳囡听完，握着我烧得滚烫的手，抹着眼泪道："胡说！不许瞎说。

你会没事的！只是发烧……"

"可为啥这次发烧烧得我这么难受。我感觉自己就要被什么东西给带走了。我要走了……囡囡……"我当然不会走。伤风感冒，终会痊愈。但的确有人"走"了。杨莲川的妈妈走了。

语文老师张欣并非是他的亲生母亲。作为"宏志生"，当他在县城读小学 5 年级时，一次助学活动，他与张欣结识。张欣不孕，一直没孩子。出于对杨莲川确实喜欢，又见他读书条件太艰苦，自此便每月按时给他家里汇钱。中考时，更是给他争取来一个"宏志生"的指标。他父母为了答谢张欣多年的照顾之恩，让莲川认其作干妈。干妈干妈这样叫着，张欣总觉别扭，索性让他直接喊妈。

所以那一年，我用篮球砸中他睾丸，那个从县城来探病的妇女确实是她妈。杨莲川考上大学后，她妈从县城来到 C 城打工。去世前，最后一份工作是在火车站出站口给宾馆拉活。拉到一个客人住店，给 2 块钱提成。那天，许是太困，竟然穿着军大衣，在寒风中站着站着，瞌睡了。

据当时在附近经过的人说，她死前说的最后一句话是：完了，这下可完了，我儿子……

倒车的大货车让躲闪不及的小轿车把杨莲川他娘狠狠地困在了两车中间。大货车急速打轮，把他妈辗死。死相相当惨，身子已经挤成两截，头颅严重变形，掉下来的胳膊和一只脚当场被碾得粉碎，血肉模糊。

于红说，当杨莲川知道这个噩耗时，反反复复，就是一直重复着他妈临死前的那几句话：完了，这下可完了……完了，这下可完了……

之前他一直都没哭。直到出殡火化完，抱着骨灰盒，对着遗像，才开始号啕大哭。

还有那晚，让布和接柳囡来那套租住的房屋庆祝我们自由生活的开始，最终当我和莲川经历完一连串对话而睡熟后，俩人趁着夜深人静，竟然在柳囡睡觉的另一间小屋，做起爱来……

行尸走肉

接连的伤痕就这样径自而来，心里翻滚着阵痛如滚滚江水不停地往外涌。心里真是难受极了。我难受，与我自己无关，更与这个大步向前走的糟糕时代无关。

经历过如此多的伤心事后，慢慢地，我的身体和内心开始发生悄无声息地改变。这已不单纯是上学时去找毛立平请教的"关于心里不停流淌的那条大河"的问题。

我躲在家里，闭门不出，蜷缩在毛巾被中，紧紧顶住胸前的抱枕，心里还是觉得空落，于是索性把头蒙住昏睡。

已是初秋，躺在席子上有些凉。我闭上眼，封闭在白色密网的蚊帐里。这个用细竹条支起来的高高蚊帐，包裹着我行尸走肉般的肉体和灵魂。在长时间的睡眠中，我让脑袋在两个枕头之间来回滚动，荞面皮的枕头略显硬实，最终我把装有沮丧液体的脑袋放在了两个枕头中间，它们夹住我的脸，我倒吸着气，不让那些装在眼眶腺体里的液体流出来。

为什么，我突然变得这么糟糕？我在心里反复重复着一句话：每个人的心里都面临着这样或那样的困境，苦苦挣扎，其实难为的还是自己。是，是，我该硬挺挺地笑一笑，而不是如此蜷缩着身体像失魂落魄的丧家犬一样，无家可归。

我逃了，像败兵一样，落荒而逃。我带着沮丧、忧郁、阴暗、悲观的一颗心，逃向了梦里的伊甸园。

房间邋遢，味道难闻，内心无力，只想蜷缩着身体再次睡去，然后希望永远别再有明天。我知道，清楚地知道，我被一种不好的情绪控制了。那个可怕的东西就像是黑暗使者，或是蝙蝠。我甚至忘记了先前在毛书记家，接过卡森·麦卡勒斯的传记，回家忍不住翻开阅读时的喜悦心情。忘记了打在书上面那些明媚的阳光。是，我被那些无名的东西控制了。这样非常非常不好。我躺在床上，一些话就像是从地里疯长而不停招摇的杂草，搅得我睁眼闭眼全都会心痛难忍。我知道自己病了，或许是胸腔里那个带着血液被挤出与回收的器官坏了。也或许是我整个脑子失灵了，只是不知道是暂时的还是永久的。可是我始终没去看心理医生。是有这样的想法，但一拖再拖。是因为胆小？觉得可耻？还是不知将它们从何说起……

我开始变得神经兮兮，害怕在人群面前走路，更别提与陌生人无缘无故地搭讪了。我沉默寡言，长时间保持一个表情与一种姿势。下班总是急于回家，却害怕在回家路上坐漫长而黑暗的地铁。一回家也不再做饭，而是把自己关在那间被我当作书房的小房间——拉严窗帘，打开台灯，换上睡衣（夏天多半是光着身子只穿一条内裤），坐在冰冷的地板上，耷拉着脑袋，歪着头看着台灯投射的书影，一看就是十几分钟。有时关节炎犯了，冷不丁地坐下或是蹲下，膝盖和髋关节就会发出嘎嘣嘎嘣的响声。

在惊吓与厌恶这两种主宰的情绪中，我继续沦陷在悲观世界的泥沼。许多话我都在心里讲了无数遍。我甚至觉得如果终其一生我是一个郁郁不得志的男人，还不如趁早就此了断自己的生命。然而我躺在床上，对着天花板想到，给你生命的是你的父母双亲，你的肉身是属于他们的。每当我想到已经衰老的章大强和于红，就更加开始痛恨自己的软弱无力。

到底还有什么不够清楚与明朗的？你不是已经把这些道理看得相当透彻了吗？正是因为透彻，才觉得人生无味。人生下来就是受苦：一堆烂事，一堆做作的烂人，永远也做不完的工作，永远也挣不完的钱，永远停不下来也不敢停下来的脚步，因为害怕寂寞孤独带有自私自利性质的恋爱关系，以及在恋爱和不明不白的婚姻中无休止的争吵和流不完的眼泪。我真的烦了、厌了。我觉得我主要是把人生中的人际关系看透了。成人之间除了亲情，其他都是有目的的与你热络。如果你非要觉得我是透过一片灰色玻璃以一个狭隘的视野看待，但我所看到的人生就是这样令人无望。佛家讲看破，放下，自在。我没读过多少经书，但我清楚如果我再继续这样发展，遁入空门也是早晚的事。然而你是知道的，我是如此热爱生活，像凡·高先生一样渴望激情，似孩子般天真无邪——脸上的笑容，嘴中的牙齿，胸腔里的心跳，脑中的大海——一直散发出真实纯粹敏感而幼稚的童真。没有佯装，仿佛过河拆桥，边走边玩，酒肉穿肠，一直抱有"对酒当歌人生几何"的姿态。看似玩世不恭，糊涂混世，实则终日面壁，独处冥想。许多人都告诉我"看世要糊涂些，做人要大度些"。我也曾试着这样伪装几日，但是慢慢地，我还是回到我原来旧有的样子。这再次证明人的性格是先天就刻在基因而非后天能够改变的一种必然。然而却有那么多所谓励志与人格修养的书籍告诉你如何改进以致最终的扭转。其实所作所为都是徒劳。

不破不立。只有破才有立的机会。然而破是什么？破就是毁灭，就是捣碎，就是埋葬。当你承认你所持有的性格与众人不同而深感自卑甚至觉得这是一种人性的弱点时，以及众人真的觉得你是与他们格格不入是异己的力量而要试图把你的弯曲硬是掰直时，其实已经在间接警告你的存在是多余的，是不对的，是天理所不容的，因此注定会受到神与世俗的惩罚。如果你这样想也未尝不可，起码会有一种力量在告诉你，既然你与多数人不同，那么遭受的劫难注定要猛烈百倍。也正因如此，你才更要坚持从娘胎里就带来的固有性格。其实你是一棵树，一棵本是顺其自然生长的小树，为了不被风吹雨打而弄弯了枝干，有些人强行在你上面绑住一根矫正的杆子。没错，那根杆子是一把带有刻度与权威的标尺。只要与标尺有所出入的事物就统统归为异类，统统都要淘汰，正所谓物竞天择适者生存。可是你有没有想过，当这个世界都是一样——因为大众传媒宣扬这样的穿着就是酷与时髦，而你就迫不及待地去追赶以至于时尚前卫先锋成为一种大众化的流行而带有普适性；别人告诉你顶撞就是不乖所以为人要谦逊平和因此你就唯唯诺诺不敢发出自己心底真实的声音尤其当跟在领导的屁后更像一条走狗的时候，你到底是看到了一个蓬勃自由发展的社会？还是一个人人都千篇一律事事寻求同一的大同世界。

知者弗言。你知道，这个时代，人们像疯了一样抢占麦克风，大声说话。而我，从今以后唯一要做的一件事就是少说话。不说话。于是我有将近一个月的时间不再与柳囡联系。我与猫待在一起。接近深夜时，它会站在与我平行的那扇绿色木门外哀号。我不知道这是不是所谓的发情。早在我把它从农贸市场卖猫狗粮食的店铺抱回来之前就略有所闻：母猫不易饲养，因它成年后会发情，叫春的声音如同号丧，如果适逢刮风下雨而把窗子吹得叮当作响的恶劣天气，试想家里有一只喵喵叫的猫，而窗外又有一只或数只在暗夜中蹿跳而无处躲藏的流浪猫，此起彼伏的叫声，会夹杂着多少怜惜与战栗？这不是科幻小说中的情节抑或是电影镜头里的画面，这是实实在在的生活。生活中除了锅碗瓢盆碰撞的声音，除了做爱吵架哭泣抱怨要死要活之外的声音，便还有这动物的声音。

母猫的叫声，胜过发情期稍微逊色的公猫。而它们，也不再像幼年时那样可爱，顽皮倒是顽皮，只是一味地好抓好挠。家具针织品电器书本……会被它们烦躁的情绪捣坏，与日俱增的拉撒频率更会让房间充斥着臊臭味。所以人类给母猫绝育，对公猫阉割。末了，当实在忍无可忍，便把它们丢弃，任其流浪。原来做一只猫也是如此不幸。

我原以为准备一个草编的小窝，一盆装满猫沙的干净沙盆，一个盛装猫粮与清水的食碗，让它们在一处能够遮风避雨的人家栖身。困了就睡，醒来就吃，吃完就自己跟自己玩——无论是看着镜中的自己而好奇地慢慢靠近，还是噌地一下蹿到窗台望着外面观望一整个上午或是下午——它们都应该是如此幸福地度日。但是我错了，它们除了被人绝育阉割，还被人随时丢弃。只要人类感到它们令人厌恶，令人心情不爽，就狠狠地丢掉，像随便丢掉一件垃圾那样容易。或许这就是宠物的下场——稀罕你的时候捧在手里抱在怀里亲在嘴里，厌恶你时恨不得赶快把你碎尸万段。其实我不知道，这究竟是猫的不幸还是人的不幸。如果是猫的不幸，受宠与失宠定当在所难免；如果是人的不幸，那又能说明什么呢？依赖、善变、狂躁、伪善、多面，还是最终的邪恶？

……

于是我打开房门，轻唤了一声咪咪，没料到它早已站在微敞的卫生间门外，呆呆地一动不动，只是听见门开了，有人叫它了，才摇着尾巴试探性地朝我走来。我知道，狭小的门厅关上灯一片漆黑，既然人都会害怕，况且一只猫。谁说猫是骄傲高贵的精灵，当窝在暗中蜷缩身子试图安慰自己睡去时，定会像人类一样会因黑暗而心生恐惧。而我也只能想到，想必我的猫在熟睡中做了一个噩梦，让他像婴儿一样哭醒，嗷嗷待哺，寻找它的妈妈。可是有多少猫不是在出生几日后或是当下就被抱走，转到小贩手中，用它们貌似怜惜动物的神情招徕主人，而后换取钞票。这场景，我仿佛只看到像披着一只羊皮的狼在一个个关着猫咪的笼子外，对它们装笑，背地里却打着如意算盘，在有天狗出现的月圆之夜，一张一张点着钞票。商人，狼，都是漆黑的剪影，只有轮廓，没有血肉。只有笼子里的猫，是条纹的还是纯色的，是长毛的还是短毛的，依然清晰可见。

我们终归是时间的过路人

　　病好不久，柳囡被研究所公派出国深造一年。也好，她走了，安安静静，我也能好好考虑自己未来的生活与方向。打开电子邮箱，倒是经常能收到她深更半夜从美国佛蒙特州写来的一封封邮件。她说：

　　　　我的头发终于长了
　　　　你还站在门口抽烟吗
　　　　歪着身姿有时用一只手插着腰
　　　　有时不吐出一口烟
　　　　用百无聊赖的眼神缓缓地看它飘向远方
　　　　我能看出你的无畏带着一点丝丝的坏不声张但气势在那
　　　　我知道这个夏天毕竟是属于你的
　　　　就像黄昏不知从何处冒出来的手风琴声不知不觉就把我灌醉

　　于是她经常写一些类似上面不带标点符号像是自由诗一样的小心情给我。而她所说的"这个夏天毕竟是属于你的"是指我因受了她父亲毛立平的鼓励，尝试的文学创作之路。偶尔我也做简短回复，模仿她的文风，顺其自然对着屏幕一个字一个字地敲下：

不知不觉 坐着妈妈在老家给我做的一双海绵垫子写作已经十多个小时

深夜 3 点 42 分很奇妙 我的脑袋觉得听见了地声与天籁

吹着电扇轻放一曲《火宵之月》已经不打算入睡还是静等天亮吧……

两个人你一言我一句就这样慢慢互动起来。不用 QQ，也不上 MSN，就是通过电子邮件，安安静静写着一些再平常不过的小心情。她曾问过我，你应该知道一本书《查令十字街 84 号》吧，男女主人公几十年因为寻找旧书结下的一世情缘，真是让我羡慕不已。她也曾提到过中国台湾的一个舞台剧，叫《收信快乐》。叛逆的画家陈淑芬和曾当过兵而过着循规蹈矩生活的"瘦皮猴"李正国之间彼此心灵交换的故事。

时间在岁月里流转，你甚至可以说带着情感的时间指针在人世间流连，在宇宙中绵延。时间，时间真是一个大问题。它带我们出生，带我们去未来，同样带领我们奔赴死亡的彼岸。如果时间如麦卡勒斯的一本书名——《没有指针的钟》，那么我们终归是时间的过路人。

婴儿的时间，童年的时间，少年的时间，青春的时间，长大成人的时间，老去的时间……沾染着各种各样情绪的时间：快乐、幸福、忧伤、焦虑、忐忑、恐惧、抑郁、想死。在我们或小或大，或年轻或年老，或胖或瘦，或喜悦或沮丧，都像潮水翻滚般体验过各种不同阶段的人生。于是我和柳茵开始在地球两端，与时间赛跑。我明白，她对那本书和那场舞台剧本身就痴迷，我干吗不迎合她的情绪，陪她谈一场带有柏拉图式的时间恋爱。于是类似下面只言片语的话术和句子随时出现在俩人的信箱里：

黄小巾去了国内最权威的一家电视台做了栏目主编。而我现在仍是一名普通的公司职员。我很慌。——章

知道吗？满嘴唐山口音的"洪七公"被辞退了。临走前，他喝多了，趴在我耳边嘱咐我：章子，你这人太孬种！不过既然这性格跟了你20年，说明你本身没问题。你肯定与公司所有打工的同事不同。所以你该稍稍使使劲，用自己固有的实力，努力为自己争取些什么？！——章

刁小虫，那个渴望像嵇康一样生活的好女孩，年前给自己算了一卦，说应该去水多的南方。所以年后她就辞职去了苏州。你还记不记得她，我说过的，像极了三毛，同事眼中的"巫婆"。——章

今天刁小虫在QQ跟我说，公司曾经有个跟我差不多性格的男生毅然辞职从事写作了。她说那个男孩有着儒家文人气质，从不迎合这个浮躁的社会。——章

你的首部长篇小说进展得如何？——因因

不怎么样！糟糕极了！我觉得写作应该像演员演戏一样，可以演悲剧，也可以演喜剧；可以饰演苦情的角色，也可以演搞笑疯逼的角色……写作者应该具备这样的能力，像是手举杠铃渴望打破原来的记录而创造一个新的成绩一样。这是对自我提升的要求，即便这个过程很费力，甚至稍不留神，便会功亏一篑，但我还是要超越自己并对此心怀信心。——章

"洪七公"离职时，你说你跟他闹僵了，到底是因为什么？——因因

因为我在工作的QQ群问他的电子邮箱，他觉得作为上班已经不算短的编辑我，至今还不晓得他的邮箱，是一件让他很没面子

的糗事！……O(_)O 哈哈——章

我今天又跟那<u>些</u>鬼同事到簋街吃东西了。兄弟川菜馆。我第一次吃牛蛙。很辣，很强大！我吃的鼻涕眼泪直冒。等你回国我请你吃。只是我不知道与那<u>些</u>装逼同事说什么。我不说话，就是低头干吃。我已经不会说话了，不知道说什么。我脑子很可能进水了，早已游离于这个世界。本来我想打"世间"这两个字，但我发现"世间"这两个字念上去感觉很装。接着说，如今我只对着电脑打字才觉得像是说话。什么时候电脑变我的女友和爱人了？……——章

你能为爱情放弃写作吗？你怎么看待海子那首著名的诗句和他的自杀？——因因

你是说那首"有一所房子 面向大海 春暖花开"吗？这话是假的。如果是真的，海子就不会自杀了。我的解释是，他已经等不到那一天了。为什么他不愿意等到那天的来临呢？答案很可能是他发现他永远都等不到那天的来临了。是的，那天遥遥无期，对于有生之年来说，可以说是一种绝望。对，他疯了。真正的诗人从来就是一个精神病患者。这是你爸说的。你要小心。我可能也有疯的可能。至于你问我能不能放弃写作。我好像听说过，三毛有一段时间，为了她亲爱的荷西，曾终止写作6年。未来的事谁也说不好。我不知道能不能。除非有一个我特别深爱的女人，让我赴汤蹈火地去爱。而且很重要的一点是，她特别特别特别理解我。可是，为什么爱的时候就不能写作？是你的女权主义在作祟吗？——章

此刻，我非常不喜欢我自己。非常！因为此刻的我异常邪恶。——章

上次我发烧。烧得不省人事。黑夜里，我看见眼前飞过斑白的蠓虫。我挥舞着手臂，用力驱赶，然后在幻觉中写诗。——章

我觉悟出，很多人都在期待你出丑，希望你把事情搞砸，然后他们看热闹！——章

我觉得我要疯了。——章

我搬家了。搬到蒋宅口了。离地坛特别近。你知道，厢货车，猫，新家的遗像，古老的木地板，以及当晚的惊悚片《闪灵》。当然我看着看着就睡着了。——章

我骑自行车上班了。穿过安定门的许多胡同，然后到达朝内南小街。我觉得自己今天就像是一名因为开学发新书而无法掩饰内心快乐的小学生。你能明白吗？我特别高兴！——章

今天是"七夕"白色情人节。你猜同事怎么跟我说：我老公说了，这是两个人分居的悲剧，所以咱！不！过！——章

公司里来了一个娘娘腔的化妆师，走路轻飘飘的，估计就像我写作一样已经自我陶醉了。——章

我今天去精神病院采访。我发现我一点都没疯。因因，我们要好好珍惜幸福的生活和来之不易的生命。——章

我从 15 点 10 分就盼望着下班。——章

我在想，你究竟是不是我的女朋友。为什么都只是我在写信。我是一个祥林嫂吗？——章

我是你其中的一个女性朋友。我喜欢看你自言自语。(:——因因。

台湾某著名音乐人有段时间成了我现实中的朋友。你猜她是谁？——章

我猜，是一位知名作曲人吧！ —因因

我又去后海的烟袋斜街了。上周是南锣鼓巷，一个叫"在别处"的音像店，酷不酷？以及"狗毛"的店。——章

今天又有一个同事辞职了。送走她后，我这才觉得心里轻巧不

少。原来，我从高考前三天的放假傍晚，就注定了日后一辈子独处的性格。本以为像感冒一样来了会走的青春忧郁症，却牢牢抓住我不放。时至今日，我是不是仍旧病着。——章

你这个情种、小屁孩，应该去写歌词。——囡囡

我怀疑我得了坐骨神经痛，我想到了那个29岁就瘫痪的卡森·麦卡勒斯。——章

那本传记，你爸爸借给我的，洋洋洒洒600页，对于一个只活了50岁的女人来说，未免过于详尽。可我却如此着迷。麦卡勒斯从小自以为是，众星捧月。母亲偏爱，丈夫利夫斯为了让她专心写作，不惜揽下所有大小家务事。他们甚至说好，轮换写作——一旦卡森写完手头作品，便要外出工作，从而挣钱养活丈夫在家写作。可是当她那本从名字上一听就吸引人的《心是孤独的猎手》出版不久，她便破坏了他们的约定。其实利夫斯早就清楚，他永远也别想指望自己的妻子来做饭、打扫房间、料理家务等这些再普通不过的生活琐事。永远别想用一个正常丈夫的要求来要求一个以自我为中心的妻子。麦卡勒斯只能散步，酝酿情绪，关在房间里写作。其实我总在想，如果卡森能够为了婚后柴米油盐的生活而放弃写作，那么她得到的幸福，要比自始至终很自我的进行创作，为了完成一部虚构作品所必须进行的幻想、编织，以至慢慢让她混淆了现实与虚幻，得到的幸福是多还是少呢？或者哪种取舍令她觉得更舒服？

我想来想去，边读边想，得出的答案就是——写作。对于露拉·卡森·麦卡勒斯，这个留着长长直刘海，从未长大的小女孩来说，那是打娘胎就带出来的东西。幸与不幸，怎么能用选择与取舍来说。写作的不幸，只是在无数次的印证——人与人之间，没有感同身受这回事。巴别塔嘛。

我把书长时间带在身边。那时我尚未毕业，漫长的阅读像是产生了持续一生的幻觉——从酷暑到深秋，从白天到黑夜，从喧闹到无声，从恋爱到失恋。从我开始感到害怕到失去。

这一读，倏忽像是过了20年。要知道，人生没有几个20年。20年给了学文化，20年给了怀疑人生以及向它低头，最后才用20年悟出生活其实就是好好活着跟挣钱这两件事。可三个20年加一起就是60年了。俗话说，廉颇老矣。哎！估计没多久自己就得咯儿屁了……

害怕吗？挺害怕的。可又不怕。因为麦卡勒斯只活了50岁。我很喜欢的卡夫卡更是只活了41岁。我相信，一个生命可以马上在这个地球上消失。只要你愿意。可是你既然作为人而不是畜生来到这个世界，就肯定有它的道理。

虚无主义者肯定还会告诉你：NO！NO！没有道理。一切都没有意义——留名，写进历史，以及被人怀念——这些都没有意义！那我问你：你如何看待人存在这回事？进而说你怎么看待工作？

我的答案是：人的出生很随机，但却像概念一样严谨，又像水蒸气一样可以随时人间蒸发。人为了度过几十年（这还是客气说，其实说白了就是打发余生），就给自己找了很多乐子。所以发明了算术，有什么所谓的社会分工。慢慢地，这个世界就变得越来越红火。难道只是这样吗？是的。起码有小汽车了，有电脑了，有网络了——可以偷偷地看小电影然后手淫了，可以视频聊天了，可以穿漂亮衣服了，可以打肉毒杆菌了，可以装嫩了，可以拿着手机拍照玩自恋了，可以有事没事写写博客无病呻吟好好地玩一把"病态美学"了……是这样吗？是吗？

可我们的心里面呢？那颗心，饱满不饱满？

我们去哪里呢？

谈恋爱吗？拥抱？做爱？吸烟？喝酒？跳舞？音乐？发呆？睡觉？借助宗教的力量？写歌？写诗？写小说？幻想？还是编织？说假话？拍马屁？（我问你：你给谁拍？为什么拍？——挣钱？升职？所谓的人际关系？）是啊是啊是啊！这些事儿，谁爱干谁干！爱谁谁！爱咋咋！

都是烂事，竟是孬种。

这，叫一个什么人生？！

——章

近的，远了；远的，近了

　　又是半年过去。王喜顺和黄小巾在北三环的新家装修完毕，为了庆祝乔迁之喜，俩人办了一场答谢宴。宴会地址就设在家里，一张大玻璃餐桌摆放在大厨房里，围坐着 12 个年纪不相上下的年轻人，除了我和顺子，清一色都是黄小巾媒体圈的朋友。客套，寒暄，碰杯，称兄道弟，互留电话。虽然酒醒之后忘记谁是谁。极力地吹嘘，滔滔不绝诉说我在哪个电视台哪家报社，都采访过谁谁谁；哪个明星和导演有一腿；谁不要脸，谁更不要脸；哪个主持人是台长的小三，又有哪个编导狗屁都不是……我坐在他们中间，喝着闷酒，低头不语。小巾坐在我对面，一会儿看看顺子，一会儿又偷偷看看我，跟着酒桌上那些话题随声附和地笑。

　　待酒后其他人离场，三个人坐在客厅的沙发上喝茶解酒。

　　叮咚的门铃响起时，长时间发呆的我竟然被吓了一跳。小巾起身开门后，顺子跟我说：

　　"哥，不是我说你，你咋没以前机灵了。出啥事了？心不在焉，总是走神？"

　　我回："我得抑郁症了。"

　　他说："就你，拉倒吧！别给自己套什么这个病那个症的了。要是相信这些玩意，你看吧，那估计这世上就没有正常人了！"

"这世界本来就人人都有病。"我说。

"是是是，有病，都有病！"顺子话音刚落，我没精打采地抬头一看，只见杨莲川穿着一身黑色修身小西服和紧身裤，瘦得简直就是皮包骨。挎着一只女性化的大包，头发整得就跟顶着一个鸟巢似的，香喷喷坐在顺子旁。

　　我的心在乱跳 / 像被刀子割了一下 / 悄无声息地泄气 / 是谁说 / 心痛一下 / 虚无便造访一次

　　深夜不知几点，雨声在关起窗子的房间外回响。柳囡躺在我身边，裹着一条毛巾被，浑身散发着热气。我在朦胧中，才慢慢察觉，她是不是正在发烧。于是我坐起来，依旧迷迷糊糊地开灯、下地、拉开抽屉、寻找退烧药，倒了一杯睡前用电热杯烧开的水，唤醒让她把药服下。我说，多喝水，多喝。她吞下药片，又躺下，毛巾被已经湿透。我走到隔壁的房间，拿了一双夏凉被，加盖在她身上。关了灯，上床，拉上蚊帐的拉锁，小心跃过她的身体，又躺回到床席的里面。而我的胃也开始不舒服起来。闭上眼睛，默默劝说自己再次睡过去。于是把身子翻到她那边，用胳膊搂住她身上的被子，生怕她踹掉。倘若不是屋外密集下起的雨把我惊醒，我也不会知道她在发烧。我依稀记得，在起身前，不知那是不是梦，正在心底写着一首诗，也是关于雨。不是正面描写，而是在形容一种声音，一种下雨时会用到的声音。我好像在梦里说，她在我身旁呼吸，吐出一口一口的热浪。与此同时，我的胃，有轻微的灼热感，也有干呕的感觉。而虚掩的木窗外，下雨的声音，就像身边恋人呼吸的热浪。一浪一浪，有些心疼，有些惆怅，有些不知所措。夜，正在继续，也正慢慢消失。清晨，我们被手机闹钟的机器猫音乐叫醒。我关掉在我身旁的手机。抱着她又睡过去。不知过了几分钟，昨晚关机前的一个短信蹦进来，一声脆响，惊得我们都突然坐起来。她怕迟到，原来时间刚刚好。她站在卫生间的大盆里，打开花洒，把凉水放净，准备冲一个热水澡。手机再次响起，是她前公司的一个同事。我递给她电话，她正在揉头发上的洗发水。我躺回到凉席上，蜷着赤裸的身子，觉得有些凉。

8 月的北京，雨后的夏末，清晨已经有了些凉意。我的胃仍旧不舒服，想呕出来，火辣辣的灼烧。我还是起来，去隔壁的房间，倒了电热壶里昨晚烧剩下的水，喝了几口。走到窗前，撩开窗帘，偷偷望了望外面。天很阴，树很绿，空气很凉爽，已经没有昨天的那种闷热。

我第四次躺回到凉席，塞上手机的耳机，听起李志的歌。他的几首歌，真想让我干呕，加重了我的烧心：《罗庄的冬天》《离婚》以及《阿兰》。我的心惆怅起来，好像爱情消失了。我坐在马桶上，卫生间憋闷极了。我真的开始干呕起来。

我终于从梦中醒来，盗了一身汗。中医说，盗汗，是因为肾虚和缺钙。一个月后，我被诊断出患有回避型人格障碍而导致的自闭症。医生给我开的最好一剂药方便是继续回学校读书。他问我是不是经常缺乏安全感，我沉默地点头。之后为了这个病，我特意上网查了许多资料。医生也告诉我，这个世界上每个人都是独一无二的，所谓的病，只不过是你不符合大多数人身体与精神的一些"参数"罢了。

我终于想起初读《红楼梦》时，书上贾雨村道：

> 天地生人，除大仁大恶两种，余者皆无大异。若大仁者，则应运而生，大恶者，则应劫而生。运生世治，劫生世危。尧，舜，禹，汤，文，武，周，召，孔，孟，董，韩，周，程，张，朱，皆应运而生者。蚩尤，共工，桀，纣，始皇，王莽，曹操，桓温，安禄山，

秦桧等，皆应劫而生者。大仁者，修治天下；大恶者，挠乱天下。清明灵秀，天地之正气，仁者之所秉也；残忍乖僻，天地之邪气，恶者之所秉也。今当运隆祚永之朝，太平无为之世，清明灵秀之气所秉者，上至朝廷，下及草野，比比皆是。所余之秀气，漫无所归，遂为甘露、为和风，洽然溉及四海。彼残忍乖僻之邪气，不能荡溢于光天化日之中，遂凝结充塞于深沟大壑之内，偶因风荡，忽被云催，略有摇动感发之意，一丝半缕，误而泄出者，偶值灵秀之气适过，正不容邪，邪复妒正，两不相下，亦如风水雷电，地中既遇，既不能消，又不能让，必至搏击掀发后始尽。故其气亦必赋人，发泄一尽始散。使男女偶秉此气而生者，上则不能成仁人君子，下则不能为大凶大恶。置之于万万人中，其聪俊灵秀之气，则在万万人之上；其乖僻邪谬不近人情之态，又在万万人之下。若生于公侯富贵之家，则为情痴情种；若生于诗书清贫之族，则为逸士高人；纵再偶生于薄祚寒门，断不能为走卒健仆，甘遭庸人驱制驾驭，必为奇优名倡。如前代之许由、陶潜、阮籍、嵇康、刘伶、王谢二族、顾虎头、陈后主、唐明皇、宋徽宗、刘庭芝、温飞卿、米南宫、石曼卿、柳耆卿、秦少游，近日之倪云林、唐伯虎、祝枝山，再如李龟年、黄幡绰、敬新磨、卓文君、红拂、薛涛、崔莺、朝云之流，此皆易地则同之人也。

……

又过了一周，我办妥了离职手续。

时值北京最炎热的 8 月。而北京的夏天对于我更显得复杂难解。这里到处回荡着沉闷的声响：私家车、公交车、货运车在高架桥穿梭，尤其当车辆接二连三行驶在桥下，刷刷的过路声时近时远回荡在我耳边，如同一只重重一锤敲下去的锣，绵延不断的金属声与闷热的空气摩擦，呲呲呲……藕断丝连，迸出带电的火花；又像夏日午后已呈墨黑色的积雨云，堆砌在天空低矮的某处，如一座座孤立的暗岛，不时发出沉闷的轰鸣，嗡嗡嗡……近的刚刚远去，远的却又近了。

北京车辆的回响声，是保存在我脑海中不会轻易抹除的一个深刻记忆。此前与后来，我在一些大大小小的不同城镇停留，我都记不太清它们留给我的画面，唯独这些闷声闷响的车轱辘快速驶过桥底的轰鸣，让我倏忽意识到，我曾在这座人潮汹涌却无家可归的陌生城市，听着树上成群结队的知了，足足待了两年。

它，俨然成为只要轻触神经就足以引起我激烈反应的多巴胺。是快乐？是舒畅？反正永生难以磨灭。

为了与它保持某种联结，离开前，我让顺子陪我去中关村海龙大厦，用自己所剩无几的积蓄买了一台数码照相机。

很久以前，其实也没多久，我租住在呼和浩特郊区的房子里，看到陈升《青鸟日记》的 MV。他声嘶力竭地唱到：我花了所有的积蓄来到这里。当时，只觉得胸腔异常难受，但并未像现在这样对钱、积蓄、旅行、流浪、看望、离开、诀别等字眼深有感触。如今，我终于有了一台属于自己的相机，就可以随时随地随性地拍照，为了我脑子里那些永远也描述不出来的文字，嘴里哼不出来的只唱给我自己听的旋律。

当我决定不再朝九晚六的工作，怀疑两年的工作带给我痛苦的折磨时，我发现，原来，如果我不经历之前的煎熬，我也不会意识到，这个世界上还有这样的苦与累。很多人都在受苦受累，他们是为这样的生活而存在。只是我受够了，想先走一步。当然，倘若我不经历，我想终究也无所谓。因为即便我经历，也会把它们忘记。是的，一切的生活都离我越来越远了。只有自己的感受才最真实。他们就像此刻出现在我眼前的幻觉，有一处旧日的厅堂楼榭，我背着包，越走越远。他们反而还在密闭的空调房里，终日对着电脑，忍气吞声，醉生梦死。而我也知道，独自上路，对于我来说，或许也只是我这辈子的醉生梦死。

如果人生确实是悲剧，如果这个悲剧仅仅是一段发生在自己睡梦中的一首传奇诗。

一颗古人心

清晨 5 点 20 分，两只白色的水鸟，伸着长长的喙，并行而飞。我盘着腿，席地坐在内蒙古大学桃李湖北面的"小码头"上。太阳已经升得老高。天空很蓝，柳树很绿，湖水很静。鸽子在悄无声息地啄食。

我掏出一本袖珍小书，是明朝王相整理的《千家诗》。小小的一个册子，上面标着"纸轻，书香，文重"这样小而秀气的字。书真的是香，就像 8 岁骨折那年，爸爸摇着香蒲扇哄我入睡。

书的前言说，《千家诗》是古代念私塾的孩童，人人都要熟读记牢的教材。一本古诗歌的小书，这时对我来说，仅仅是一面映照内心的镜子。翻了几页，读过几篇，背下几首，都不是重点。就像一个放羊的牧人，枕着自己的手臂躺在山坡上看天。飘过几朵浮云，鸟儿飞翔往返了几次，他都记不得了。

探探头，成群的鱼苗就在眼前觅食，有狗鱼、鲤鱼、草鱼，还有偶尔钻上来的泥鳅。没有别的声音，除了夏虫在湖面产卵，不小心惊动了湖水。这声音就像是一个弱女子，俯首坐在小舟上，用手拨撩着湖水，发出一声又一声余波未尽的轻柔缠绵。远的近了，近的远了。而不远处球场投篮的声音，也早被杨柳岸的风声滤掉了。

真想就这样：与天地对坐，嗅着泥土湖水，看着飞鸟夏虫，度过一个又一个只有自己存在的清晨。

散场│青春这条河，就让它远去

（一）

于是我，在写完上面这个长长的青春故事后，终于，长舒一口气。像是死了半条命。

今年，今天，是我来北京 8 年整的日子。

这 8 年，结束过一段长达 7 年之久的虐恋。工作中，跟有过误会的老板吵过架。受过的委屈，除了那些能够说出来就不算委屈的委屈之外，不计其数。曾忧郁彷徨无措，也曾心里憋着一头困兽，想要四处逃窜，但总觉得有劲无处使。急啊，慌啊。生怕时光就此虚度，一直就这样碌碌无为下去。终老，了此一生。然而，直到有一天，自己豁然开朗，好像被神仙从记不得的梦中点醒，明白、洞悉、了然。这了然是全然的释怀。怎么讲呢……嗯，就是先前那些觉得再重要不过的，比如动不动就拿出类似"爱之如生命"形容的那些有的、没的，已经全然的不再重要了。因为你越发觉察，在说长不长、说短不短，其实仅有一次生而为人的人道轮回中，只有那些脚踩大地，双手伸进泥土，那每一日再平凡不过的小生活、小日子，才是最为真切动人的。它们，胜过一切自以为是的才华，一切觉得无所不能的狂妄自大，一切贪、嗔、痴的妄念。

好了，我要跟你讲的故事就到这儿。

总觉哪里不对，于是我又写道：

（二）

当你啜下杯中最后一口咖啡。当你抬头望见天空漂浮不定的云朵。当你坐在海边等待汹涌澎湃的心潮慢慢退去。于是你对自己说：是的，人世间的万事万物，自有它运行的法则。就像这个悬而未决的宇宙，一定会有一个万宗之源。但以人类目前的智慧与境界，还不能够全然地清楚与明白。那些深奥的神秘的永远也不会有答案的事，干脆就心安理得交付给时间吧。因为，只有时间，从来不说谎。

至此，我的故事也讲完了。

此刻的阳光让我想起那年时光，整个人好像都在灼灼发光。然而现在，是再也没有那样的青春了。

就让我们，微笑着，说再见。

[终]

2008 年 8 月—10 月初稿

2015 年 8 月—10 月二稿

2019 年 5 月—7 月三稿

鲍磊（baolei69）

只是记下心中感动的事

以及，生活里的小事情

青春是远方流动的河

选题策划｜凌　翔　责任编辑｜岳　勇

书名题字｜万　芳　封面插画｜刘治铭

封面设计｜苏　宇　陈　姝

内文制作｜叶淑杰　海报设计｜杨　琳

腰封文案｜应婧琼　董佳桢

特别鸣谢｜林法德